KB034460

빨간
의
자

최범영 崔範泳, Choi Pom-yong

1958년 충북 청원에서 태어남
서울대학교 지질과학과(국어국문학 부전공) 졸업(학사)
충남대학교 지질학과 대학원(석사)
피에르와 마리 퀴리 대학(이학박사)
1984년~현재 한국지질자원연구원 재직
2002년 대한지질학회 학술상 수상
2003년 김선억상 수상
2007년 과학기술총연합회 지질과학 분야 논문상 수상
땅이름, 사람이름『한겨레신문』에 172회 연재

시집_
『하눌타리 외사랑』(예원출판사, 2003)
『연이 걸린 둥구나무』(현대시문학사, 2005)
『고봉밥 어머니』(다시올문학사, 2013)

저서_
『말의 무늬』(종려나무, 2010)
『바람에도 흔들리는 땅』(소명출판, 2015)

논문_
"Depth dependency of stress ratios during the sedimentation of NW Gyeongsang Basin
(Cretaceous), southeast Korea"(*Journal of Asian Earth Sciences*, 2013) 외 다수

최범영 장편소설

빨간 의자

초판인쇄 2017년 11월 20일 **초판발행** 2017년 11월 25일
지은이 최범영 **펴낸이** 박성모 **펴낸곳** 소명출판 **출판등록** 제13-522호
주소 06643 서울시 서초구 서초중앙로6길 15, 1층
전화 02-585-7840 **팩스** 02-585-7848 **전자우편** somyungbooks@daum.net **홈페이지** www.somyong.co.kr

값 15,000원 ⓒ 최범영, 2017
ISBN 979-11-5905-225-5 03810

최범영 장편소설

빨간
의자

The Red Chair

소명출판

빨간
의
자

무지개를 만나다

· · · · · ·

나는 가족으로부터 버림을 받았다고 하는 게 옳았다. 외래사상
보다 지역의 전통을 더 사랑하고 그들이 다니는 교회에 동참하지
않았다는 이유도 컸다. 어떤 규율을 꼬박꼬박 따를 끈기도 없거니
와 내가 관심을 갖는 일이 생기면 어느 누구도 안중에 두지 않고
그 일만 하기에 그들이 포기하였다는 게 맞을 것이다. 더욱이 야
외조사를 위한 잦은 출장이 기여를 했다고도 생각되었다. 지질학
자로서 나는 적잖은 날을 출장을 가고, 산을 타고 냇물을 건너고
배를 타고 섬에 간다. 바위너설 — 암석 노두 — 이 있는 곳이면 어
디든 가서 무슨 암석인지 살펴보고 어떤 자세로 발달하는지 잰다.
그리고 모든 걸 지도에 표시하여 도면으로 그려낸다. 보고도 모르
면 샘플을 하여 사무실로 가져와 분석을 한다. 오지랖이 넓다 보
니 어떤 힘에 의해 한반도가 영향을 받아 변형되어 왔는지 — 어
떤 지각변동을 겪었는지 — 공부하고 그도 모자라 일본열도 가
서 공부하여 공간적으로 힘의 방향이 어찌 변화했는지 따위를 분
석하는 게 일이었다. 뭐 굳이 더 까놓고 말하자면 누구도 흉내 낼
수 없는 일이 많다 보니 함께 일하던 사람들도 최종 분석에선 나

혼자 다하고 그렇고 그런 야외 일만 했다는 자괴감에 떠나기 시작했다는 것도 알았다.

그러는 사이 나는 직장 식당에서 늘 머리에 머플러를 쓰고 있는 아랍 학생을 만났다. 누구도 듣지 못하는 프랑스말로 둘이 푼수 떨며 다른 사람들로부터 받은 소외감을 해소하기도 하였다. 그녀를 수양딸 삼은 어느 날, 그녀의 지도교수가 내게 그녀와 깊은 사이냐고 물었다. 나는 말도 되도 않는 소릴 하는 그를 나무라며 세상의 모든 여자를 성의 대상으로 생각한다는 거야 말로 얼마나 불행한 건지 생각해보았느냐고 물었다. 이런 도시로부터 나를 구하고, 나를 왕따 시키는— 혼자 알을 낳도록 좁은 케이지에 가두는—도시로부터 탈출하기 위해 나는 시골, 또 산골로 살 집을 찾아다니다가 옥천의 금강 가까운 곳에 집을 마련했다.

내가 왜 시골에 와 살게 되었는지, 그간 어떤 일을 했는지 사람들이 궁금해 할 때마다 하려고 나는 어떤 근사한 이야기—그럴 듯한 거짓말—를 준비해 놓았었다. 헌데 내가 무슨 말을 할 때마다 사람들은 자기 나름의 공간을 이미 머릿속에 만들어 놓고—드물게 터를 실제 사놓고—어떤 땐 2층집, 어떤 땐 1층집을 짓고 마당은 어느 땐 텃밭, 어느 땐 잔디밭이 되게 한다는 사실도 알게 되었다. 이를테면 멀리서 온 지인 하나는 내게—내가 마치 건설업자인 양—더 황당한 주문을 하였다. 내 텃밭에—실은 그의 머

릿속 텃밭에 —바오바브나무를 심으면 좋겠다고 했다. 바오바브
나무를 심으면 일단 잡풀들이 하나도 안 나니 밭에 김을 맬 필요
가 없다고 주장도 하는 것이었다. 물론 나는 바오바브나무처럼 팔
뚝 굵은 여자가 좋다. 이런 그들에게 굳이 가족의 종교가 어떻고
내가 어떤 여성을 만나고 싶어 하고 따위를 말하지 않아도 된다는
걸 나중에서 알았다.

　2013년 황진하 박사와 군산지역을 공부하다가 고생물에 대해
문외한인 두 사람은 몇 달 동안 전지영 박사를 섭외한 끝에 7월
15일—나는 이 날을 잊을 수가 없다. 세 번째 시집출판 기념회를
산골 마을잔치로 열고 난 다음 월요일이기 때문이다. —군산공단
에서 세로 30미터, 가로 50미터 사면에서 공룡발자국을 발견했
다. 연구소에 와서 보도 자료도 써주고 했는데 이 바보들은 재고
뜯다가 —이를테면 그 발자국 주인이 초식공룡인지, 육식공룡인
지, 전문가도 아닌 내가 어찌 아는지 믿지 못하겠다, 믿어라 싸우
다가 —우리가 처음으로 발견했다고 매스컴에 발표할 기회마저
놓쳐 버렸다. 우리가 미리 문화재청에 지질문화재로 신고한 터라
문화재청이 마치 처음 발견한 것처럼 뉴스에 나왔다. 발견자와 발
견 공로에 대한 것은 공중으로 날아가 버렸고 심지어 텔레비전에
나와 문화재로서 가치조차 없다고 뭉개버렸다. 물론 이듬해 새로
운 연구로 익룡 발자국이 발견되며 결국 천연기념물 제548호로

지정이 되었으니 저들도 우리의 발견을 온전히 자기 걸로 만들진 못했다.

10월이 되고 노벨상 수상자가 계속 발표되자 연구원 뒤뜰에 사람들이 모이면 누가 노벨상을 타고 어느 나라 사람이 탔나 하는 것들이 주요 화제가 되었다. 그때 우리의 공룡발자국 발견을 망가뜨려놓은 자가 지나가며—마치 지난 공룡발자국 발표는 어쩔 수 없었으니?—이제라도 열심히 해서 노벨상이나 받으라고 비아냥거리며 지나갔다. 저런, 하고 욕하고 싶었지만 세상의 일이라는 게 가해자가 인정할 만큼 피해자의 힘이 세지 않으면 범죄사실이 인정되기 힘들다는 생각이 들었다. 어떻게 지질학자가 노벨상을 받느냐 말이다, 이 미친, 하고 말해주고 싶었다. 허나 일단 조직의 권력을 쥐게 되면 권력을 쥐지 않았을 때 갖던 순수한 도덕성, 공평성, 비폭력성은 이미 사라지고 자기 맘대로 주물러도 대거리 못하는 존재들을 물고 뒤흔들며 그 상대가 나이가 먹었든, 전에 큰일을 많이 했든 말든 눈 아래로 깔아놓는 게 짐승들의—아니 인간들의—기본 심리라고 확인되곤 하였다. 가해자는 자신이 저지른 행위로 불이익을 받았다며 되레 피해 받은 사람을 교묘하게 따돌리거나 자신의 행위를 정당화하기 위해 학대하기도 하였다. 도저히 힘이 빠져 버틸 수가 없어 나는 그날 오후 휴가를 냈다. 이튿날인 금요일도 휴가신청을 하여 그간 갖지 못한 여름휴가를 늦게

나마 보내기로 했다.

2003년 2월 18일, 점심 먹고 동료와 차를 한잔 마시고 있었는데 머리가 땡땡해지고 몸살이 난 것 같아 급히 간호사에게 달려갔다. 간호사는 일단 혈압부터 재보자고 했다. 갑자기 놀란 간호사가 혈압계가 있는 대로 다 내놓고 그녀는 혈압을 재려 하고 있었다. 내가 정신 차려 디지털 혈압계를 보니 혈압이 220이었다. 나는 아내에게 동네 의원으로 오라고 했다. 차를 몰고 가니 윤상임 의원 원장은 빨간 비상약을 혀 밑에 물고 있으라고 했다. 한 시간이 지나자 혈압은 170으로 내려왔다. 평소 환자의 특성을 알고 있던 원장은 다혈질인 내가 화를 내는 상황이면 혈압이 쭉 올라갈 수 있다며 항우울제 처방을 해줄 테니 그리 알라고 하였다. 직장에 연락하여 오후 휴가를 내고 집에서 쉬었다. 텔레비전을 트니 그 순간 대구에서는 인생을 비관토록 내몰린 사람 — 그도 우울증에 빠졌을까? — 에 의해 지하철 방화사건이 일어났다. 192명의 사망자와 21명의 실종자, 151명의 부상자의 목숨과 고통은 또 준비된 재난이었다. 그간 나는 항우울제 반 알을 매일 혈압강하제와 먹으며 우울감을 줄일 수 있었다. 가족으로부터, 직장으로부터 또는 익명의 누군가로부터 받는 보이는, 또는 보이지 않는 우울감으로부터 벗어날 수 있었다. 더욱이 들릴 듯 말 듯한, 그럼에도 신경을 아주 골골이 쓰이게 하는 보이는, 보이지 않는, 들리는, 들리지 않는 소음들로부터 해방된 곳에 살다 보니 도시가 나에게 규정했던 다양한 족쇄들이 금강 이원대교를 건널 때마다 강물에 씻겨 내려가는 듯도 했다. 어떤 연유로 서울에서 낙향하던 옛사람들도 옥천·영동을 지나 추풍령을 넘어 가려 늘 건넜어야 하는 이 강—이원대교가 지나는 금강은 예로부터 적등강 또는 적등나루로 더 불렀다—을 지나며 그랬을 테다. 가끔은 저 항우울제가 쳐준 핵미사일급 보호막도 슬프지만 어쩔 수 없이 뚫리는 경우도 있었다.

늘어진 어깨를 자꾸 추썩추썩 하며 마치 바늘 끝으로 찌르는 듯한 통증을 버티고 북대전나들목을 지나 고속도로를 타고 옥천나들목을 나왔다. 옥천 읍내를 빠져나오며 몰려와 덮던 우울감에 직선으로 난 이원가는 길 끝 도덕봉 중계소 탑이 벼락이라도 맞은 듯 찌릿하고 슬프고 나도 몰래 눈물이 났다. 내가 믿었던 것들로부터 버림받아 마지막으로 믿었던 그들마저 밀어붙이는 압력에 의해 내가 추방당하고 있다는 생각은 꽈꽝 마른하늘에서 벼락으로 떨어지고 있었다.

세산리를 지나 구둠티를 넘어가고 있는데 갑자기 소나기가 쏟아졌다. 햇빛이 비치는 공간에 마치 호랑이가 장가라도 가듯 비가 오는 것이었다. 다시 구둠티 삼거리로 가면서 길에서 흙먼지가 포싹하고 일어나기도 했다. 정신이 번쩍 들었다. 구둠티 삼거리를 지나 이원과 저 멀리 이원대교를 바라보니 햇빛 속에 마치 누군가 물 한 세수 대야 뿌린 듯하고 거짓말 같이 무지개가 떴다. 아, 이게 무슨 조화일까? 무슨 일일까? 생각하던 중 어깨를 짓누르고 혼을 파먹고 있던 우울감이 36계 줄행랑을 치고 있었다. 갓길에 차를 세우고 사진을 찍었다. 사진을 인터북에 올리며 알제리 가족이 가르쳐 준 아랍어 한 구절을 적었다. 알 하얏트 레이사 하르. 인생은 맵지 않다. 갑자기 눈물이 누구에게 신고하고 나왔는지 모르지만 단체로 탈영하여 완전군장을 하고 달리며 내 얼굴을 뜨겁게 만들어 놓았다. 원동삼거리에 오니 무지개는 내가 사는 동네에서 뻗어 나오는 것처럼 보였다. 좌회전하여 이원대교로 접어드는데 저쪽에서 한 여자가 다리 난간에 매달리고 있었다. 안 돼, 하고 속으로 외치며 나는 차를 세우고 그녀에게 천천히 다가갔다. 아무 말도 하지 않았다. 가까이 가서 뒤에서 그녀를 안았다. 그녀는 반항하지 않았다. 누군가 이렇게 다가와 자신을 알아만 주어도 죽지 않을 것만 같이 행동하고 있었다. 그녀가 벗어놓은 신발을 주워들고 그녀를 지프차에 태웠다. 아무 일 없던 것처럼 그녀는 내가 하는 대로 따랐다. 나는 지프차의 락을 걸고 누구도 밖으로 나갈 수 없게 했다. 누가 보면 이건 여성 납치였다. 그러거나 말거나 나는 그녀를 집으로 데리고 왔다. 주차장에 차를 세우고 그녀에게 신발을 신긴 뒤 내리게 하여 집안으로 모셨다.

보일러를 세게 틀고 그녀에게 수건과 칫솔을 주며 몸을 씻으라고 했다. 뜨신 물이 나오기 시작했던지 세게 나던 물소리는 작은 소리로 바뀌었다. 욕실 문틈으로 그녀의 가는 통곡소리가 새어나왔다. 무슨 연유로 그녀가 다리난간에 매달렸는지 굳이 알고 싶지도 않았지만 그 울음소리의 진폭은 커져갔고 욕실 벽을 치는 소리도 났다. 그때 그녀의 전화기가 요란하게 울렸다. 받아보니 경찰이었다. 순간, 내 자신이 한 일을 떠올려 보니 부녀자 약취, 유인이 아닌가. 신고를 받고 출동해보니 차만 있어 전화를 했다고 했다. 경찰이 별 일 없느냐고 물었다. 현장을 보고 누군가 신고한 모양이었다. 내가 별일 없다고 했더니 차를 끌어다 주겠다고 했다. 집주소를 일러주었다. 전화를 끊고 보니 갑자기 물소리만 들렸다. 어떤 대꾸도 없었다. 문을 두드렸다. 어떤 소리도 없었다. 놀라 문을 열고 들어가 샤워기를 껐다. 그녀의 중요부분을 수건으로 가리고 깨웠다. 그녀는 갑자기 코를 골며 자고 있었다. 기면증인가 할 즈음 그녀가 무슨 일이라도 있느냐는 듯, 엄마야 하며 화들짝 놀라 일어나 방어 자세를 취했다. 경찰이 들이닥친다면 나는 영락없이 성추행범이 될 판이었다. 나는 얼른 밖으로 나와서 그녀에게 이제 물기를 닦고 나오라고 했다. 가슴이 콩닥거리고 무언가 덫에 걸렸다는 생각이 쭈뼛 머릿골을 치고 올라왔다.

초인종이 울렸다. 나가보니 약속이나 한 듯이 경찰이 왔다. 별일 없느냐고 다시금 물었다. 진짜 없다며 잠깐 들어왔다 가라고 했다. 아직 욕실에서 샤워 중이라고 말했다. 경찰은 열쇠를 건네 주고 가겠다며 안녕히 계시라는 인사를 하고는 떠났다. 갑자기 안도의 한숨 소리가 절로 새어나왔다. 세상엔 아무일 없다는 말을 믿는 이렇게 착한 경찰도 있었다. 내가 그녀에게 지금까지 한 행위는 한 푼어치도 범죄사실이 없던 거였다. 머리에 물기를 다 말리지 않은 채 그녀가 대충 옷을 입고 나왔다. 팬티 위로 넘친 그녀의 뱃살과 팬티가 다 담지 못한 다리 살에는 과잉 성장에 의해 터진 나이테처럼 많은 줄무늬가 있었다. 고개를 돌렸다. 내가 보유한 유전자 자기복제 시스템이 극한으로 작동되고 있었다. 설령 상대가 어떤 대거리도 못하고 나중에 경찰에 신고를 못하더라도 하지 말아야 할 것을 하지 않는 게 인격이란 소리가 귀에 들렸다. 내가 건넨 운동복을 그녀가 입는 걸 보고 냉장고에 가서 시원한 물을 한잔 따라다 그녀에게 주었다. 물 한 모금을 마시고 좀 쉬던 그녀가 갑자기 오한이라도 난 듯 덜덜 떨기 시작했다. 안방의 전열 황토침대를 최대로 올리고 거기에 누이고 쉬라고 했다. 그녀가 내 손을 잡고 들릴락 말락 무어라고 말했다. 어서 한숨 자라고 불을 끄고 문을 닫아주었다. 문을 닫자마자 그녀는 최대한 산소흡입체제로 자신의 몸 시스템을 작동시켰다. 가끔은 문 모서리가 드르릉 끌려갈 듯 떨기도 했다. 20분 정도 그리 자더니 새근새근 또 다른 잠을 자기 시작했다.

그녀가 깨어나면 단호박죽으로 요기를 하게 해줄 생각에 냉장고에서 단호박을 꺼내 껍질을 벗기고 잘게 썰어 냄비에 넣고 끓였다. 그리고 분쇄기로 갈아 죽처럼 만들고 찹쌀가루와 약간의 우유를 붓고 저으면서 약한 불로 끓였다. 끓인 단호박죽의 뜸을 들이려 가스 불을 끄고 그대로 두었다. 그 사이 보일러와 냄비를 데우던 가스 불의 열기는 집안 온도를 많이 높여놓았다. 안방에선 이상한 소리가 들렸다. 잠꼬대 소리가 분명했다. 참으로 힘들게 살아온 여인이라는 생각이 들었다. 그녀가 부스럭거리며 일어났다. 밖으로 나왔다. 내가 그녀를 쳐다보았다. 물을 찾는 것 같았다. 물을 한잔 따라 그녀에게 가져다주었다. 물을 조금씩 홀짝홀짝 마시고는 나를 쳐다보았다. 다 기어들어가는 목소리로 그녀가 내게 고맙다고 말했다. 내가 입을 열었다.

"사실 저도 오늘 죽고 싶었습니다. 옥천서 이원으로 넘어오는데 소나기가 내리고 저 멀리 무지개가 뜨는 거예요. 생각했죠. 하늘이 나를 버리지 않았구나. 나를 구원하겠다고 저런 무지개를 하늘이 공중에 걸어두었구나."

"저도 그 다리에서 무지개를 보았어요. 바로 이 마을에서 올라가는 무지개 같대요."

나는 더 이상 아무 말도 하지 않고 상을 차렸다. 준비했던 단호박죽을 내놓았다. 그리고 조그마한 그릇에 담아 그녀에게 먹어보라고 수저를 건넸다. 그녀는 소금을 좀 더 넣고 다시 한 입 먹었다. 고맙다며 그 글래머가 말하는 사이 그 목소리와 인상은 어디선가 이미 경험한 듯했다.

프랑스에 공부하러 갔을 때 나는 첫 한해를 어학원에서 보내야 했다. 1992년, 내 옆 짝꿍은 아프리카 기니비사우에서 온 로사였다. 퉁퉁한 얼굴하며 두꺼운 입술하며 비시라는 동네에서 나에게 가장 친절하게 대해주던 여자였다. 그녀는 비록 그때 스물세 살이었지만 나라의 법에 의해 인구를 늘리기 위해 외국에 나가려면 일단 아이를 둘 이상 낳고 외국여행 허락을 받아야 했고 그렇게 프랑스어를 공부하러 온 것이었다. 마친 뒤 그녀는 자신의 나라에서 프랑스어 교사가 되는 게 꿈이었다. 그 친절한 로사의 한국 버전이 바로 그녀처럼 보였다. 왜 뚱뚱한 여자가 좋은지나는 설명할 길이 없다. 로사의 딴 머리는 한 달이 돼도 감지 않았지만 그녀는 그에 비해서는 단정했다.

나는 그녀의 휴대전화를 달라고 했다. 그리고 내 전화번호를 찍고 통화 버튼을 눌렀다. 내가 그녀의 전화기를 통해 시도한 나와의 전화통화가 내 전화기에 도착했다. 내가 받고 아, 여보세요. 저는 최형진인데 무슨 일이신가요, 하고 말하니

"안녕하세요. 저는 김희선이라고 합니다."

하는 답신이 기계와 공기를 통해 동시에 내 귀에 도착하였다.

영화배우 김희선과 같은 이름이라 웃음이 픽 새어나올 뻔했지만 겉보기로 희선 씨가 영화배우 김희선보다 나이가 많은 게 분명해 보였다. 영화배우 김희선의 부모가 표절했을 수도 있다는 엉뚱한 생각을 했다. 그녀의 휴대전화를 다시 빼앗아 내 이름을 적고 적등강을 더 적어 넣었다. 내 전화기에 찍힌 그녀의 전화번호에도 그녀의 이름을 적고 적등강이라고 더 적었다. 이거? 선수들의 특별한 거동이라고 보면 옳았다. 지역을 기억하며 관계를 기억해내게 하는 선수만의 기억법. 희선 씨가 혼자 사느냐고 물었다. 내가 허를 찔렸다. 내가 혼자 사는 걸 어찌 알았느냐 물었다. 옷을 보니 누가 빨래해준 흔적도 없고 얼굴은 때가 꼬질꼬질하다고 그녀가 대답했다. 그녀가 갑자기 웃음을 터뜨렸다. 나도 따라서 기분이 좋아 너털웃음을 웃었다. 인생에서 행복바이러스라는 게 이런 걸까? 행복한 사람을 만나면 내가 좀 언짢은 일이 있어도 스르르 풀리는 거다. 죽고 싶어 했던 여성에게 돌아온 행복바이러스로 나도 행복해하고 있었다. 내가 결혼했는지 묻자 늘 연애에 실패했다고 대답했다.

"단호박죽 한 그릇 더 드릴까요?"

이번엔 좀 큰 그릇에 많이 퍼 담아 그녀에게 주었다. 눈치를 보지 않고 희선, 그녀는 다 먹었다. 그녀의 뜻밖의 활달한 성격과 굵은 팔뚝은 내가 늘 꿈꾸어왔던 유형의 건강하고 씩씩한, 헌데 오늘은 무슨 일로 고장이 난 여성과 대면하고 있었다. 물어보니 그녀는 대전 삼성동에 집이 있고 신성동에 원룸 건물 셋을 운영하고 있었다. 내가 우리 직장이 신성동 옆 가정동에 있다고 하니 반가워했다. 건물이 저렇게 많은데 무슨 일로 절망하셨어요? 하고 물으려다 나는 그만두었다. 더워진 방안 공기를 식히려 거실문을 열었다. 희선 씨가 그제야 바깥이 궁금했던지 밖을 내다보았다.

"이 집엔 토굴도 다 있네요."

"예, 6·25때 팠다나 봐요. 인민군 공출 때 감자도 숨기고 고구마도 숨겨놓으려 동네에서 많이 팠는데 현재 몇 개가 안 남았대요."

여기 이런 산골에도 인민군들이 쳐들어왔다고 한다. 희선 씨가 옷을 갈아입고 그녀의 집으로 가겠다고 했다. 나는 그녀를 말렸다. 아직 몸도 성치 않은데 어딜 가려고 하는지 나는 그녀가 못 미더웠다. 나는 그녀에게 1층이 불편하면 2층에 가서 편히 쉬었다가 조금이라도 컨디션이 나아지면 가라고 했다. 그 호의를 뿌리치지 못해 희선 씨는 아무 소리 하지 않고 2층의 침대로 가 한숨 잤다. 그 사이 아직 덜 마른 그녀의 옷을 다리미로 말려놓았다. 아홉 시 쯤 그녀가 일어났다. 그녀는 운동복을 벗고 그녀의 옷으로 갈아입었다. 희선 씨가 내 손을 잡고 고맙다고 하며 떠났다.

내가 살고 있는 마을은 딱따구리가 생 구멍만 파도 골짜기에 소리 소문이 다 퍼져 조그마한 일도 모르는 이가 없는 곳이었다. 소리 소문 없이 누군가가 지내다 빠져나가기란 애초에 그른 곳이었다. 누구네 집에 누가 왔다 가고 몇 시에 집을 나섰는지 손에는 무엇을 들고 왔었는지조차 다 아는 마을이었다. 이를테면 누구네 집에서는 삼시세끼 무엇을 먹었는지조차 훤히 꿰는 곳이니 사람들은 빙어처럼 무슨 똥을 눌 지까지 보여주며 살 수밖에 없었다. 그러니 내가 출장을 간 사이 누군가 집을 방문하면 누군가 금방 전화해주었다. 누군가 방문을 되풀이하거나 그냥 눌러 살면서 누군가의 우수한 유전자를 받고자 관심을 가진 여성이 설령 있었다 하더라도 그건 거의 이루질 수 없는 헛된 꿈이라는 걸 방문자는 하루면 알게 되었다. 그런 마을에 용감한 여성의 등장은 사실 사람들에겐 저 사태를 어찌 물어야 할까 불편케도 하려니와 아, 저런 사람도 왔다 가는구나, 하며 포기를 종용하는, 생각하기에 따라서는 아주 무례한 일이기도 하였다. 아무튼 그동안 홀로 살면서 꾸준히 쌓아온 명성을 한방에 말아먹을 수도 있는 일이었기에 나는 모든 것이 참으로 조심스러웠다.

의뢰

.....

2014년 봄, 점심 먹고 몰려오는 졸음을 손으로 파리 쫓듯이 하나 아주 몰아내기는 애 저녁에 글렀다 포기하고 졸음에 짓밟혀 책상위에 고꾸라질 즈음 그 전쟁터에 한 발의 포격 소리가 연구실을 둘로 갈랐다. 진원지는 휴대전화였다. 받아보니 김희선 적등강이란 이름으로 기록된 전화였다. 그간 너덧 달이 지났는데 어떻게 살았는지 묻고 용건을 물었다. 그녀가 저녁에 꼭 만나자고 했다. 식당 구석자리에 앉자마자 그녀는 그녀의 고민을 나에게 거침없이 숨길 것도 없다는 듯 털어놓았다. 그녀의 주문은 자신의 할아버지의 행적을 찾아달라는 것이었다. 그녀 할아버지가 6·25사변이 터지자마자 죽었다고 하는데 그녀가 하자는 대로 해달라는 그녀의 간곡한 부탁이었다.

"선생님께 모든 제 믿음을 드려도 될 것 같아 툭 터놓고 말씀드리겠습니다. 사실, 저는 저의 할아버지가 어찌 돌아가셨는지 그간 추적해왔습니다. 많은 사람들도 만났고요. 며칠 동안 저와 계시면서 저희 할아버지가 무슨 까닭에 돌아가셨고 저희 가족이 어찌 이렇게 흩어져 살게 되었는지 좀 밝혀주십시오."

연약한 여자의 눈에 강한 불빛이 비치며 반사해 윤슬이 생길 듯 출렁 눈물이 고이면 그냥 무장해제 되어 버리는 아주 못된 내 버릇이랄까 습관이 있었다. 아무튼 그녀의 생화학물질 덩어리인 눈물이 내게 다가와 내 어깨를 사정없이 적시자 내 몸에 큰 화학반응이 일어났다. 저런 사실을 밝히려면 오래 휴가를 내야하고 그렇다 보면 연월차 수당이 날아간다고 하자 그녀는 하루에 100만 원씩 주겠다고 제안했다. 그 대신 모든 내 사생활은 멈추어주고 그녀가 원하는 일에 몰두해달라고 했다. 자신은 내 곁에서 내가 원하는 모든 수발을 다 들겠다고 했다. 나는 이게 무슨 소린가 얼떨떨했지만 그녀는 애처로이 내게 애원을 했다. 그녀가 언제부터 가능하겠느냐고 말해 나는 이튿날인 금요일 저녁부터 가능하다고 책임성이 있게 대답했다. 그랬더니 그녀는 그러라고 했다. 그녀에게 어떤 계약서가 있어야 하는 거 아니냐고 물었더니 믿음이란 게 이미 쌓여 그럴 필요가 없다고 했다.

금요일 저녁 퇴근길에 희선 씨를 만나러 신성동에 갔다. 희선 씨는 나를 보자 갑자기 얼굴을 붉혔다. 나도 가슴이 콩닥거렸다. 아, 금요일, 젊은 커플들이 불태운다는 금요일, 불금. 희선 씨가 차에 시동을 걸었다. 내가 희선 씨에게 자동차 운전 괜찮겠느냐고 물으니 그녀는 어깨를 으쓱하며 앞장서라는 포즈를 취했다. 그녀는 내 차를 따라 북대전나들목으로 들어갔다. 나는 하이패스선,

그녀는 일반 선으로 들어갔다. 내가 기다렸다가 그녀가 뒤쫓아 오자 달리기 시작했다. 금요일이라 다섯 시 반, 여섯 시인데도 차가 많아지기 시작했다. 내 차 뒤를 따라 달렸다. 호남고속도로에서 다시 경부고속도로. 내가 머뭇거리며 들어가지 못하자 그녀가 얼른 진입하여 내 차가 들어올 수 있게 바람을 잡았다. 내가 다시 앞장을 서서 옥천으로 향했다. 옥천나들목을 나는 하이패스로 통과했다. 그녀가 현찰을 내고 나가 이미 기다리고 있는 나에게 상향등 신호를 하자 나도 달렸다. 옥천나들목에서 신호를 기다려 우회전하여 옥천읍 중심가의 한 레스토랑으로 가고 있었다. 한참을 가다가 우회전하고 다시 좌회전해서 길가 주차공간에 차를 세웠다.

옥천시장 통 도로였다. 장날도 아닌 무쇳날—무싯날—에 사람들이 제법 많고 시끌시끌했다. 희선 씨도 도로가 주차장에서 내 차 뒤에 차를 세웠다. 차문을 열고 내렸다. 갑자기 어린아이처럼 희선 씨는 기분이 좋아진 듯했다. 아주 오랜만에 꺼내 입은 바바리코트가 제격이라고 나는 생각했다. 희선 씨가 팔짱을 끼고자 했다. 싱긋 웃으며 그녀에게 팔을 내어주었다. 옥천에 와 산지 그리 오래되지 않았으나 가끔 아는 사람들도 있어 낯선 여자와 팔짱을 끼는 게 좀 어색하고 가끔은 몸을 비트적거리게 했다. 그러나 떳떳이 나는 활보하고 있었다. 농협마트 건너편 골목에 레스토랑이 있었다. 안단테. 나는 이 단어를 참으로 좋아한다. 아바의 노래도 있고 급작스럽게 다가온 그녀에게 너무 들이대지마란 메시지를 주고 싶은 생각도 났다. 아니, 그냥 무언가 있어 보이고 싶었다. 주인 여자를 아주 잘 안다고 하니 희선 씨는 그런 데를 자신이 왜 가느냐고 머뭇거렸다. 아, 이 무슨 패착이란 말인가? 괜한 말을 했다. 수습할 방안이 얼른 떠오르지 않았다. 내가 빌었다. 그리고 간신히 카르보나라와 돼지고기 스테이크를 먹고 집에 왔다.

희선 씨는 아버지가 그리워 여덟 살에서 멈추어버린 자투리 기억을 따라 방황하다 갔던 곳에서 나를 만난 모양이었다. 겉으로 보기에 그녀는 그럴 듯한 차림으로 살고 있었다. 이를 테면 중형차를 몰고 다니고 무얼 하느냐고 누군가 물으면 원룸 세 채가 있다고 자랑할 수 있는 그녀였다. 집에 오자 마치 서로 말이라도 맞춘 듯 그녀는 2층을 점령했다. 자신의 중형차에서 트렁크를 내와서는 2층에 한 살림을 차렸다.

1층 안방에서 자다 아침에 깨보니 전화통화 소리가 요란했다. 희선 씨가 아마도 누군가와 하는 전화 통화인 모양이었다.

"이제 엄마 부속품도 아니고 나도 인격을 가진 사람이에요."

"내가 남자를 만나든 말든 이제 엄마와 상관없어요. 이제까지 엄마가 하라는 대로 다 했잖아요. 다 늙은 처녀가 엄마 품에서 잔다고 하면 사람들이 웃어요. 제발."

"엄마가 내 인생에 대해 이제까지 모르는 게 뭐 있어요? 내 일을 나도 모르게 미리 먼저 정해 놓곤 했으면서."

"그랬으니 사람 꼴을 하며 산다고요?"

희선 씨가 핏대를 올리며 미사일 네 발을 쐈다.

"엄마 맘대로 할 수 있는 대학 갔으면 됐지."

"세상에 수강신청까지 해줘요? 정말 창피하게."

"담당교수 찾아가 학점도 올려 달랬죠?"

"지금 생각해도 얼굴이 화끈거려요."

울먹이는 그녀가 눈물, 콧물 훌쩍여가며 대들고 있었다.

"그렇지 않았으면 대학 졸업장도 못 받았다고? 대학 졸업장이 뭔 대수예요? 어차피 노처녀로 살 팔잔데."

"내가 어떤 남자를 만나든 만나 죽이든 살리든 그건 내 맘이니까 더 이상 참견하지 마세요."

그리고 통화 소리는 더 이상 없었다. 침대 모서리에 얼굴을 대고 훌쩍거리는 소리가 계단 아래까지 들렸다.

첫 숙제

·····

내가 일어난 기척을 하자 그녀는 나보고 잘 잤느냐며 인사를 하고는 옷을 입고 아래층으로 내려와 부엌으로 향했다. 아침 식사 준비는 내가 할 테니 더 자라해도 그녀는 막무가내였다. 그녀는 나에게 메모 한 장을 건네며 거기에 적힌 내용을 달달 외우라고 했다.

—6사단 7연대 헌병대+CIC

—6월 28일, 횡성

—6월 30일, 원주

—7월 5일, 충주

—7월 9일, 청원 옥녀봉

—7월 10일, 농암면 뭉우리재

—7월 15, 16일 문경

—7월 17일 상주시 낙동면 성골

—7월 23일 상주시 낙동면 구잠리 부치데이

나는 그녀가 내준 첫 숙제를 달달 외웠다. 아니 외워지지 않는 저 날짜에 숫자들을 머릿속에 우겨넣었다. 그녀가 식사준비를 했다. 냉장고에서 재료를 꺼내 밥을 한지가 꽤 오래 되는 터라 그냥 시들어 풀이 죽은 아욱으로 국을 끓이고 전기밥솥에 밥을 하고 김치냉장고에서 묵은지를 꺼내 아침식사 상차림을 하였다. 그녀는 인터넷을 검색하며 아욱국을 끓이고 전기밥솥에 밥을 하였다. 슬쩍 물어보니 난생처음 하는 밥과 국인 것 같았다. 아뿔싸. 대단히 기대했는데 그녀의 눈을 보니 짜든 맵든 그냥 먹어야 한다는 것을 알아챘다. 아침식사를 하고 나는 내가 먹어야 하는 온갖 약을 섭취했다. 그리고 샤워하고 안약 세 가지를 넣었다. 아차, 그러고 보니 토요일이면 동네 어르신들이 기다리고 있었다. 희선 씨에게 오늘 어르신들과 점심식사를 한다고 간곡하게 말하니 자신도 따라가겠다고 했다. 젊은 희선 씨 그녀도 비록 묵을 대로 묵은 남정네들이지만 이들과 함께 여행이란 걸 하고 싶어 하는 눈치였다. 특히 부자이지만 부자이기 위해 돈 앞에 헌신하며 살다 보니 막상 이런 것을 잘 모르고 있는 눈치였다. 아무튼 그녀의 첫 음식 조리의 성과품을 품평하였다. 의외로 음식에 소질이 있었다. 왜 난생처음 하는 거라고 했는지 도저히 알 수가 없었다.

커피 믹스를 타서 커피를 마시고 희선 씨가 내준 숙제를 달달 외우려 눈을 위로 아래로 왼쪽으로 오른쪽으로 돌리며 웅얼거리다 보니 시간은 열 시 넘고 열 시 반이 넘어갔다. 둘은 세수하고 양치하고 옷을 입고 어르신과의 나들이 준비를 했다. 11시 5분 전. 둘은 밖으로 나왔다. 어르신들은 벌써 나와 계셨다. 내가 그녀 보고 손가락으로 가리키며 뒷자리에 앉으라고 했다. 자연스레 두 어르신 사이에 희선 씨가 앉았다. 나는 앞자리 조수석에 앉은 사람을 승헌 성님이라 불렀고 그녀 양쪽에 계신 분은 대관 성님, 진관 성님이라 불렀다. 그럼에도 마치 초등학생들 소풍가는 분위기라고 보면 좋았다.

내가 미인이 곁에 앉으시니 좋으시냐고 하니 귀가 어두운 진관 어르신이 대답을 하지 않았다. 대관 어르신이 진관 어르신을 쿡쿡 찔렀다. 그제야 "뭐라고? 좋으냐고? 좋지. 나야. 언제 이런 미인 곁에 앉아 봐?" 하였다. 진관 어르신은 분명 귀가 잘 들리지 않지만 물을 법한 질문에 대해서도 미리 답변을 하곤 했다. 대관 어르신이 맞장구쳤다. 희선 씨는 내가 짓궂은 놀이를 하고 있다는 생각이 들었던 모양이었다. 오늘 내가 유사이기 때문에 모실 수 있지 그렇지 않으면 어림없다 했다. 유사는 본디 관리라는 말인데 쓰임새로 요즘 말, 총무에 해당되었다. 희선 씨는 양 옆에 있는 어르신들에게 애교를 떨기 시작했다. 그러자 세 어르신 모두 자신이 유사일 때 얼마든지 와도 환영이라고 했다. 그녀는 내가 어르신들을 부를 때처럼 '성님'이라 불렀다. 나이로 치자면 대관 어르신은 나와 스물일곱 살 차이이니 희선 씨와는 서른아홉 살 차이. 아, 이

건 아니다 싶은데 대관 어르신이 왜? 동상 하고 대답하니 통한다 싶었던지 희선 씨가 깔깔 웃었다.

"대관 성님이 유사이실 때, 저, 와도 되죠?"

그러자 승헌 어르신도 고개를 끄덕였다. 진관 어르신도 그 말은 알아들었다.

"내가 유사일 때도 와요."

하였다. 오백거리 삼거리에 도착한 지프차가 급하게 좌회전을 하고 있었다. 뒷자리에선 으아 하고 비명소리가 났다. 지프차가 급히 좌회전하며 한쪽으로 쏠린 모양이었다. 비명소리와 깔깔 웃는 소리가 들렸다. 내가 여기를 왜 오백거리라고 하는지 몰라요, 하자 승헌 어르신이 이원대교 생기기전에 여기 나루터가 있었다며 배가 다니는 거리라고 해서 오백거리라고 했어. 저 건너 저쪽에 적등루赤登樓라는 데도 있었다고 대답했다. 내 머리가 번쩍했다. 고지도에 나타난 적등강이 바로 여기 맞구나 싶었다. 오백거리는 본디 오뱃거리였다. 오백거리가 고지도의 적등나루赤登津이었다. 대관 어르신이 장동리, 백지리 사람들은 다 초등학교를 심천深川 — 한글 땅이름은 지프내 — 으로 다녔다고 하였다. 왜냐고 물으니 배를 아니 타도 되고. 아무 때나 갈 수 있어 그렇고 게다가 더 가깝다고 했다. 백지리에서 심천까지 5킬로미터의 거리인데 그를 왔다갔다 걸어 다녔다고? 아하, 그래서 저리 건강들 하시구나 하는 생각이 났다. 지프차는 전원식당을 지나 삼거리에서 좌회전 신호를 기다리고 있었다. 좌회전했다.

이곳 바로 옆 산에는 우암 송시열 선생 부친의 유모 산소가 있다. 헌비의 묘. 그를 소개하니 희선 씨가 놀라며 진짜요? 형진 씨 동네는 충의공忠毅公 김문기 선생이 태어난 곳이 아니어요? 하고 물었다.

"사육신이라고 마을의 자랑이지. 올해는 3월 21일 제향이 있다고 하데. 그날이 아마 금요일이지?" 하고 승헌 어르신이 말하자 진관 어르신이 다른 말을 했다.

"사육신 맞아? 사육신은 제미. 집을 지으려고 하면 뭔 평가라고 붙잡아놓고. 사육신이 뭔 밥을 먹여 줘? 제기."

화제를 돌리기 위해 내가 손으로 오른쪽을 가리키며 저기 바로 위에 송학사가 있고 저기 보이는 곳 옆으로 가면 옥계폭포가 있다고 하니 희선 씨는 놀라워해 했다. 지프차가 고개를 넘자 나타난 저 왼쪽 근사한 건물들이 난계국악당이라고 대관 어르신이 손님에게 설명을 했다. 그리고 평야가 나왔다. 내가 이 너른 들이 심천이고 저 쪽으로 가면 약목리, 와인 양조장도 있다고 소개했다. 지프차가 영동으로 길을 가는데 뜬금없이 진관 어르신이 밖을 가리키며 무어라고 했다.

"저기가 어서실여. 어서실."

누가 묻지도 않은 말을 그는 뇌까리듯 혼자 말했다. 지프차는 영동 무지개다리를 건너자마자 오른쪽으로 꺾어 개울을 따라 가다 주차를 했다. 대호식당에 들어서자 주인아주머니는 버선발로 달려오듯 반가이 손님들을 맞았다. 방으로 안내되어 음식을 주문을 했다. 식당 주인아주머니는 안주가 될 만한 밑반찬들과 술을 챙겨 쟁반에 받쳐왔다. 생강 채를 듬뿍 담은 접시가 신기했던지 희선 씨가 생강 채냐고 물었다.

"최 박사 뜸에 생강 채를 먹으끼 감기도 덜 걸리고 기침도 덜 나고 아주 좋아."

마을 어르신들은 때문에, 대신 뜸에 또는 떨에, 라고 했다. 아래아 단어로 조선 때면 뜸에, 뜰에. 아니, '뜸애, 뜰애'라 썼을 법하다. 희선 씨에게 생강을 많이 먹으면 항암효과도 있고 좋다며 권했다. 모두는 뜨뜻한 탕 그릇에 생강 채를 섞고는 수저로 떠서 입에 넣기 시작했다. 진관 어르신이 희선 씨를 바라보며 먹을 만하냐고 물었다. 그렇다고 대답하며 많이 드시라고 희선 씨가 거들었다. 모두는 커피를 마시고 밖으로 나와 지프차에 올랐다. 승헌 어르신이 어디 갈 데 없느냐고 물었다.

"여자 손님도 오고, 와인 양조장 한 군데 들르면 어떨까요?"

"손님에게 물어야지. 손님은 어떠세요?"

"저도 좋아요. 가본 경험이 없어요."

하고 희선 씨가 말했다. 개울가 도로변에 세워져 있던 지프차는 누가 운전도 하지 않았는데 로터리를 돌아 영동읍사무소를 지나 대전 방면, 아니 옥천 방면으로 길을 잡아 가고 있는 듯했다. 뜬금없이 진관 어르신이 뭐라고 했다.

"저기가 오정리. 요짝으루 가면 어서실여. 부용리 어서실."

나는 궁금했다. 왜 이곳에 오면 진관 어르신은 사람들에게 어서실임을 알리려 할까? 대관 어르신이 여기가 그 어서실이냐고 묻자 승헌 어르신도 거들었다.

"난 말만 들었지, 여기가 거기라는 얘기를 저 양반한테 오늘 처음 듣네."

그때 희선 씨가 무언가 물으려다 말았다. 지프차는 비보호 좌회전을 기다리며 섰다. 건너편엣 영동 가는 차들의 행렬이 꼬리를 보이고 지나자 핸들을 돌렸다. 여러 번 와 본 곳인지라 약목리 경로당 앞에 지프차를 세우고 모두는 밖으로 나왔다. 돌담이 있고 돌담 안에 큰 느티나무가 있다. 그리고 조금 더 골목을 따라가면 그 집의 대문이 나타났다. 간판에 시나브로 양조장. 바깥주인이 나오며 일행을 사랑채 이층의 와인 바로 안내했다. 그는 그 전해 가을에 담근 붉은 와인을 전날 떴다며 맛보겠느냐고 물었다. 모두가 좋다고 하자 사장은 와인 잔을 앞앞에 놓고는 붉은 와인을 조금씩 따라 맛을 보게 해주었다.

"와, 이렇게 향기롭고 푸근하게 해주는 와인은 처음이여요. 정말 죽여주네요. 형진 씨."

"이 기술은 누구도 못 따라갈 것 같아요. 사장님, 특허가 몇 개시라고 하셨죠?"

"향을 잡아두는 기술 포함해서 특허가 일곱 개입니다."

모두는 와 하고 환호성을 질렀다. 시골? 아니 산골에 이런 와인 양조장이 있어 고급 와인을 시음할 수 있다는 것이 희선 씨는 가장 신기하고 온 보람이 있었다. 잔에 있던 것을 다 마시자 하얀 와인을 부탁했다. 사장은 머뭇거리지 않고 말간 와인 병을 들고 와 다섯 잔에 조금씩 순수의 액체를 따랐다. 기다렸다는 듯이 희선 씨는 와인을 한 모금 베어 물고는 입안에 가두었다. 식사하고 와인 마시고 눈 초점이 풀린 그윽한 그녀의 눈빛이 내 선글라스를 뚫고 전해질 즈음 나는 붉은 와인 드라이 2병, 하얀 와인 2병을 주문했다. 시음을 마치고 모두 아래층으로 내려갔다. 창고 안에 들어서자 추웠다. 사장은 저온저장고에 많은 포도주를 보관하고 있었다. 그 안에는 작년 떠서 병에 넣었다는 와인과 며칠 전 떠서 병에 넣었다는 와인들이 함께 있었다. 사장은 1회용 와인이라며 작은 크기로 포장된 와인 몇 개를 덤으로 주었다. 희선 씨도 백포도주 두 병을 샀다. 사장은 두 병을 곱게 포장해서 여성 손님에게 건네며 1회용 와인 두병을 덤으로 넣어주었다.

어르신들은 밖으로 나와 집 앞 빈터를 보며 무언가 열심히 말씀하시는 중이었다.

"여기서 저쪽으로 가면 금정리고, 거기가 검촌이지? 아마?"

나는 저들이 말하는 동네 이름에 저리 이상하게 매여 있는지도 궁금했고 왜 오랫동안 저들의 화제가 되고 있는지 도대체 알 길이 없었다. 지프차는 다시 약목사거리에 섰다. 오른쪽으로 가면 심천, 왼쪽으로 가면 양산, 왼쪽으로 가면 어딘가가 검촌일 터였다. 신호가 바뀌자 자동차는 난계 사당을 지나며 또 신호에 걸려 멈추어 섰다. 진관 어르신이 저게 난계사당이라고 손님에게 설명하였다. 다 아는 것에 대한 반복이었다. 고개 넘자 옥계사거리에서 신호가 걸렸다. 왼쪽으로 가면 옥계리 옥계폭포, 오른쪽으로 가면 고당리 날근이. 원동삼거리에서 오른쪽으로 길을 튼 지프차는 적등강 이원대교를 건너고 있었다. 내가 차창을 열고 가자 희선 씨가 고개를 끄덕였다. 마을로 접어들자 금강 둑 넘어 달이산月伊山, 갈미봉, 노적봉, 능바위가 나란히 서서 맞았다. 금강은 고장에 따라 부르는 이름이 참 다르다. 이원에선 적등강赤登江이라고 했었으나 지금은 금강 또는 그냥 강이라 불렀다. 상류인 금산 부리면에선 적벽강赤壁江, 약간 하류인 안내면으로 가면 화인강, 대청댐 부근에선 형강荊江, 신탄진에선 시알강新灘江이라고도 불렸다. 적등강이라 부르든 금강이라 부르든 이원에선 아무 상관이 없었다. 그냥 강이라고 많이 불렀다.

"형진 씨, 혹시 저 산이 달이산 맞죠?"

내가 맞는다고 대답하니 대관 어르신이 성씨가 어떻게 되느냐고 희선 씨에게 물으셨다. 그녀는 김녕 김 씨라고 대답했다. 승헌 어르신이 김문기 후손인가보라며 김문기 선생 살던 터가 동네 가운데, 우리 집 바로 앞이라고 하자 희선 씨는 머리가 복잡해 했다. 사당골 우리 집 주차장에 지프차는 고양이가 배 쭉 깔고 쉬듯 멈추었다. 모두 잘 먹었다며 인사를 하고 집이나 경로당을 향해 갔다. 갑자기 무언가 생각이 난 듯이 희선 씨가 마트에 가자고 했다. 나는 옥천으로 차를 몰았다. 제이마트 주차장에 차를 세웠다. 희선 씨가 카트를 끌고 마트 안으로 들어서자 내가 운전을 맡아 희선 씨의 뒤를 따라다녔다. 물건을 싣고 와 계산대에서 셈을 치르고 박스에 담아 카트에 싣고 와 지프차 트렁크에 실었다. 집에 도착했다. 그리고 물건을 담은 박스 여러 개를 집안으로 들였다.

희선 씨는 나에게 2층으로 올라오라 했다. 안락의자에 앉더니 희선 씨가 아침에 준 메모에 대해 외우는지 확인하였다. 오늘 따라 저 의자가 매우 빨갛게 보였다. 내가 더듬거리자 어디선가 회초리를 꺼냈다. 내가 왜 이러느냐고 막고 섰지만 막무가내로 희선 씨는 물러설 기미를 보이지 않았다. 어느 새 그녀는 우리 엄마 자리를 꿰차기 시작했다는 생각이 들었다. 30분 뒤에 다시 물어달라고 했다. 도대체 무슨 일로 저러는지 몰라 인터넷에서 검색했다. 나는 깜짝 놀랐다. 이 모든 지점은 6·25사변이 터지자 사람들이 죽은 곳이었다. 저 곳들에서 인민군들이 쳐들어오며 죽인 사람들 시신을 헌병대가 수습했나 싶기도 했다. 아무튼 간에 빨갱이들이 지구에서 없어져야 할 이유를 나는 또 찾았다.

다시 정신 차려 날짜와 메모를 외웠다. 우파의 덕목에는 봉사와 헌신이 있었다. 또 머리에 들어오지 않자 나는 인터넷 지도를 폈다. 구글 어스는 참 좋은 사이트였다. 지점마다 일목요연하게 날짜와 장소가 적힌 메모를 붙이니 메모사항이 파노라마처럼 나타나 헌병대와 CIC가 어찌 작전을 했는지 시간과 공간으로 보여주었다. 내가 다 맞추자 희선 씨는 고생했다며 내 얼굴을 두 손으로 감쌌다. 내가 눈을 감자 그녀는 두 손을 내 얼굴에서 떼었다. 나는 CIC가 무언지 궁금하지도 않았다. 숙제이니까 그리고 아마도 좋은 일 한 집단일 테니까 굳이 알고도 싶지 않았다.

저녁식사를 하고 그녀는 다시 나보고 옥천 어디까지 차로 태워달라고 했다. 도착해 내리면서 그녀는 나보고 어디 가지 말고 가만히 있으라고 했다. 나는 3시간 동안 가만히 기다렸다. 11시가 되었을 즈음 그녀는 내가 차를 세운 곳으로 왔다. 온몸이 땀에 젖어있었다. 비릿한 피 냄새 비슷한 게 코를 찔렀다. 그녀가 내 어깨에 손을 얹으며 아, 오늘 그 양반, 내가 죽여줬지, 하고 말했다. 정말 섬뜩했다. 그녀의 잇몸에 피가 살짝 비쳤다. 잇몸에서 난 피려니 생각만 하고 나는 아무 말도 하지 않고 그녀를 집으로 모시고왔다.

그녀가 무슨 일을 했는지 나는 아무 것도 묻지 않았다. 아니 물을 수가 없었다. 집에 오자마자 그녀는 욕실에 가서 샤워를 하고 빨래를 했다. 그리고 아무도 없는 것처럼 팬티와 브래지어만 하고 빨래를 손에 든 채 욕실 밖으로 나왔다. 나는 그녀의 안중에 없는것이었다. 네깟 인간이 보면 어쩔 거냐며 시위를 하듯이 느껴지기도 했다. 완전 무시당하는 이 마음에 가랑비가 내리기 시작했다. 글래머 그녀에게 갑자기 내 남성이 오그라들고 쪼그라지는 게 느껴졌다. 그녀는 나를 고용한 사람일 뿐 내가 그녀를 어찌하라 명령하고 그럴 입장이 아니었기 때문이기도 하려니와 설령 그녀에게서 어떤 답을 들을 수 있다손 치더라도 험한 얘기가 그녀의 입에서 나올까 그것이 더 두려웠다.

도살장에 가다

·
·
·
·
·
·

　이튿날은 일요일이었다. 아침식사를 하고 희선 씨는 내게 메모를 건네주었다. 앞으로 많은 것들을 외워야 하니 헷갈리지 말라고, 더 잘 외우도록 회초리를 드는 거니 이해해달라고까지 신신당부했다.

　—6사단 19연대 헌병대+CIC

　—7월 5일, 진천 조리방죽

　—7월 8일, 음성 원남면 백마령고개

　—(7월 10일, 오창 양곡창고 수도사단 헌병대)

　—7월 11일 03:00 및 08:30: 오창 양곡창고

　—7월 14일, 영주

　그녀는 옥천옛 마트에 다녀온다며 자신의 차를 몰고 나갔다. 나는 열시 반이 되어 교회에 갔다. 휴대전화가 우렁차게 울었다. 희선 씨가 보낸 전화통화 제안요구 신호였다. 교회 가는 길이니 이원의 높은 언덕에 있는 우리교회로 오라고 기계에 대고 말했다. 교회 때문에 가족과 헤어져 혼자 산다더니 웬 교회를 다닌다고 할

까? 점점 이해되지 않는 한 남자에게 마치 아이스크림을 본 것처럼 그녀는 두려움 없이 자벌레나 된 듯이 한 땀 한 땀 다가오고 있었다. 굵은 팔뚝의 그녀가 돈키호테에게 말과 갑옷을 빌려 삐거덕거리며 돌아가는 내 몸을 향해 돌격해오고 있는 것이 분명했다. 교회 골목에 차를 대고 기다리다가 희선 씨의 자동차가 들어오자 나는 저 쪽에 빈 곳이 있으니 주차하라고 손짓하였다. 나를 스쳐가며 내린 차 창밖으로 희선 씨가 한마디 했다. 나는 아무 대꾸도 하지 않았다. 희선 씨가 주차하고 왔다.

그녀는 눈을 흘기고 내가 건네는 손을 잡았다. 내가 잡은 손을 꼭 쥐고 교회 회당 안으로 들어갔다. 예배당 안에는 100명 안 되는 사람들이 앉아있었다. 열한 시가 되자 예배가 시작되었다. 나는 나에게 상처를 준 교회를 이해하기 위해 대학생 때 사중창을 한다며 사귄 친구들에 이끌려 여의도 교회에 가 배운 찬송가를 열심히 불렀다. 그 모습이 희선 씨에게 그리 나쁘지 않은 듯 했다. 그녀도 찬송가를 따라 부르기도 하였다. 빤히 나를 바라보던 희선 씨가 나에게 입을 삐죽 내밀었다. 예배는 거의 마쳐지는 듯했다. 그때 장로 한 분의 기도가 이어졌다.

"하나님 아버지, 불쌍한 우리 대통령을 도와주옵소서. 빨갱이 새끼들로부터 이 나라를 지켜주옵소서. 북진통일을 허락해 주셔서 다시는 6·25와 같은 비극이 일어나지 않게 해주시옵소서."

내가 아멘, 하고 외쳤다. 사람들이 쳐다봤다. 말이 많은 빨갱이들은 도저히 이해 못하겠지만 나도 저리 생각하고 있고 또 믿음이란 바로 이럴 때 공감해주는 것이란 생각에 아멘, 하고 누가 보든 말든 크게 외쳤다. 희선 씨가 픽 웃었다. 그게 좀 어색하긴 했다. 그리고 마지막으로 목사가 감사의 헌금을 소개했다.

"어제 토요일, 보도연맹 희생자 두 분을 안장했습니다. 안장 예배를 드렸고 그에 대한 감사헌금을 해주셨습니다. 아멘."

나는 눈이 휘둥그레졌다. 목사님은 보도연맹 희생자, 장로님은 빨갱이 새끼들이라 했다. 큰 대비를 이루었다. 극과 극이 이 교회에선 공존하나 싶었다. 사람들은 목사의 말이 끝나자 아멘 하고 또 외쳤다. 물론 나처럼 빨갱이가 없는 세상을 원하는 장로와 빨갱이 후손이라도 하나님을 영접한 신도를 마음으로 사랑하는 목사가 서로 다른 모습을 보여주는 것일까 하고 생각이 들었다. 예배가 끝나자 모두는 식당으로 안내되었다. 나는 새로 온 신도를 목사에게 소개했다. 목사가 희선 씨를 반가이 맞았다. 이 교회 자리가 일제 때 신사가 있던 곳이라서 은혜가 한층 더한 곳이라고도 했다. 내가 아멘, 하고 외쳤다. 웃음을 입술 양끝에 띠며 경청하던 희선 씨가 고개를 끄덕였다. 그리고 식탁에 앉아 함께 점심을 먹고 둘은 밖으로 나왔다. 희선 씨가 무얼 할 거냐고 묻기에 아침에 승헌 어르신이 군서 도축장이 혹시 열었으면 소 간 좀 사오라고 부탁했다는 말을 했다. 그녀는 함께 가보자고 덤볐다. 내 차는 교회에 두고 자기가 운전할 테니 그녀 차로 가자고 말했다. 그녀의 운전 솜씨를 이미 아는 터라 나는 순순히 따랐다.

이원삼거리에서 좌회전해서 검은 자동차는 구둠티 만남의 광장을 지나 세산리를 지나 옥천역을 지나 네거리에서 신호받기 위해 정차했다. 그리고 좌회전 신호를 받아 군서 방면으로 향했다. 좁은 길은 산벼랑을 따라 꼬불꼬불 이어졌고 고개에 오르기 전 오른쪽으로 하천 가를 따라 가다가 도축장 마트가 있었다. 가보니 역시나 문이 닫혀있었다. 내가 저 위에 있는 식당에 가보자고 했다. 맥우 식당에서도 소간을 살 수가 없었다. 승헌 어르신에게 전화를 해서 도축장 마트가 문을 닫아 못 산다고 그냥 아쉬움을 전했다.

희선 씨가 맥우에서 나와 좌회전하려 할 때 내가 군서에 한번 다녀오자고 했다. 희선 씨는 우회전하기에 이미 늦어 차를 돌리기 위해 산길로 차를 몰았다. 연결된 도로를 따라 갔다. 차를 세우고 보니 묘지였다. 내 눈이 휘둥그레졌다. 둘은 차에서 내렸다. 앞으로 펼쳐지는 경치를 구경할 셈이었다. 내리자마자 나타난 표지판은 '옥천 보도연맹 사건 희생지'라고 씌어 있었다. 희선 씨가 무덤들을 살피더니 공동묘지 같다고 했다. 보도연맹 사건 희생지라고 하니 궁금하여 나는 희선 씨에게 묘지를 좀 둘러보자고 했다. 갑자기 그녀가 "다 빨갱이 새끼들 아녀요?" 하고 말했다. 그녀가 내뱉은 '빨갱이 새끼들'이란 말에 고개를 끄덕이며 그런 것 같다고 나도 대꾸했다. 공동묘지 비석 옆에 사용기간이 끝났으니 이장하라는 안내문도 있었다. 내가 가만히 살펴보니 6 · 25전쟁 때가 아닌 최근 무덤들이었다. 둘은 묘지를 둘러보았다.

"김형철? 우리 할아버지 이름하고 똑 같네."

하고 말하더니 그녀는 그녀의 어머니가 어릴 때부터 할아버지 함자는 형자 철자, 아버지는 승자 규자, 이렇게 귀에 딱지가 앉을 정도로 가르쳐줬다고 말했다. 그래야 나중에 뿌리 찾아간다고. 할아버지가 빨갱이로 몰려 죽은 뒤 아무 것도 못하던 그녀의 아버지는 매일 술만 먹고 그녀가 어릴 때 돌아가셨다고 했다. 그녀 어머니에게 그녀의 아버지, 할아버지는 아무런 유산도 남기지 않았다. 그 뒤 무슨 뉴스만 터지면 그녀의 모친은 빨갱이 새끼들은 다 죽여야 된다고 했단다. 외할아버지 돌아가시고 받은 유산을 굴리고 식당해서 번 돈으로 건물도 사고 이제는 좀 여유 있어 진 것이라고 그녀는 말했다. 건물 셋을 가지고 있는 소유자가 희선 씨가 아닌 희선 씨의 모친이란 걸 알게 된 나는 내색하지 않았다. 하루에 100만 원씩 받기로 한 것도 못 받을 수 있겠다 싶었다.

묘지 가장 높은 곳에 표지판이 있었다. 1950년 7월경 옥천군 동이면 일대 주민 350명이 보도연맹원으로 무고하게 예비검속되어 불법 구금된 후 동이면 평산리 들미 일대에서 집단 총살되어 고귀한 생명들이 억울하게 희생되었다고 적혀 있었다. 무덤처럼 보이는 것은 하나이고 나머지는 평토장으로 희생자를 모신 듯하였다. 평산리라는 단어를 보고 보도연맹원이란 단어를 보고 희선 씨가 울기 시작했다. 자신의 할아버지와 관련된 키워드이기도 했고 감히 그 근처에 얼쩡거리기조차 꺼려지는 단어들을 만나 그녀는 그냥 주저앉았다. 과거의 아픔이 끝나지 않아 후손에게 유전자로 전해져 후손에게 현재의 아픔으로 사뭇 고통을 준다면 그 과거의 고통은 과거의 고통이기만 한 건 아니라는 생각이 들었다. 그렇다고 돌이킬 수도 없는 역사를 그녀는 왜 이리 집착하고 있는지 알 길이 없었다. 곁에 가 앉으며 희선 씨 손을 꼭 쥐어주었다. 글래머 그녀가 새가슴 내 품을 끌어안고 엉엉 더 크게 울었다. 눈물, 콧물에 내 옷이 엉망이 되었다. 뜨뜻한 그녀의 분비물이 내 살에 닿으며 나도 울음이 나와 엉엉 울었다. 희선 씨를 데리고 내려왔다.

차에 오른 둘은 이원 우리교회를 향해 자동차를 몰았다. 하루 종일 보도연맹, 빨갱이란 말로 고문을 받은 날이었다. 교회에 도착했다. 내가 시동 걸고 차를 움직이자 희선 씨는 뒤를 따랐다. 집에 도착했다. 희선 씨는 2층으로 올라갔다. 희선 씨는 안락의자에 누웠다. 빨간 의자를 좋아하는가 보았다. 그곳이 그녀는 그리도 좋을까? 옷차림을 가볍게 하곤 희선 씨가 잠을 청했다. 그를 보고 나는 아래층으로 내려와 1층의 1인용 침대에 누었다. 열심히 코를 골려하는데 갑자기 희선 씨의 신음소리를 듣고 나는 깼다. 가보니 그녀가 식은땀을 흘리며 헛소리를 하고 있었다. 안 되겠다는 생각이 들어 흔들어 깨웠다. 그녀가 일어나서는 뜬금없이 전선줄을 삐삐선이라고 하지 않았느냐고 물었다. 가만히 생각해보니 어릴 때 많이 썼던 단어라는 생각에 그런 것 같다고 대꾸하였다. 다시 지에무시라는 트럭 아느냐고 묻기에 내가 안다고 대답했다. 어릴 때 본 큰 트럭인데 GMC, 기아모터스회사의 트럭을 말한 것 같다는 의견을 그녀의 고운 귀에 건넸다.

희선 씨는 내게 카세트테이프와 테이프리코더를 건네주며 들어보라고 했다. 갑자기 덜컥 겁이 났다. 이제 그녀가 주는 걸 먹고 그녀가 보여주는 걸 보고 그녀가 외우라고 하는 걸 외우고 갑자기 내가 사육당하고 있다는 생각이 들었다. 그녀는 장동리로 해서 한바퀴 돌고 오겠다고 하며 나갔다. 그녀가 왜 삐삐선에 대해 묻고 지에무시 트럭에 대해 물었을까 나는 도저히 상상이 되지 않았다.

그동안 나 자신이 그녀에게 엮인 상황들을 되새겨 보았다. 불쌍한 여자라며 반강제로 그녀를 차에 태우고 집에 데리고 온 상황은 부녀자 약취 및 납치, 집에 데리고 와서 성추행, 강간죄가 그녀의 일방적인 주장에 의해 내게 올가미를 씌워질 수도 있었다. 그녀가 제시한 거액의 대가에 현혹되어 무언가 제대로 챙기지 않고 덫에 걸릴 판이었다. 어제 그녀의 옷에서 피비린내가 났다. 만약에 그녀가 어제 사람을 죽였다면 그 근처까지 운전해서 그녀를 도운 나는 살인 공모 죄? 아니 살인사건 공범이 될 판이었다. 갑자기 더럭 겁이 나기 시작했다. 그녀가 하자는 대로 하는 걸 내가 싫다고 하면 아마도 저런 혐의를 씌워 나를 옭아맬지도 몰랐다. 머릿속 한편에서는 그냥 별일 없을 테니 거액의 돈을 받을 때까지 그냥 가만히 있자고 속삭이는 소리가 들리기도 했다. 그녀가 오늘은 어디서 무슨 일을 벌이고 올지 걱정이 되었다. 또 무슨 일을 벌이려고 미리 사전답사를 하는지도 궁금하였다. 보도연맹이란 단어를 떠올리자 나는 고향의 옛사랑이 떠올랐다.

나는 초등학교 들어가기 전까지 바지를 입은 기억이 없다. 그를 본 순이는 다 큰 게 내놓고 다닌다고 늘 못마땅해 했다. 순이의 외삼촌은 보도연맹원이란 이유로 붙잡혀가 죽었단다. 그의 외할머니는 인민군이 대구까지 밀고 가자 이제 손바닥만큼 남았다며 좋아했단다. 외숙모는 혼자의 몸이 되었다. 순이의 엄마와 함께 남자들 만나고 다닌다고 순이 아버지는 매일 순이 엄마를 혼내고 외숙모와 다니는 게 다툼의 소재가 되자 순이 엄마는 약을 먹고 죽었다. 순이 외숙모는 아들과 딸을 두었다. 말 못하는 이종사촌과 외숙모는 동네일을 도맡아 했다. 그래서 마을로부터 명성을 얻고 살 수 있었다. 그러나 그의 남편을 순경한테 이른 사람을 끝까지

용서하지 않았다. 내가 누나와 함께 울타리 밑에서 소꿉장난을 할 때면 지나가던 순이 이종사촌은 작대기로 내가 만든 집을 부수곤 하였다. 엄마 죽고 순이는 초등학교 졸업으로 공부를 끝내야 했다. 얼마 뒤 그 오빠도 따라 죽었다. 그 순이가 어느 초겨울 우리 문중 시제사에 왔다. 시제사라고 하면 어느 조상을 맡아 다른 집에서 땅을 부치며 그로 제사를 지내주는 것이 보통이었다. 이때 제사를 지낼 때마다 봉송을 쌌다. 제사음식을 제사에 참여한 사람만큼 똑같이 나누었다. 그걸 시사 몫이라 하였고 그것을 포장 종이에 싸서 보낼 준비가 되어 있는 선물보따리를 봉송이라고 했다. 시사 몫을 받으러 순이가 시제사에 왔으나 갑작스레 비가 내렸다. 폭우였다. 누이는 물 불으면 개천을 못 건너니 먼저 가라고 했다. 나는 순이의 손을 잡고 순이의 우산을 쓰고 마을로 돌아왔다. 장박들 지나 둑 너머 지나 이미 물이 불은 개울을 건너며 몸을 가누기 힘들 때 손을 꼭 쥐고 가던 즈음 순이가 말했다. 나 오늘 네가 준 떡밖에 못 먹었어. 아무리 생각해도 그 때의 순이를 잊지 못하였다. 지금 생각해보면 그게 내 첫사랑이었던 것 같다.

순이의 외할머니는 105살까지 살았다. 같은 마을에 살았지만 그녀가 산 세상은 조금 다른 세상이었을지도 모르고 저 세상 가서 그녀는 아들과 딸, 며느리를 만나 행복하게 살고 있을지도 모를 일이었다. 주르르 눈물이 눈앞에서 발을 치고 나는 과거로의 여행을 계속하고 있었다. 전두환 쿠데타로 대학 다니기도 힘들던 어느 날 수원농대에서 함께 기숙사 생활을 하던 일용이 형님과 나는 함께 순이를 만나러 간 적이 있었다. 그때 그녀가 낮에는 공장에 다니고 밤에는 야간 중학교에 다니고 있다는 사실만 손에 쥐고 올라왔다. 그 첫사랑은 전쟁 때부터 잉태된 결말에 결국 이루어질 수 없는 사랑이 되고 말았다. 눈물을 훔치고 거실문을 열고 밖으로 나갔다.

국군 6사단 7연대 헌병대 김 상사

　　　희선 씨가 준 카세트테이프를 테이프리코더에 넣고 틀었다. 녹음 내용은 기자들이 묻고 김 상사라는 사람이 대답하는 형식이었다.

　　　"김 상사님, 공개 인터뷰에 응해 주셔서 감사합니다. 단도직입적으로 묻겠습니다. 보도연맹원은 누가 어떤 식으로 처형한 겁니까?"

　　　"6월 27일 오후, 대통령 특명이 헌병사령부에 내려왔다고 했습니다. 그 뒤 7연대에 무전이 왔는데 제가 직접 받았습니다.

　　　―분대장급 이상이 명령에 불복할 시 즉결 처형시켜라.

　　　―남로당 계열 및 보도연맹 관련자들은 모두 처형하라.

하는 내용이었습니다."

　　　이게 무슨 일인가 싶었다. 우리 고향에서 보도연맹이란 단어는 어릴 때 배웠지만 헌병사령부니 남로당이니 처형이니 하는 단어는 참으로 낯설었다. 섬뜩하기조차 했다. 내 머릿속에서 얼른 지워야 할 단어 같았다.

　　　"대통령 특명이라는 건 어찌 아셨습니까?"

"사령부에서 내려온 무전이 그리했으니 그렇게 보는 거지요."

"왜 보도연맹 맹원을 처형하라는 명령이 내려졌나요?"

"보도연맹 맹원들이 국군의 정보를 인민군 사령부에 보고해 앞으로 아군이 어려운 상황에 빠질 거라 판단했던 것 같습니다. 실제 남로당원들이 보도연맹에 많이 가입한 것으로 압니다. 하지만 농지 무상분배 등 혜택을 받기 위해 아주 순박하고 어진 평범한 시민, 농민들이 많이 가입했습니다."

"좌익 활동을 하지 않겠다고 한 사람들이 전향서를 쓰고 가입하게 된 단체가 보도연맹이지 그 사람들이 농지 무상분배의 혜택을 받는다는 그런 조건도 보도연맹 맹원이 되게 한 원인이었단 말씀인가요?"

"내 생각엔 그렇다는 얘기입니다. 그 당시 남한에서도 토지개혁을 한다고 했고 경우에 따라서 말로 잘 안 통하니까 저런 말을 한 현지 경찰도 있었다고 들었습니다. 쌀 한 되, 두 되 주는 것보다 나았으니까요."

"6사단은 어느 곳의 처형에 관여했나요?"

"6월 28일 강원도 횡성에서 시작했습니다. 그리고 원주 그 뒤 충북으로 이동했습니다."

"6월 28일이면 대전형무소 재소자 처형이 시작된 날인데 두 사건이 함께 지휘되었다고 생각하십니까?"

"전시의 작전이니 누군가 치밀하게 작전계획을 세우고 진행했다고 봅니다. 충주에는 7월 5일 도착하기로 했습니다. 경찰이 미리 주동이 되어 구덩이를 파놓고 사람들을 철사 줄로 두 손을 묶어 대기 시켜놓았습니다. 우리는 가서 저들을 처형하는 일만을 했습니다."

"현지 경찰은 관여 안했습니까?"

"키우던 강아지도 주인은 죽이기 힘듭니다. 하물며 오래 같은 고장에서 동고동락하던 사람들을 죽일 수 있을까요? 그래서 헌병대가 나선 겁니다. 물론 경찰 중에 영등포경찰서를 비롯해 몇몇 경찰서에서 차출된 골수들이 여기에 참여하기도 했고요. 일부는 청년단 단원에서 경찰이 된 사람도 있고요."

"진천이니 청원이니 하는 곳도 희생자가 많았던데요."

"7월 5일 진천에서, 8일, 음성 백마령고개에서, 9일, 청원 옥녀봉에서 처형을 했습니다. 처형 방법은 전과 동입니다."

"그 뒤 충북 옥천이나 영동 방면으로 작전을 펴셨나요?"

"6사단 전체가 청원에서 보은을 지나 문경을 지나 영주, 상주 방면으로 이동했습니다. 6사단 소속 헌병대는 7월 중순께 경북 영주, 7월 15일과 16일은 문경, 그 다음에 상주로 이동하면서 처형을 했습니다."

"7월 10일 문경 농암면 뭉우리재에서도 처형되었다고 하던데."

"그건 저희 부대가 아닌 것 같습니다. 아, 맞습니다. 보은에서 화령을 지나 농암면으로 가면서 농암면 지서에서 준비되어있다고 해서 저희가 처형했습니다. 그 고개가 뭉우리재란 말인가요? 고개이름은 모릅니다."

"무기는 어떤 걸 썼습니까?"

"소총을 주로 썼는데 그걸로 안 돼 어떤 곳에서는 기관총으로 일제사격하기도 했습니다."

"다른 부대는 참여하지 않았습니까?"

"다른 사단은 6월 25일 일요일 전후해서 모두 휴가를 갔습니다. 우리 6사단은 월북사고로 전원 휴가금지에 비상경계 태세로 있었습니다."

"6사단의 예하부대는 어떤 게 있었습니까?"

"2연대, 7연대, 19연대 등이 있었지요."

"오창 양곡창고에서는 7월 10일, 11일 새벽에도 기관총을 난사했다고 합니다. 그리고 미군이 아침에 폭격도 했다고 하는데 혹시 아시면 설명을 부탁드립니다."

"10일 낮은 수도사단 헌병대가 10여 명에게, 11일 새벽, 6사단 19연대 헌병대가 300명에게 난사했고, 아침 8시 반에 미군이 창고를 폭격했다는 걸 나중에 듣게 되었습니다."

"아까는 이승만 대통령이 명령했다고 했는데 오창 양곡창고는 미군이 확인사살을 위해 폭격한 셈이네요?"

"맞습니다. 미군 군사고문단이 한국군의 업무에 깊이 개입해 있었습니다. 한국군을 창설했다는 양반이 있었지요. 누군지 모르지만 아주 비상한 사람들이 있는 것 같았습니다. 행정기관에서 보도연맹원 신청과 등록을 받았습니다. 전쟁이 나자 각 경찰서별로 보도연맹원을 소집했습니다. CIC가 보도연맹원과 예비검속자들을 A, B, C급으로 나눠 A급, B급은 모두 총살하고 C급은 군대를 가겠다고 하면 보내고 아니면 총살을 했습니다."

"여성들은 어찌했나요?"

"여자들과 어린이들은 훈방했습니다. 그리고 요시찰 대상이 됐죠."

"보은 아실에서는 여성과 어린이들도 처형했다고 하던데요."

"저희는 그곳에 있지 않았습니다."

"옥천이나 영동 지역에서는 등급을 매기지도 않고 보도연맹원이나 예비검속자들을 그냥 처형했다고 하던데."

"적어도 저희가 가는 곳에서는 CIC 요원들이 있었습니다."

"헌병대의 역할은 경찰서에서 보도연맹 맹원들을 인계받아 군인과 경찰병력 일부를 지원 받고 해서 총살을 집행했다고 보면 되겠습니까?"

"맞습니다. 잘 보셨습니다."

"경찰서에서 처형 대상자를 인계 받을 때 명단이나 신분장 같은 것들을 받았습니까?"

"그런 거 없었습니다. 그냥 경찰서에서 여기는 몇 명이다 하면 대충 숫자만 파악해 인계받았죠."

"일일이 다 구덩이를 팠습니까?"

"예, 그랬습니다. 그래야 은폐하기 좋다고 CIC 요원이 말했습니다. 딱 한군데 예외도 있습니다. 원주비행장에서는 상황이 급박하다 보니 구덩이도 파지 못하고 그냥 총살한 뒤 곧바로 이동했습니다."

"대전형무소 재소자 처형에 대해서 혹시 들으신 얘기가 있습니까?"

"들은 바도 없습니다. 우리가 한 것 아니면 잘 모릅니다."

"헌병대 규율은 어떠했습니까?"

"앞서도 말했지만 죽으라면 죽는 시늉도 해야 했습니다. 옥녀봉에 갔을 때입니다. 증평지서 서장이 소집한 보도연맹 맹원 몇 명을 풀어줬다는 소릴 듣고 헌병대 장교가 권총으로 쏘아 죽였다는 얘길 들은 적이 있습니다."

"처형된 보도연맹 맹원들의 모습은 어떠했습니까?"

"보도연맹 맹원으로 끌려가 죽은 사람들 중에는 아주 순박하고 어진 평범한 시민과 농민이 많았습니다. 하지만 국가명령에 따라 처형 집행을 하지 않을 수 없었습니다."

"어려운 질문에 있는 그대로 답변해주셔서 감사합니다."

큰 박수소리로 녹음테이프 뒷부분이 채워졌다. 이러한 인터뷰
라면 분명 뉴스에 있을 법했다. 신문기사를 검색해보니 2007년
오마이뉴스에도 기사화됐던 6사단 7연대 헌병대 김 상사의 인터
뷰에 해당되었다. 6사단 7연대는 어제 희선 씨가 내게 준 숙제에
나오는 키워드이기도 했다. 아무튼 이제까지 듣지도 알지도 못했
던 사실을 그녀는 왜 나에게 주입하려고 할까 갑자기 몸서리쳐지
고 궁금하기도 했다.

그녀는 북에서 파견된 고정간첩일지도 몰랐다. 저런 사실을 함
부로 듣고 함부로 퍼뜨린다면 나는 국가보안법 위반으로 크게 벌
을 받아야 할 판이었다. 갑자기 무서워졌다. 몸이 부들부들 떨리
기 시작했다. 우리가 저런 정보로부터 단절이 되었어야 하는데 갑
자기 빨갱이들이 득세하여 위대한 대한민국 국군을 폄훼하고 미
국과 함께 학살을 일으킨 집단으로 보도록 조작하는 저 힘이 어디
서 나올까 두려워졌다. 이는 분명 북한을 추종하는 빨갱이들의 소
행임이 분명했다. 내 머릿속은 쥐가 나기 시작했다.

그녀가 집에 돌아왔다. 내가 들은 카세트테이프를 틀어주었더
니 우연히 청주에 갔다가 민간인학살 진상규명 충북대책위원회
가 모임을 개최한다는 플래카드를 보고 참석하게 되었다고 했다.

그녀는 때에 따라서는 아주 집에만 갇혀 사는 은둔형 외톨이 따위는 아니었을 수도 있었다. 그녀가 의자에 앉았다. 그녀에게 물 한 잔을 떠다 마시도록 하며 보니 그녀의 옷이 흙투성이이고 도저히 믿기지 않을 정도였다. 어디선가 누군가와 두재비 — 드잡이 — 를 하고 왔다고 하는 게 옳았다. 이렇게 함께 있는데도 갈수록 모를 그녀와 나 사이의 간극은 점점 벌어져 가늠이 안 될 정도로 느껴지고 있었다. 그녀는 도대체 무슨 일을 하고 다니는 걸까? 내가 묻고 싶었지만 또 참아야 한다는 생각만 났다.

두려움의 터널

:
.
:

　희선 씨가 내준 오늘과 어제의 숙제는 저 김 상사라는 사람이
말한 것을 듣고 다시 정리한 것 같기도 하였다. 아무튼 나는 내가
거의 관심을 갖지 않았던 한국전쟁 당시 좌익 처형 과정을 강제로
외우고 머릿속에 입력을 해야 했다. 집에 온 희선 씨가 아침에 외
우라고 내준 숙제를 점검하였다. 한 번에 다 외우자 거보라며 칭
찬을 아끼지 않았다. 게다가 지질학 박사에 언어학자이기에 이러
한 것을 더 잘 이해할 수 있는 거라고 칭찬까지 했다. 그녀는 내가
언어학 공부를 했다는 걸 어찌 알았을까 궁금해졌다. 그녀의 느긋
해진 눈웃음에 덥석 그녀를 끌어안을 뻔했다. 이건 내가 해서는
안 되는 일이고 그녀가 나를 끌어들여 내 몸이 생산한 정액을 그
녀가 자신의 몸 틈새 안쪽에 0.1cc라도 갖고 있게 되어 경찰에 신
고라도 하게 되면 나는 그 길로 강간범이 될 판이었다. 내가 그리
호락호락하지 않은 남자인데 그깟 여자의 유혹에 내 인생을 버릴
그런 멍청이는 아니라는 걸 보여주고 싶었다. 또 과학자도 정치에
대해 알아야 하고 역사에 대해 관심을 가져야 한다고 말하는 대목
에서 그녀가 지나치게 행동하고 있다는 생각이 들었다. 어디서 저

런 말 보퉁이를 주운 걸까 하고 나는 생각이 들었다.

오늘 저녁엔 어디에 가서 기다려 달라고 할까 생각하니 갑자기 염통이 콩닥콩닥 뛰기 시작했다. 가끔 공무원이란 자리를 생각해 본다. 공무원은 각자 어떤 담당이란 말로 직책이 주어진다. 홍수나 재해를 맡는 사람에게 일 년 내내 홍수와 재해가 일어나라는 법은 없다. 홍수나 재해가 일어나지 않는 기간에는 따분하고 하품 나고 경우에 따라서는 무기력해지고 경우에 따라서는 존재를 확인하려 무언가 일을 저지르고 싶은 충동이 일어날지라도 그는 꾹 참고 자리를 지켜야 한다. 그리고 홍수와 재해가 일어나면 그는 용수철처럼 튀어 그간 갈고닦은 재주를 펴야 한다. 홍수와 재해가 없는 기간 그는 그 따분하고 무기력해지는 자리를 지키고 앉아 있던 보상으로 월급을 받는 거라 나는 생각해본 적이 있다. 그녀가 내게 설정한 감정노동의 대가로 내가 하루에 100만 원씩 받는 거라 생각되었다. 혹시 그녀가 약속을 지키지 않는다면 내가 한 행위노동은 그렇다 치더라도 감정노동의 수고비는 사라질 게 뻔했다. 돼지에게 미안하지만 잔칫날 잘 먹자고 키우는 것이니 일이 터지자마자 용수철처럼 벌렁 누어 싱싱한 고기로 되지 않을 거라면 평소에 잘 먹여 키울 이유 또한 없을 것이었다.

그녀가 나를 2층으로 불렀다. 그녀는 빨간 의자에 누워있었다. 나보고 자신의 곁으로 오라고 했다. 쭈뼛거리고 멈칫거리자 그녀는 일어나 나를 끌고 갔다. 팔뚝 굵은 그녀가 내 새가슴을 당기며 내게 어디 도망갈 생각하지 말라고 했다. 그리고 깊숙이 혀로 내 입안을 청소하듯 내게 있을 반감을 쪽쪽 빨아댔다. 가슴을 부풀리며 만족한 듯 나를 놓아주었다. 수컷임에도 나는 처녀성을 잃은 듯, 창피해하며 아래층으로 내려왔다. 나는 그녀에게 완전히 희롱을 당하고 있다는 생각이 들었다. 한 손에 돈을 들고 한 손에 섹스라는 무기를 들고 왜소한 나를 더 위축되게 만들고 있었다. 내가 갖게 된 성적 수치심만으로도 그녀를 성추행범으로 경찰에 신고한다면 그녀가 내게 주기로 한 고액의 계약은 그냥 깨질 판이었다. 그러니 나는 그냥 그녀가 툭툭 내게 던지는 성적 모욕감은 그냥 감내해야 했다. 이를테면 어느 날 달콤한 과자를 방안에 떨어뜨려 몸집 작은 개미들이 그걸 먹겠다고 집에 아주 들어와 살다가 침대까지 점령하였다. 내가 잠잘 만하면 머릿속을 헤집고 다니며 마치 이처럼 비듬 따위를 먹느라 간지러움으로 잠을 깨우는 그 개미를 욕하지 않고 그냥 그 고통에 순응해 살았듯이 그녀가 의도했든 의도하지 않았든 그녀가 주는 성적 모욕감 또는 수치감은 진짜 사나이답게 감내해야 했다.

그녀는 아래층으로 나를 데리고 내려와 냉장고에 있던 와인 한 병을 꺼내 왔다. 그리고 스마트폰을 열고 분위기 있는 음악을 틀었다. 식탁에 나를 앉히고 와인 한잔 하자고 했다. 이 흔해 빠진 장면은 예전에도 있었고 앞으로도 있을 것이었다. 그녀가 나를 좋아한다며 마치 병 속에 페스트균을 배양하듯이 내 몸속에서 내 유전자가 급속히 생산되도록 나를 유도하고 있다는 생각이 들었다. 그녀가 설치한 유리 공간에 나는 갇혔고 그를 빠져나오기는 당분간 어렵게 된 상황이라는 걸 난 이미 깨달았다. 혹시 그 유리 공간이 존재하지 않는데—마치 벼룩처럼 튀어 오르면 부딪히던 유리판이 없어졌음에도 그 위로 튀어 오르지 않고—얌전히 자신이 있어야 하는 공간에만 머무는 순응된 존재가 되어가고 있는 건 아닌지 나는 두렵고 심장은 점점 콩닥콩닥 뛰기 시작했다.

그녀는 내가 좋아하는 여자 대통령을 되게 싫어하였다. 아니, 여자도 대통령이 될 수 있다는 것에 대해 무척 좋게 말했지만 그녀가 아무런 일도 하지 않고 비싼 송로버섯을 먹고 잘생긴 사람들과 정사를 본다는 게 그녀는 질투가 나고 싫어했다. 나는 대통령이기에 좋고 아버지, 어머니를 총탄에 여의고 불쌍한 그녀가 꿋꿋이 버텨 내서 기어코 대통령이 된 게 자랑스러운데 그녀는 별 것도 아닌 여자가 대통령이 되어 나라꼴을 엉망으로 만들고 있다고 험담을 하고 있었다.

이렇게 큰일 날 사상을 내게 주입하고 시험보고 정답과 다르면 회초리로 때리고 다 늙은 나에게 고문을 가하고 있는 것이었다. 그 놈의 돈이 무언지 나는 힘든 고통을 돈으로 바꾸어 받는다 생각하고 참고 있었다. 설령 그녀가 간첩이고 나는 그 간첩에게 포섭된 사람이거나 그녀가 살인자이고 나는 그녀의 살인행위에 도움을 주는 그런 사람일 수 있다는 게 나를 바보로 만들었다. 씩씩하게 내 생각을 갖고 내 생각대로 꿋꿋이 무언가 해나가던 내 모습은 며칠 사이에 그 놈의 돈이라는 위력 앞에서 증발―고체에서 기체로 승화―되고 있었다. 갑자기 로또 1등 당첨이 된다면 그 큰돈을 주체 못하고 인격이 곧 파탄날 것 같은 내 모습을 보고야 말았다.

실체와는 상관없이 묘하게 곳곳에 놓인 덫에 이리 걸리고 저리 걸리고 나는 누군가 잡으러 오는 꿈만 꾸게 된 것 같았다. 이는 나라에서, 어떤 조직에서 하라고 한 적이 없이 스스로 만든 공간에 덫을 놓고 무슨 말하기 전에 자기점검하고, 자기검열하고, 이런 말을 하면 법에 저촉되지 않는지 생각하다가 하려던 말조차, 하고 싶던 계획조차 잊어버리는 그 공간은 바로 지옥일 것이었다. 존재란 바로 지배이고 통제일 때도 있다. 어떤 존재를 인지하고 마음의 문턱에 장승처럼 세워둘수록 그는 나를 더 지배하고 통제하려 채찍을 든다. 설령 곁에 험한 악귀가 있다 해도 무시하고, 있어도 없는 것처럼 처신할 때 존재감이 없어진 존재가 사람을 통제하지 못할 때도 있었다. 공포와 두려움이 만든 아지트에 머물며 자신은 안전하다 외치고 자신이 무장했던 전투복과 철모와 소총을 내던지는 경우도 있다. 스스로 무장해제해 버리는 것이었다.

포도주 한잔도 제대로 안 마실 걸 따서 입만 축인 채 놓고 저녁 일곱 시가 되자 그녀는 옥천 읍내로 데려다 달라고 했다. 그리고 밤 열한 시까지 기다려 달라고 했다. 이제 네 시간 동안 하릴없이 기다려야 하는 것이었다. 그녀가 기다리라고 한 대로 그 자리에서 꼼짝하지 말고 가만히 기다리고 있어야 하는 것이었다. 나는 그녀가 말한 대로 가만히 있었다. 오줌이 마려워도 인터북에 무슨 댓글을 썼는지 궁금해도 꾹 참고 기다렸다. 네 시간이 지나 밤 11시가 되자 거짓말 같이 그녀가 왔다. 그녀는 손등에 상처를 입은 듯했다. 그녀는 말없이 차에 탔다. 차에 시동을 걸고 집으로 돌아왔다. 차 안에서 그녀는 코를 골며 잤다. 집 앞 주차장에 차가 덜컹하고 서자 깨어 일어나 차에서 내렸다. 그녀는 술을 마신 듯도 했다.

집안으로 들어오자마자 그녀는 욕실에 들어가 샤워부터 했다. 길게 뜨신 물 쏟아지는 소리와 어푸어푸 하는 그녀의 입에서 나는 소리, 그리고 빨래하는 소리가 계속되었다. 술 마시고 샤워하면 안 되는데 하는 생각이 그제야 났다. 그녀는 옷 빨래를 들고 몸에는 최소한의 예의를 갖추고 넘치는 뱃살과 튼 허벅지살, 그럼에도 앞으로 탱탱하게 버티는 글래머의 상징은 씩씩하게 2층으로 행군하였다.

그 씩씩한 전사의 앞길을 가로막는 자, 그대로 죽음이었다. 아무 말도 하지 않고 안방으로 들어와 나는 잠을 청했다. 계단 내려오는 소리가 들리고 그녀가 안방 문을 열었다. 그리고 무언가를 책상 위에 놓았다. 녹음 파일이라며 컴퓨터에 연결해서 들어보라고 했다. 돈으로? 아니다. 한 여자의 가련함으로? 그것도 아니고 내가 사태를 보는 인식의 오류 때문에 그녀가 쳐놓은 덫에 걸려 그녀의 주문을 거부할 수도, 이 환경에서 도망칠 수도 이젠 없었다. 잔칫날 잡아먹힐 돼지처럼 잘 때가 되었으니 이제 잠을 자야 했다.

월요일 아침, 늦잠이 많은 내가 깬 건 전기밥솥이 밥이 다 되었다고 막 흰 김과 흰 소리를 확 뿜어낼 즈음이었다. 아침 일찍 희선 씨는 일어나 아침식사 준비를 하고 있었다. 일어나 눈곱을 떼고 세수하고 방으로 오자 내 책상 위에는 메모가 있었다. 오늘의 숙제였다.

—7월 1일, 이승만 대통령 대전 떠남

—7월 2일, 미 보병 21연대 대전역 도착, 바주카포

—7월 3일, 미 24사단 대전비행장 도착, 딘 소장, 미 육군사령관

—7월 12일, 대전 협정. 소파의 모태

—7월 14일, 청원군 현도면 하석리 폭격 100여 명 사망

—7월 14일~20일, 대전전투, 미24사단 : 인민군 1군 3사단, 4사단

대전비행장의 활주로는 지금 둔산동 대전시청과 보라매공원을 중심으로 남북으로 있었고 공군기교단이 이를 담당했었다. 아침 식사를 하고 거의 다 외웠는데 그녀는 미안하다며 다른 메모를 주고 외우라고 했다. 이럴 수는 없었다. 아무리 글래머 슈퍼우먼이라고 한다 해도 이럴 수는 없었다.

—6월 27일, 이승만 대통령, 대구 11시 도착, 대전 오후도착

—6월 27일, 이승만 대통령/ ○○○, 6만 명 일본망명 타진

—CIC+2사단 헌병대+헌병사령관 송 대령

—6월 28일~30일, 대전형무소 재소자 산내 곤령골에서 1,400명 학살

—7월 1일, 이승만 대통령 자동차로 이리–목포, 배로 진해 이동

—CIC+ 2사단 5연대 헌병대

—7월 3일~5일, 대전형무소 재소자 산내 곤령골 1,400명 학살

—7월 5일, 육군형무소/포로수용소 중촌동 이전, 백 소령

—7월 6일~17일, 육군형무소 재소자 및 보도연맹 3,700명 학살

—7월 9일, 이승만 대통령 대구 도착

—9월 24일~27일, 인민군, 프란치스코 수도원 등 160명 학살

—9월 26일~27일, 인민군, 대전형무소 500명 학살

내가 보건대 우리 희선 씨도 며칠 만에 집중력이 떨어진 게다. 붙잡아 놓은 포로에게 계속 먹잇감을 대주어 자신에 대한 숭배심 ―지속적인 리더십―을 유지해야 했는데 그녀의 굵은 팔뚝에도 잠시 쥐가 났는지도 모를 일이었다. 그럼에도 그녀의 통찰력과 카리스마는 살아있었다. 많은 사람들이 곤령골을 '골령골'로 잘못 적었음을 나중에 알게 되었다. 우리 희선 씨는 이런 세세한 것조차 틀리지 않았다. 아뿔싸, 내가 걸넘었던걸까? 그녀는 아주 작정을 하고 두 가지 다 외우라고 한 건지도 몰랐다.

나에게 월요병 증세가 나타났다. 지난 주 일하고 주말은 쉬어야 하는데 쉴 겨를도 없어 제대로 쉬지 못해 피곤이 몰려왔다. 그녀도 늘 혼자 잠을 자다가 갑자기 남자가 옆에서―아니, 아래층에서―떡 버티고 있어 그녀가 그간 45년간 구축해놓은 삶의 비결을 좀같이 슬금슬금 갉아먹고 있는지도 몰랐다. 그녀에게 실례가 될지 모르지만 그간 혼자 마음대로 쓰던 기구조차 못 쓰고 내가 가까이 눈을 부릅뜨고 있다는 상황만으로 그녀의 자유가 많이 훼손되었을 수도 있었다. 그녀에게 나와의 관계가 구속이 아닌 자유

라는 걸 느끼게 해주기 위해 낮에 성인용품 가게라도 가볼까 하는 생각도 났다. 그녀의 상상력을 자극하기 위해 다양한 크기의 진동 기능을 가진 것들을 사준다면 그 기막힌 물건들을 곁에 두고 자는 것만으로도 행복해할 거란 생각도 들었다. 여성에게 모든 행위는 그 주변 사람의 침묵 또는 망각이 최선인데 내가 지랄 맞게 지나친 생각으로 무례를 범한 것 같기도 하다. 뭐 그렇다고 해서 그녀를 내가 엄청 좋아하거나 그리하여 그녀가 45살의 나이에 아이를 갖게 된다면 책임질 준비가 되어있다거나 하다는 얘기는 절대 아니다.

있는데 없다고 하면 거짓말이다. 헌데 없는데 있다고 하는 것도 있다. 학교 갈 때 개구멍으로 다니는 짜릿한 맛, 누구도 모르게 어느 공간에 짜장 하고 나타나 사람들을 놀래주고 내 능력을 한껏 뽐내는 재미를 그 구멍이 선사하곤 한다.

대전형무소 특별경비대 강 분대장

. . . .

희선 씨가 준 음성파일을 컴퓨터에서 복원하여 들었다. 아마도 기자회견 내용인 것 같았다.

"강 선생님, 6·25 터지고 대전형무소 근무하실 당시와 은퇴할 당시의 계급이 어찌 되십니까?"

기자들 앞에 나타난 분이 강 씨였다. 그의 이름은 무얼까?

"안녕하십니까? 대전형무소에 근무할 때 특별경비대 분대장, 은퇴할 때는 대전 시청 국장이었습니다."

"어떤 호칭이 좋으십니까?"

"부이사관이라 부르셔도 괜찮습니다."

"부이사관님, 단도직입적으로 여쭙겠습니다. 대전형무소 재소자 학살을 지휘한 사람은 누구라고 생각하십니까?"

"그걸 제 입으로 말하기는 어렵고 제가 드리는 말씀에서 유추해 주시기 바랍니다."

"무례를 용서하십시오."

"6·25사변이 나고 대전 시청에 이승만 박사가 7월 1일까지 계셨습니다. 그 호위를 맡기 위해 국군 2사단이 배속되었고 그 헌병대 사령관은 송요찬 대령이었습니다. 그가 대전형무소에 왔던 기억이 있습니다. 2사단 헌병대와 2사단 5연대 헌병대가 함께 있었습니다."

이승만 대통령보다 이승만 박사라는 말이 저 시대 매우 큰 의미로 작용했던 모양이었다. 조금 쉬었다가 그가 말을 이었다.

"전쟁이 터지자마자 내무부 치안국에서 충남경찰국으로, 다시 대전경찰서로 무선통신 전문을 보냈고 이를 일선 담당에게 하달했습니다.

— 요시찰인은 전원 경찰서에 구금할 것

— 형무소 경비를 강화할 것

저희 형무소와 관련된 사항이기 때문에 통보받았습니다. 7월 1일 새벽 대전지방 검찰청 검사장이 형무소 소장과 당시 당직을 섰던 저에게 특별 지시를 내렸습니다.

— 정치범, 사상범을 처단할 것.

또 법무부 형정국장이 똑같은 지시를 하며 처단실행을 형무소 소장의 판단에 맡기니 알아서 잘하라고 했습니다. 헌데 형무소 소장이 이를 거부하고 직원해산 명령을 내렸습니다. 그러나 저를 비롯하여 특별경비대 22명은 해산하지 않고 형무소를 끝까지 경비했습니다."

"형무소 소장은 어찌 되었나요?"

"당연히 직위 해제되고 서무과장이 형무소 소장 대리를 맡았습니다. 그날 2사단 헌병대 중위가 여순사건 관련자뿐만 아니라 정치범과 사상범, 형무소에 수감된 보도연맹원, 그리고 10년 이상 형을 받은 일반 사범들을 넘기라고 했습니다."

"무슨 근거로 넘기라고 했나요?"

"전시계엄 상태고 이미 이우익 법무장관이 헌병대 요구대로 승인하였습니다. 이미 재소자 처리에 대해 합의를 한 것처럼 보였어요."

"그래서 순순히 내주었나요?"

"특별경비대에게 이들을 산내 곤령골까지 호송해달라고 하더군요. 어쩔 수 없이 그때 징발된 지에무시 두 대로 그들이 원하는 사람들을 며칠 동안 호송해주었습니다."

"그때 경찰은 무슨 일을 했습니까?"

"충남경찰국과 대전경찰서 경찰들은 청년방위대와 주민들을 동원하여 산내 산골짜기에 구덩이를 파게 했습니다."

"그리고 재소자들을 학살한 것인가요?"

그가 아무 말도 하지 않았다. 그때 다른 기자가 말했다.

"일단 저분은 용기를 내서 나온 분인데 그 용기를 꺾는 어떤 표현도 삼가주시는 게 도리일 것 같습니다. 제가 하나 여쭈어 보겠습니다. 지금 하신 말씀을 보면 7월 1일 새벽, 정치범, 사상범을 처단하라고 했다고 하셨습니다. 제가 알기로 6월 28일부터도 재소자 처단이 있었던 것으로 아는데요."

"제가 다시 한 번 기억을 더듬어 보아야 하겠습니다. 저희가 사실 경찰과 함께 일했기 때문에 조금은 말할 수 있으나 다는 모릅니다. 다만 6·25사변이 터지고 대전에 제2사단 헌병대와 제5연대 헌병대가 대전에 주둔하고 있었습니다. 전쟁이 나고 헌병 사령관 송 대령이 대전형무소 재소자와 보도연맹원에 대한 총살을 지시하고 집행을 직접 지휘했다고 들었습니다."

"송 대령은 누구인가요?"

"송요찬 대령입니다."

"이들이 별도의 총살을 집행했다는 말인가요?"

"2사단 헌병대와 5연대 헌병대가 보도연맹원 모집하고 이들을 데려다 산내 곤령골에서 총살시키는 것까지 했다는 말도 들은 적 있습니다. 서대전 지서에 있던 지인의 말에 따르면

— 헌병 지휘 하에 경찰이 총살을 하고 헌병이 확인 사살했다. 고도 했습니다."

"위닝턴이라는 영국기자는 미군이 학살을 자문했다고 했습니다. 아울러 미군이 계속해서 현장사진을 찍었습니다. 미군이 산내 곤령골에 온 적이 없는 겁니까?"

"할 수 있는 일이 제한되어 그것에 대해 말씀드릴 게 없습니다.

저희 경비대는 주로 산내까지 호송하는 일만 했습니다. 현장을 제대로 보긴 힘들었습니다. 저희가 도착하면 청년방위대가 재소자와 보도연맹원을 인계받아 갔습니다. 추가로 말씀드리면 7월 초 대전형무소에 육군형무소 및 포로수용소가 설치되었습니다. 이후 육군 형무소 소장 백 소령이 재소자와 보도연맹원 처단을 주도했습니다."

인터넷 기사를 보니 육군형무소가 대전형무소 빈자리에 육군형무소를 설치한 것은 7월 7일이라고 하였다. 희선 씨는 7월 5일이라고 했다. 아마도 희선 씨는 7월 6일부터 있었던 3,700명의 학살을 육군형무소 관련 학살로 보았기 때문인 듯했다. 진실화해위원회 보고서에는 다음과 같이 기록되어 있었다.

— 헌병사령부 송 대령은 대전형무소의 재소자와 보도연맹원 총살을 명령하고 초기 진두지휘하였으며, 헌병사령관의 명령을 받은 대전주둔 제2사단과 2사단 5연대 헌병대, 그리고 육군형무소가 보도연맹원 등 좌익 검거와 구금, 대전형무소 재소자 인계, 그리고 산내에서의 총살집행까지의 전 과정을 주도하였다.

노컷뉴스에 게재된 임기상 선생의 기사에는 충남경찰국 사찰과 변 형사와의 인터뷰가 게재되어 있었다. 산내 곤령골 학살은 세 팀이 시간차를 두고 맡았으며 충남경찰국 변 형사의 증언은 초기 팀의 학살을 증언하는 것으로 이해된다.

"학살이 시작된 건 언제입니까?"

"제 기억으론 이승만 박사가 대전에 도착하고 이틀 후인 6월 29일로 기억하고 있습니다."

대전학살이 6월 28일부터 있었다는 것과 하루 차이가 있었다.

"그때 학살된 사람들은 누구였는지 알 수 있으셨습니까?"

"급작스럽게 체포된 대전 인근의 보도연맹 맹원들과 예비검속 된 사람들, 그리고 여순사건 관련 사상범 등 갑종—A급—으로 분류된 수감자 일부가 포함되었습니다."

"처형 과정을 자세히 설명해주시겠습니까?"

"헌병대는 끌려온 사람들의 눈을 가리고 뒤에서 나무기둥에 손을 묶었습니다. 헌병 지휘자의 구령에 따라 헌병대가 총살을 하고, 헌병 지휘자가 확인사살을 했습니다."

"어떤 증언에 따르면 경찰이 1차로 처형하고 2차로 헌병이 확인 사살했다고 했는데 모두 헌병대가 했다는 말씀인가요?"

"그렇습니다. 처형이 끝나면 소방대원이 손을 풀고 시신을 미리 준비한 장작더미에 던졌습니다. 시신이 50여구가 되면 기름을 뿌리고 화장을 했습니다."

"보도연맹 맹원들과 예비검속자의 등급은 매겼습니까?"

"이틀 동안 A급으로 분류된 좌익사범은 모두 처형되었습니다. 7월 1일 이승만 박사는 부산으로 떠났습니다. 동시에 대전에 주둔하던 제2사단 헌병대와 5연대 헌병대가 대전형무소에 파견되었습니다."

미군소속 애버트 소령이 찍은 사진을 보면 나무기둥에 사람들을 묶고 처형하는 장면이 있는데 1차 학살 장면임이 분명하고 나중에 이러한 것 없이 그냥 눕힌 상태로 처형하는 사진은 2차 또는 3차 학살 장면일 수 있었다. 결국 애버트 소령은 산내 곤령골에서 처음부터 계속 지켜보았을 가능성이 있다.

대전지역에 있던 미 제24사단은 7월 17일부터 전투에 대비하였으며 7월 20일, 대전에서 미 24사단과 인민군이 공방을 계속하였다.

몸살

:

    녹음 파일을 재생하여 듣고 받은 충격에 좀 쉬어야겠다는 생각이 나는 들었다. 비록 학살에 관여됐고 자신이 제도권 폭력의 일부로 사람들을 학살지로 이동시키는 데 기여한 강 분대장이나 학살에 가담한 김 상사도 제도권 강제력 — 조직의 쓴 맛? — 을 거부하지 못하고 시스템의 일부 부속으로 시스템의 원활한 활동을 위해 움직였음이 분명하였다. 분대장급 이상이 명령에 불복할 시즉결 처형하라고 했으니 말이다.

    하루에 두 가지 녹음파일을 듣지 말 걸 하고 생각이 들었다. 참으로 고통이 증폭이 되고 내가 마치 현장에 있던 가해자 또는 피해자인 양 두 곱의 고통이 전해져왔다. 정통우파를 자임해 왔고 우리 국군에 대해 무한 신뢰를 가져왔던 내게는 더 고통이 가중되었다. 나는 침대에 누워 잠을 청했다. 2층으로 올라간 희선 씨는 침대에 누워 코를 골며 잤다. 누구도 들어주지도, 들으려 하지도 않았을 주제에 대해 고분고분 들어주고 — 물론 공짜로 그리 해주는 건 아니지만 — 자신이 자기의지로 하는 행동을 곁에서 응원해주고 지켜보아주고 기다려주는 사람이 생겼다는 게 좋았을 거란 생각도 난 들었다. 그녀는 안심이라도 한 듯 코를 엄청 골았다. 거짓말 좀 보태면 지진이 나서 침대가 부르르 떨리는 것 같기도 했다. 생각건대 우리 집 마당에 깔려고 주문한 적이 있다. 골재를 싣고 온 앞4발이 트럭의 엔진소리와 비교하는 건 비교자체가 좀 애매하였다.

나는 위층의 떨림이 마치 요람에 있는 나를 달강달강 흔들어 재우는 엄마의 자장가 소리로 듣고 잠을 잤다. 며칠 안 되었지만 코를 고는 소리도 익숙해져야 살아남을 수 있다는 생각은 회초리를 들었을 때 짜증낼 일도 아니고 아무 것도 아닌 것처럼 순응하게 되었다. 그러다 보니 그녀도 예쁜 천사가 되어 새근새근 잠을 자는 것 같았다. 그렇게 되기까지 참아주고 지켜주는 것이 인격이고 나 자신은 인격자가 된 듯 뿌듯하고 자랑스러워졌다.

작년 겨울, 그러니까 2013년 12월 변호인이란 영화를 보러갔다. 영화가 시작하기 직전 한 초등학생이 앞좌석에서 스마트폰을 열고 문자를 나누자 번쩍인다고 뒷사람이 그만 하라고 말했다. 내가 쳐다보니 나보고 좀 그만두라 시키는 것이었다. 조금만 기다리면 저 아이도 마칠 텐데 조금만 기다려 주시지요, 하고 내가 그에게 말하자 그는 눈을 부라렸다. 그 꼬마 아이는 조금 있다가 그만두었다. 공중도덕이라든가 사회도덕이라든가 국민윤리라든가 하는 것이 누군가 그에 조금만 어긋나게 행동이라도 하면 사람들에게 벌주고 소리치고 행동을 통제하도록 권한을 주는 것일까? 그러한 권한을 준다고 하면 그건 파쇼독재나 다를 바 없을 것이다. 정통우파인 나도 아는 일인데 그렇다면 그가 왜 저 변호인이란 영화를 보러 왔는지조차 까닭이 없는 일이었다.

갑자기 2층에서 몸살 앓는 소리가 들렸다. 신음소리도 들렸다. 올라가 보니 그녀가 식은땀을 흘리며 무어라고 중얼거리고 있었다. 그러더니 으악 하고 비명소리를 질렀다. 빨간 의자에 앉아 자는 그녀를 내가 흔들어 깨웠다. 악몽을 꾸었다며 다시 누웠다. 괜찮아요? 하고 물으니 좀 쉬면 괜찮을 거니 걱정마라고 했다. 물을 한잔 떠다 주었다. 내가 혼잣말로 지껄이듯 중얼거렸다.

"나는 군인들이 쫓아오는 꿈을 자주 꾸는데."

그 말을 들은 희선 씨가 화들짝 놀라해 했다. 정말 그러냐고 자신도 방금 그런 꿈을 꾸었다고 했다. 나는 몇 번 비슷한 꿈을 꾸었다. 트럭에서 내린 군인들이 나를 잡으려고 쫓아왔다. 트럭에서 내린 다른 사람들도 마구 도망가고 있었다. 강을 건너 물이 발목까지 오는 곳에 이르러 자갈밭을 마구 달리고 있었다. 군인들이 총을 쏘았다. 군인의 거친 손이 어깨에 턱 걸쳐지고 막 잡히려는 순간 으악 하고 비명을 지르며 나는 잠에서 깨곤 하였다. 저기 쫓아오는 사람들은 국군일 때도, 인민군일 때도, 심지어 일본군일 때도 있고 경우에 따라서는 경찰일 때도 있었다. 무슨 일일까? 그간 나 자신에게도 나타나 괴롭히던 꿈을 희선 씨가 꾸다니. 희선 씨를 바라보았다. 잠시 그녀의 휴대전화 벨 소리가 요란했다. 그녀의 어머니인 모양이었다.

"어디냐면 남해 바닷가."

"친구들하고 놀다가 엄마한테 전화하는 것 잊었네."

"내가 왜 친구가 없어? 엄마."

"대학 친구도 있고, 사회친구도 있고."

엄마는 귀신이라 딸이 아무리 숨겨도 무언가 눈치 챌 거라 생각하지만 희선 씨는 오늘의 일을 누구에게도 말하고 싶지 않은 모양이었다. 이제는 엄마와 공유하지 않는 비밀 하나쯤은 가져야 하지 않을까? 희선 씨 만세. 나는 오늘의 숙제를 다시금 점검하였다.

　—6월 27일, 이승만 대통령, 특별열차, 대구 11시 도착, 대전 오후도착

　—6월 27일, 이승만 대통령 또는 ○○○, 6만 명 일본망명 타진

　—CIC+2사단 헌병대+헌병사령관 송 대령

　—6월 28일~30일: 대전형무소 재소자 산내 곤령골 1,400명 학살

　—7월 1일, 이승만 대통령 자동차로 이리-목포, 배로 진해 이동

　—CIC+ 2사단 5연대 헌병대

　—7월 3일~5일: 대전형무소 재소자 산내 곤령골에서 1,800

명 학살

　　—7월 5일: 육군형무소/포로수용소 중촌동 이전, 백 소령

　　—7월 6일~17일: 육군형무소 재소자 및 보도연맹 3,700명
학살

　　—7월 9일 이승만대통령 대구 도착

　　—9월 24일~27일: 인민군, 프란치스코 수도원 등 160명 학살

　　—9월 26일~27일: 인민군, 대전형무소 500명 학살

　그녀가 숙제 검사를 했다. 7월 5일 내용이 자꾸 헷갈렸다. 백 소
령이라고 해야 하는데 송 대령으로 말했다. 그녀는 어김없이 바지
를 걷으랬다. 그리고 회초리로 종아리를 다섯 대 때렸다. 갑자기
눈물이 났다. 나는 나 자신이 충렬왕이 된 듯 슬펐다. 오래 전부터
고려가요 쌍화점을 공부하면서 나는 충렬왕에 대해 아주 큰 연민
을 느꼈다. 그래서 논문 한편을 써놓았다. 실어주겠다는 잡지만
있으면 거저 내줄 생각이다. 가장 충격적인 장면이 왕이 왕비에게
지팡으로 맞는 장면이었다. 충렬왕은 서른아홉에 원나라 쿠빌라
이의 딸, 쿠두르게르미실과 강제 결혼을 하고 곧바로 왕의 자리에
올랐다. 생물학적으로 서른아홉 살까지 혼자였을까 했지만 충렬
왕은 왕자 시절 이미 결혼한 상태였으나 원나라 공주와 결혼하면
서 자신이 좋아했던 여인은 궁주로 강등시키고 결혼하게 되었다.

충렬왕 3년 기사를 보면 이해 안 될 사건이 벌어진다.

— 임금이 병이 좀 차도가 있자 천효사라는 절로 옮겨 있게 되었다. 이때 임금이 먼저 행차하였다. 모시고 따르는 사람이 적다고 불평하면서 공주가 노하여 궁으로 돌아오니, 임금도 어쩔 수 없이 돌아왔다. 공주가 임금 마중 나와서는 지팡이로 임금을 마구 때렸다.

어떻게 사람을, 그것도 남편을 지팡이로 때릴 수 있단 말인가? 이런 여성에게 성적 매력이 생겼을까? 설령 성적 욕망이 생겼다 하더라도 유전자 자기복제 기관을 우주에서 서로 도킹시키기는 애 저녁에 그른 일이었을 것이라고 생각이 들었다. 게다가 원나라 고위 대신들에게 잘 보이려고 어린 고려 처녀, 여자아이들을 공녀라는 이름으로 징발하여 보냈다고 한다면 막말로 포주와 강제로 연애하는 기분은 정말 더럽고 구역질이 날 법했다.

열여섯 살이던 공주도 서른아홉이 되어 죽고 이제 활개를 펴게 된 충렬왕이었다. 원나라 쿠빌라이 딸 쿠두르게르미실과 애첩이었던 무비가 세상을 떠난 지 2년이 되고, 세자에게 왕위를 선위하라, 다시 되돌려라 하는 등 원나라로부터 온갖 수모를 받은 이듬해, 충렬왕이 예순넷이 되던 해 쌍화점이 초연되었다. 원나라 지지 세력과 원나라 첩자가 우글거리는 개경에서 벗어나 덕수현 마제산에 행궁을 지었다. 전국에서 뽑은 무희와 노래꾼들이 그 수강

궁 공연에 참가하였다. 이제 더 이상 자신을 지팡이로 때리고 고려의 딸들을 공녀로 뽑아 원나라에 보내는, 여성이 해서는 안 될 일을 나서서한 여성도 더 이상 없는 시간과 공간에서 충렬왕은 쌍화점을 감상했다. 춤곡이 중심인 동아시아 북방의 음악, 쌍화점은 조선이 건국되고 100년이 되던 해, 성종 임금이 지나친 남녀상열지사는 좀 가사를 바꾸기라도 하라는 엄명을 내렸다. 그러니까 세종임금은 감상하시면서 아무 코멘트도 하지 않으셨다. 이게 다인 줄 알았는데 퇴계 이황선생께서 한 말씀하셨다.

　─쌍화점과 같은 노래를 듣노라면 춤이 절로 나오는데 어부가를 듣자니 하품이 저절로 나는 건 무슨 까닭인가?

　쌍화점의 배경 음악은 쌍화곡이 되고 나중에 길군악이 되었다. 이원풍물단의 사물놀이에도 영남농악에서 중요하게 여기는 길군악이 포함되어 연주되었다. 아무튼 여성으로부터 남성이 회초리를 맞는다는 것은 문화인류학적으로나 사회심리학적으로 그리 추천될 만한 일은 아니었다. 그럼에도 내가 갇힌 덫에서 헤어 나올 때까지는 비록 눈물이 나지만 희선 씨가 하자는 대로 할 수밖에 없었다.

지에무시 운전사 보조

희선 씨가 건네준 음원 파일 가운데 임영환 1이라는 이름으로 저장된 것이 있었다. 음성을 복원하니 두 인물이 대화를 하고 있었다.

"자, 아저씨 준비되었으니까 말씀하세요."

이 목소리는 나도 안다. 희선 씨의 목소리였다.

"젊은이니까 자네한테만이라도 내 얘기를 남기고 싶어. 어디에서 내 얘기가 제대로 쓰인다면 좋겠고."

후 하고 내뿜는 소리는 담배를 피워 물은 그의 소리였다. 이 양반이 임영환 선생인 모양이었다.

"나는 지에무시 꼬소까이였지. 경찰서에 배치되어 비상이 걸리면 일반인들을 나르거나 경찰들을 출동시키는 도라꾸 운전사의 조수라고 보면 돼. 도라꾸 시동 걸 때 앞에 가서 큰 쇠막대를 꽂고 돌려 자동차 시동을 거는 사람으로 아주 중요한 역할을 했고 꼭 있어야 했어. 6월 25일 전쟁이 났다고 야단들인데 며칠간 의외로 경찰서는 조용했어. 경찰서는 상부에서 오는 전화로 소란했지만 막상 경찰서 안은 마치 큰 바람이 불기 전의 고요함이랄까 그랬

지. 그리고 면 단위 지서나 파출소에 일사분란하게 무선전화 통신
문이 내려갔지. 무전으로 명령문을 읽어주고 저쪽에선 받아 적는
거야."

그래서요? 희선 씨의 목소리가 단호했다.

"그때였어. 대전에 지에무시가 부족하다고 지원요청이 온 거
지. 나중에 알았지만 두 대로 일을 하자니 힘들었던 모양이야. 중
촌동으로 오라는 거야. 운전수와 조수는 밖으로 나오지 말랬어.
그리고는 사람들을 태우는 거야. 고개를 돌려 슬쩍 보니 머리를
빡빡 민 사람들이 철사 줄에 묶여 차곡차곡 화물칸에 앉는 거였
어. 그때 소리가 났어.

—똑바로 해라. 안 그러면 죽는다. 이 제주도 빨갱이 새끼들아.

나는 똥겁이 나서 벌벌 떨고 있었지. 밖에서 소리가 들렸어.

—오십 명 맞나? 그래? 그럼 출발.

한 차에 꼭꼭 사람들을 실으면 50명이 된다는 걸 난 그때 처음
알았지. 중촌동이 어딘 줄 알잖아?"

"그럼요. 잘 알죠."

조직의 존재를 확인시켜주는 것에 머리를 빡빡 미는 게 상징인
수가 있다. 군대가 그렇고 형무소가 그렇고 학교가 그랬고 조직폭
력배들도 그렇다. 1987년 민주화 바람이 세게 불던 즈음 울산의
중공업 회사 직원들이 데모하며 첫 번째로 요구한 것이 있었단다.

두발 자유화. 집행부는 출근길에 머리가 조금만 긴 종업원을 보아
도 이마에 바리깡으로 고속도로를 내놓았다고 한다.

"대전형무소가 거기에 있었어. 거기서 삼성동을 지나 대전역을
지나 산내 산골짜기로 가서 사람들을 내려주기만 하면 되는 거였
어. 화물칸에 헌병 둘과 순경 둘이 탔어. 헌병들은 서울 말씨를 썼
어. 그러니까 대전 사람이 아니란 말이지. 자동차 화물칸에서 하
는 말을 따라 차를 돌리고 운전만 했으면 됐어.

ㅡ자, 전방 20미터 앞에 차를 돌린다. 실시.

그 말이 있으면 유턴을 해서 거기에 서야 하는 거야.

ㅡ1열씩 하차한다. 실시.

한 열에 여섯 명씩이었어. 그대로 앞으로 뛰어내리는 거야.

ㅡ다시 중촌동으로 간다. 실시.

그 말에 앞에서 무슨 일이 벌어지는지 볼 겨를도 없이 또 차를
돌려 중촌동으로 왔어. 그게 7월 초였던 것 같아. 열흘 전부터 했
다고 하는데 장비가 부족하자 우릴 차출한 거였지."

"그럼 거기서 뭐한 거예요?"

"차를 끌고 나오면 계속 집단사격 소리가 났지. 사람들 비명소
리도 들렸고. 아, 이게 뭔가 잘못 됐구나 생각이 들었어."

"누가 시킨 일인가요?"

"그때 당시는 아무 것도 몰랐어. 그냥 상부에서 시키는 대로만

했을 뿐이고 나 같은 꼬소까이가 뭘 알아?"

"아저씨야 무슨 죄가 있겠어요? 시키는 대로 했을 뿐인데."

"한번 갔다 오는데 한 두 시간은 걸린 것 같았어. 그 날 세 번 왔다 갔다 했더니 옥천으로 귀환하라는 거야. 이거 난리가 났구나하고 사람들에게 알리려고 보니 말을 해서 안 되는 말이 있던 거야. 그야말로 말도 안 되는 소리가 있었던 거지. 어떻게 같은 나라 사람을 그렇게 많이 죽이냐고? 말도 안 된다고 사람들이 당연히 주장하는 그런 상황인 거지. 말도 안 되잖아. 일제로부터 해방된 조국에서 국민을 학살한다? 말도 안 되잖아. 혹시 몰라. 인민군들이 쳐들어와 사람들을 차로 실어 날라다 그렇게 많이 죽였다고 하면 사람들이 믿겠지. 그러니 실제 무슨 일이 있었지만 아무 일도 없었던 거야. 누군가 보았어도 누구도 못 본 거야. 그러니 오래 숨길 수 있었던 거지."

"세상에 그런 얘기가 어디 있어요?"

"세상엔 할 말과 못 할 말이 있지. 어떤 일에 대해 그들이 왜 그랬는지 제대로 설명할 수 없으니 피해자 가족도 자신들이 무슨 죄를 지은 양 그냥 순응하는 거야. 죄인 후손이 된 양 입을 닫고 살아야 몸이 편하니까. 세상 이렇게 편하게 사람들을 주무를 수 있게 될 줄 누가 알았겠어? 특히 전쟁이 터지고 경찰이나 군대에 속한 사람이 무슨 말을 한다는 건 어찌 보면 이적행위이기도 했고."

말이 말 같아야 하고 얘기가 얘기 같아야 들어주는 거 맞다. 사람들의 엉성한 인식 체계의 허점을 그들은 기막히게 파고들었고 또 성공했다고도 생각이 되었다. 뜬금없이 어디에서 몇 백 명이 학살당했대, 라고 하면 대뜸 거짓말, 말도 안 돼, 라는 소리부터 하는 게 보통이니 말이다. 이 말을 들으며 나는 한나 아렌트의 논리가 한국의 학살 현장에 적용될 수 없을 것 같았다. 그녀는 유태인 학살에 가담한 아이히만의 모습이 너무나 정상적이라는 것에 놀랐다. 그리고 아이히만은 학살이 옳은 것인지 성찰하지 않았고, 학살된 이들의 고통을 공감하지 않았으며, 그런 만행을 세상에 알리지 않은 죄를 물어야 한다고 그녀는 주장했다. 임영환 선생의 경우, 조직의 부속으로서 그것을 생각하면 안 되었고, 공감은 했으나 말해도 들어줄 상황이 아닌 경우도 있었던 것이다. 물론 임영환 선생의 경우, 희선 씨에게 아주 늦게 알렸다. 그리고 괴로워했다.

"중촌동에 있던 그들은 누구였어요?"

"그땐 거기가 형무소였으니까 그냥 죄수들이겠구나 하는 정도는 알았지. 그리고 운전수와 화물칸에 태운 사람들하고는 아무런 말도 할 틈을 주지도 않았지. 그냥 시키는 대로 하기만 했지. 지금 생각해보면 사형수들이 거기에 몇이나 있었겠어? 지에무시로 두 번째 사람들을 나를 때 그 대전 형무소에서 서울말 하는 사람 하나가

—어이, 영동 촌놈들, 잘 가라고. 그간 고생 많았어.

라고 그르구었어. 난 이게 무슨 뜻인지 아직도 모르겠어. 영동 사
람들이 왜 거기 있었는지.”

　듣고 보니 ‘그르구다’는 말한다는 뜻의 청원방언인데 그도 그
런 단어를 썼다. 옥천에서도 그런 단어를 쓰는 모양이었다.

　“아저씨, 옥천 얘기 좀 해주세요. 특히 평산리.”

　“옥천은 내가 잘 알지. 면 지서마다 사람들을 모아놓았어. 보도
연맹이다, 예비검속자다 해서.”

　“보도연맹이 뭐예요?”

　“한마디로 앞으로 더 이상 좌익 활동하지 않겠다고 전향서를
쓰면 보도연맹에 가입하게 되는 거지.”

　“그거 되게 쉽네요. 그럼 나라에서 더 이상 빨갱이가 아니라고
증명서를 주었나요?”

　“양민증良民證이란 걸 주었지. 전쟁나기 1년 전에 만든 거였어.
그때 이승만에게 잘 보이려고 경찰에서 그냥 아무나 보고 써 달래
서 채운 경우도 많았지. 엄청. 그러다 보니 무엇도 모르고 그냥 도
장 찍어줬다 망한 사람들도 꽤 많은 거고.”

　“경찰서장이 교통순경에게 딱지 몇 장 끊어 와라, 하면 애꿎은
사람들까지 교통법규 위반으로 딱지 떼는 거 아니었던가요?”

　“맞아. 연일 신문에 좌익이 몇 명 전향을 했다고 발표해서 마치

많은 좌익인사들이 전향해서 이승만 정권을 지지하는 것처럼 선전하기도 했지. 나중에 30만이 가입했다는 신문기사를 본 것도 같아. 그때만 해도 사람들이 참 착했어. 전쟁을 겪어보지 않은 사람들이라 거짓말도 안 했고 나라에서 하는 일이라고 하면 꺼뻑 했지. 그러니 얼마나 착한 사람들이야. 정치해 먹기 참 좋은 시절이었다고 나는 생각해. 요즘 보라고. 누가 조금만 잘못하면 그냥 두나? 아주 잡아먹으려고 덤비지. 안 그래?"

내가 이런 말을 해주고 싶었다.

─정말 맞는 말 같네요. 요즘 여자 대통령 하나 못 잡아먹어 저 난리잖아요. 선거 끝났으면 승복해야지 부정선거네, 어쩌네, 여자 대통령이 아니라면 저렇게까지 했겠어요? 댓통령이라니 말이 돼요?

그가 헛기침을 하고 하던 말을 계속했다.

"다니다 보니까 별 일이 다 있더라고. 여러 곳을 다니다가 보니 왜정 때도 그 순사보라는 게 있었거든. 경찰서에서 자리 하나 챙기고 일하는 조선 사람인데 대개 지역 사정에 밝지 않은 일본순사의 길 앞잡이 노릇을 하는 거지. 해방되고 나서도 아무 것도 아닌데 개똥모자 쓰고 오리 가방 하나 들고 다니며 마을에서 거들먹거리고 다니던 사람들이 있었어. 자진해서 그러는 그들을 경찰이 부려먹는 거야 일도 아니지. 그리고 경찰이라고 하면 스스로 나서서 앞잡이 노릇을 해주는 사람들이 적지 않았어. 이를테면 이 동네 누가 빨갱이요? 하고 물으면 몰라요 할 수 없으니까 나서다 보면 순사 앞잡이처럼 역할을 해줘야 하는 수도 있었지. 아무튼 저런 사람을 하나 앞장 세워 동네마다 지서 순경들이 다니는 거야. 그러다 보면 별일이 다 있지. 절대 빨갱이일 수 없는 사람들이 붙잡혀 온 경우도 있었어."

"빨갱이 특징이란 게 있었나요?"

"일단 나처럼 일자무식이고 또 농사일만 한 사람을 빨갱이라고 해야겠어? 제 이름도 간신히 쓰고 무어라고 물으면 어물거리며 말도 제대로 못하는 사람을 말이야. 일단 빨갱이라 하면 공부는 했고 세상물정에 밝고 경찰에 오면 법 따져가며 대들어야 적어도 빨갱이라고 할 수 있는 것 아냐? 한마디로 말이 많아야 공산당이지."

"그렇긴 하네요."

"그 빨갱이라는 사람들도 마르크스, 레닌이 쓴 책이나 연설문 한 구절 읽고 감동을 받아 그 길로 나선 사람이 몇이나 되었겠어. 내가 보기엔 그런 사람들은 무기 들고 산으로 가서 대개 야산대나 빨치산이 되었을 걸. 그러니까 겉으로만 좌익이지 좌익이라고 내세울 사람도 그리 많지 않았어."

한참 쉬었다가 그가 담배에 불을 붙이는 소리가 들렸다. 그리고 깊이 마셨다가 내뱉었다.

"청산에 청년단이 들어왔어. 겉으로 보면 완전 깡패지. 여기에 동네 청년들이 가입하기도 했지. 해방되고 6 · 25 터지기 이전인데 행패를 부리는 거야. 이들에게 대들고 해코지하고 한 사람들이 있었는데 일제 때 농민운동하고 했던 사람들이야. 그간의 사람들은 나라나 힘 좀 쓰는 집단이 나서면 엄매 기죽어, 하고 나서지 않았는데 이들은 좀 의식화되었다고 해야겠지. 그러다 보니 이 외부인들에게 대드는 사람은 저절로 좌익이 되는 거고, 저들은 자연스레 우익이 되는 거야. 다시 말하면 저들에게 대드는 사람들은 다 빨갱이가 되는 거지."

"참 억울한 일도 많았겠네요."

"하루는 안내면 김 순경이 한 마을에 갔는데 신 모라는 사람이 나서서 동네 빨갱이를 다 일러준 거야. 조그마한 마을 하나에서 김 순경한테 아무개, 아무개가 다 거시기라고 고해바친 거야. 경찰은 국민이 저리 신고하면 결박하여 지서로 끌고 가야할 의무가 있었거든. 놓아주어도 지서에서 조서를 꾸미고 놓아주어야 하고. 마을에서 열다섯 명을 좌익이라고 해서 끌고 간 거야. 열다섯 중에 한둘은 진짜 좌익이 있었을 수도 있겠지. 인민군이 쳐들어오고 세상이 바뀌었어. 가족을 잃은 저 열다섯 집이 뭐했겠어? 다 인민군 편에 선 거야. 그리고 인민재판에 저 신 모 씨를 올린 거지. 그리고 신 모 양반은 반혁명분자로 몰려 죽었어. 마을로서는 참 불행한 일이지. 저 열다섯 가구는 동네에서 살지 못하고 외지로 나가 살고 있어. 저 신 모 씨 후손은 정신이상이 되었다더군."

"아저씨, 정말 섬뜩해요."

"찌는 여름, 시원하고 좋지 뭘 그래? 지에무시를 타고 지서마다 들러 한 차씩 해서 월전리로 싣고 갔지. 군서면에 있어. 한 구덩이로 안 되니까 또 한 구덩이를 판 거야. 그렇게 세 구덩이를 팠어. 처음에 지에무시를 타고 간 사람들이 구덩이를 팠어. 그리고 열 사람이 꿇어앉으면 뒤에서 총으로 갈겼으니까 그 크기가 대략 5미터쯤 되려나. 아주 규격처럼 명령이 내려왔어. 구덩이 파는 것까지."

"그리고는요?"

"산처럼 쌓이잖아? 그러면 휘발유를 뿌리고 불을 지르라고 했어. 왜 꼭 고개 같은 곳에다 구덩이를 파라고 했는지 지금도 모르겠어."

"그리고 평산리는요?"

"동이면 쪽 사람들이 많이 있었어. 보도연맹에 가입한 사람뿐만 아니라 예비검속되어 지서 창고에 갇힌 사람들이. 인민군들은 쳐내려오고 정신이 없었으니까 동이에서는 어떤 부대가 집행했는지, 몇 명이 거기서 죽었는지 난 몰라."

"노근리처럼 미군이 폭격하진 않았어요?"

"내가 듣기로 용바위인가 거기 구덩이에 시체가 넘치고 시간이 없다고 하자 미군이 불 폭탄인가 터뜨려 태우고 폭격하여 땅을 뒤집어 놓았다는 소릴 어디서 들었는데 보진 못했어."

들을수록 점점 기가 차 설령 사실이라고 해도 믿고 싶지 않았다. 우선 미국이 한국을 도와주는 우방이라 생각해온 나는 무엇보다도 한국의 우방으로써 한국이 공산화 되는 걸 막아준 미국을 험담한다는 게 용납이 되지 아니하였다. 나는 잠시 정지시켰던 테이프리코더를 다시 틀었다.

"아저씨는 이런 얘기를 하는 게 무섭지 않아요?"

"옛날 같으면 되게 무섭지. 이제 여든이 넘었으니 내 나이 열아홉에 있던 이야기를 이리 자유롭게 하지, 그간 이런 얘기를 어디 가서 해. 그냥 죽으려고? 이제는 죽기 전에 하고 싶었던 말은 해야지. 그간 참고 산 세월, 얼마나 속이 터졌겠소. 이제라도 속에 꼭꼭 숨겨놓았던 걸 털어내니 얼마나 가뿐한지 모르겠소."

"고마워요. 헌데 저희 할아버지 함자가 형자 철자이신데 들으신 바가 하나도 없으신가요?"

"그분이 평산리에 사셨으니 거기서 돌아가신 건 맞을 텐데 내가 거기 없었으니 알 길이 없지, 뭐."

그 뒤로 녹음된 내용은 없었다.

사진사와 사진

. . . .

희선 씨가 준 다른 녹음 음원을 듣기 시작했다. 임영환 2라고 적혀있었다. 아마도 다른 날 그의 허락을 받고 녹음한 것인 듯했다.

"그간 안녕하셨어요. 오늘 맛있다고 소문이 난 집에서 순대 좀 사왔습니다. 막걸리도요."

"아이고. 나야 고맙지만 미안해서."

"탈 안 나게 맛있게 드시고 건강해지시면 된 거죠."

희선 씨의 웃음소리가 조금 연장이 되어 났다. 임영환이란 분이 미안해했다.

"우리 아가씨 할아버지가 어찌 돌아가셨는지 무슨 정보라도 주어야 할 텐데. 오늘은 양담배 얻은 얘기를 해줄게. 저번에 옥천에서 대전으로 지에무시가 차출되어 갔다고 했잖아요? 그리고 며칠 있다가 또 차출이 되었어요. 이번엔 대전 동면에서 곤령골로 사람들을 실어 나르는 거였지. 동면은 옥천서 가까우니까. 보도연맹이라든가 빨갱이로 지목된 사람들. 산내에 도착하여 사람들을 내리라고 헌병이 했는데 사람들의 손을 뒤로 하라고 해서 굴비 묶듯이 묶은 거였어. 하도 시간을 끌기에 나는 밖으로 나왔어. 미군 장교

하나가 열심히 사진을 찍고 있었지. 무얼 하는지 궁금해서 가까이 가니 그는 방해가 된다는 듯이 담배 한 갑을 주며 저리 가라고 했어. 가운데 동그랗게 빨간 원이 있는 담배. 럭키 스트라이크라는 담배지. 끌려온 사람들은 손을 뒤로 하고 철사 줄로 묶였어. 꼼짝을 못하고 하라는 대로 했지. 사람들을 누우라고 시킨 거였어. 그러면 방첩대인지 헌병들인지 일렬로 서서 머리에 총을 쏘았어."

"아저씨는 그 젊은 나이에 못 볼 걸 참 많이 보셨군요."

"경우에 따라 한방에 사람이 죽지 않거든. 그렇기 때문에 총에 맞은 사람이 살았는지 확인하고 다시 쏘는 거야. 그 양반이 그걸 찍고 있었어. 아니 그가 마치 총살을 지휘하는 것 같았어."

"미군이 주도한 건가요?"

"확실히는 모르겠어. 나중에 누군가 밝히겠지."

"아저씨는 결혼하셨어요?"

"내가 죽음으로 이끈 사람들이 한둘이었어야지. 도저히 결혼을 할 엄두가 안 나더라고. 자식을 두게 된다면 그 많은 혼령들이 우리 자식들을 가만 안 둘 것 같은 악몽에 늘 시달렸으니까."

"처음부터 그러셨어요?"

"처음에는 상부에서 하라는 대로 명령에 따라 한 것뿐이니 그렇게 양심의 가책을 받거나 그러진 않았어. 큰 권력이 누군가를 끝까지 보호해준다고 믿는다면 아마 별의별 범죄를 다 저지를 것 같기도 했지."

"그 미군 사진사의 사진이 보고 싶네요."

"아마 어딘가에 잘 있겠지. 아니면 벌써 세상에 알려졌거나."

여기까지 녹음 파일을 들은 나는 궁금해서 참을 수가 없었다.

┈╫╫┈

인터넷에서 산내 학살, 대전 학살 등의 키워드로 검색하였다. 역시나 흑백 사진들이 다수 있었다. 대전 학살 현장에서 그 사진을 찍은 사람은 미군 소령인 애버트라고 하였다. 4·3 사건 희생자 후손이었던 이도영박사가 찾아내 공개한 미국정부에서 비밀이 해제된 사진들이었다. 나는 미군 소령이 찍은 사진을 검토했다. 그 사진 속에 미군은 한 명도 보이지 않았다. 한국군 헌병들과 경찰들이었다. 결국 미군은 사진기 뒤로 숨은 것이었다. 왜 미군은 저 현장 사진을 찍은 걸까? 앞서 녹취가 가짜라 하더라도 미군이 산내 학살 현장에 있었다는 사실만은 부정하기 힘들다는 생각에 이르렀다.

내가 대학교 4학년 때 네 명이 함께 자취를 했다. 그때 그 시절은 늘 데모와 정치 사건들로 매일 뉴스를 채우던 시절, 신탄진 출신 후배는 휴학을 하고 갑자기 사진기를 사서 들고 왔다. 역사의 현장을 남기기 위해서는 사진 만큼 위대한 건 없다고 그는 말했다. 그렇다. 산내의 저 학살 현장을 담은 사진만큼이나 많은 걸 말해주는 건 사실 없다. 인간의 말은 늘 그때그때 날라져 그가 누군가와 에너지를 나누느냐에 따라 말이 달라지지만 사진은 결코 인간의 혀끝에서 멀리 있었다.

나는 뜬금없이 광개토대왕릉 비문이 생각났다. 역사서는 시대에 따라 집필자의 생각에 따라 시시때때 변하지만 돌에 새긴 글은 절대 바뀌지 않으니 광개토대왕릉의 글귀처럼 노비를 자기 맘대로 수를 바꾸지 못하게 못을 박아 놓는 것처럼 사진 또한 역사의 현장을 하나로 고정해 놓는 일임에 틀림없었다. 녹음 파일을 다시 틀었다.

"아저씨는 제게 아버지 같아요. 사실 할아버지 돌아가시고 아무 것도 할 일이 없다며 매일 술만 드시던 아버지를 일찍 여의었거든요. 제가 여덟 살 때죠. 그리고 지금까지 늘 멍하니 살아왔어요. 정말 중심이 없다는 건 자식에게 큰 고통이라는 것을 우리 아버지는 아셨을까 몰라요."

두 사람은 아무 말도 하지 않았다. 약간 울먹이는 소리가 났다. 희선 씨의 목소리이었다.

"기둥이 없는 집에 사는 걸 상상해 보신 적 있으세요? 아버지도 안 계시고 오빠도 어디론가 가고 늘 저 혼자 집에 있었어요. 그러다 보니 나쁜 아저씨들한테 나쁜 짓도 당하곤 했어요. 그러다 보니 결혼은 하지 말아야겠다는 생각이 들었어요."

"그랬구나. 지금부턴 나를 아버지라고 부르고 싶으면 불러."

"예, 아빠."

그녀는 그녀의 머리가 정지된 여덟 살로 돌아간 듯하였다. 그리고 엉엉 울기 시작했다. 얼마나 고통스런 세월을 산 것일까? 나는 뜬금없이 인터북에 가서 희선 씨의 타임라인을 살폈다. 그녀의 타임라인에 나에 대한 언급은 어디에도 없었다. 죽 살펴보니 그녀는 성범죄 관련 기사를 꼬박꼬박 링크를 하였다. 그리고 코멘트를 달아 인터북에 올렸다. 나는 갑자기 머리가 복잡해졌다. 왜 혼자 살던 여성이 온갖 성범죄, 그것도 특히 데이트 강간과 같은 사건들을 저리 광적으로 관심을 가질까 얼른 설명을 해주지 않았다. 오랜만에 만난 인연이 저런 정신적으로 무언가 쉽지 않은 사람이었다는 게 나는 도저히 납득이 되지 않았다. 저 임영환이란 분과의 대화에서 얼핏 말한 나쁜 아저씨들한테 당한 나쁜 짓이 바로 저런 걸까? 하고 생각이 들었다.

인터넷 검색하다 본 사진 하나가 이끈 곳은 영국기자가 찍은 산내 학살 현장이었다. 나는 한국에서 진실을 보았다. 랑월 죽음의 계곡. 위닝턴이 낸 르포 제목과 그가 표현한 말이었다. 그는 산내면 낭월리를 인식하고 있었다. 그 르포의 마지막은 세 개의 문장으로 되어 있었다.

1. 모든 외국군대는 한국에서 철수하라.
2. Hands Off China
3. 세계평화를 지키자.

Hands Off China가 정확히 무슨 뜻인지 이해가 안 되었다. 나는 궁금한 마음에 오랫동안 미국에서 공부한 김승유 박사에게 전화를 걸었다. 이 문장을 어찌 해석해야 하는지 물었다. 김 박사가 차근차근 조곤조곤 설명해 주었다.

"이게 쉼표가 있는지, 어디에 있는지에 따라 의미가 다른데 이게 1950년 9월에 쓴 르포라고 했지요? 아마도 중국보고 한국전에 개입하지마라, 중국은 손 떼라, 라고 말한 것 같은데 잘은 모르겠는데."

"정말, 영어를 많이 공부할 걸 그랬어요. 6·25 때 일을 공부하고 있는데 괜히 시작한 것 같기도 하고. 이제 어쩔 수 없이 갇힌 것 같아요."

내가 우는 시늉을 하자 김 박사가 전화로 말을 이었다.

"사실 우리 어머님도 북한에서 높은 자리라면 높은 자리에 있었지. 은행에서 일했으니까. 어머니 말을 들어보면 땅뙈기라도 좀 갖고 있었거나 높은 관직에만 있었어도 그냥 재판에 세워 그날 죽였다니까. 인민재판. 우리 어머니는 그걸 보고 안 되겠다 생각하고 부모님과 함께 남하했대. 어머니 얘기 들어보면 정말 지주였던 게 한이 들릴 정도로 탄압하고 죽이고 그랬다는 거지. 그 꼴을 보고 남한으로 온 사람들은 그냥 이를 가는 거야. 우리 어머니는 지금도 북한, 빨갱이라면 치를 떨어."

"형님 얘기 들으니 나도 치가 떨리네요. 나라고 해도 남으로 와서 빨갱이들 다 잡아 죽이려 했겠어요."

김승유 박사에게 Hands Off China가 진짜 무슨 뜻인지 잘 모른다는 소릴 듣고 나는 고맙다는 인사를 하고 전화기를 끊었다. 김 박사의 부모가 북한에서 겪은 일은 정말 소름 끼칠 정도였다. 저런 일을 당하면 괜히 착한 사람이었을지라도 자신의 생각과 다르다면 그냥 대놓고 빨갱이라는 말을 뱉었을 것 같았다. 1950년 9월인가 낸 위닝턴의 현장보고를 보면 학살의 주체가 누군가 알 수 있는 문구가 있었다. 미군 장교가 '괴뢰군' 장교와 함께 매일 지프차를 타고 현장에 와서 학살을 어찌 하면 되나 자문을 했다는 구절이 있었다. 그 괴뢰군은 아무래도 현장에 없던 북한 인민군은 아니고 한국군을 지칭한 듯이 보였다. 그가 학살 현장에 도착해보니 학살당한 이들의 신체 일부가 흙속에서 나와 있었다는 것을 사진으로 보여주고 있었다. 현장에 있던 사람들에게 물어보니 지프차가 어디에 있었고 미군 장교는 어디에 서있었는지 모두다 똑같이 일러줬다고 했다. 그 기자는 현장에 미제 담배 빈값들이 버려져 있었다고 르포에 썼다. 앞서 미군 장교의 사진에서 미군 장교들은 사진기 뒤에 숨었는데 위닝턴의 르포에신 주인공으로 나타나고 있는 것이었다.

6 · 25 학살 현장 사진들을 보다가 아주 특이한 사실을 알게 되었다. 이를테면 전주 학살지는 국군이 수복하고 민간인이 현장을 발굴하여 시신을 가족에게 돌려주는 장면이 나왔다. 그런가 하면 옥천이나 영동에서는 학살 무덤을 파헤치고 그 시신을 가족에게 돌려주었다는 기록이 어느 곳에도 없었다. 원래 착한 사람들이기 때문에 일어난 일인지 어떤 문화인류학적인 연구가 필요하다고 생각되었다. 모르는 사실을 마음대로 재단하여 멍청하기 때문에, 라든지 조상을 섬기는 마음이 달라서 그렇다든지 따위의 말을 내뱉고 싶은 대로 내놓을 입장이 아니란 걸 나는 알고 있었다. 만약에 발굴하지 않고 그냥 두고 있는 모습을 보고 경우에 따라서는 마음대로 지껄인다면 그건 또 다른 폭력일 수도 있었다. 한때 공주박물관에 들러 무령왕릉에서 출토된 묘수를 보고 누군가는 돼지새끼라고 했고, 그 옆에 있는 엽전 꾸러미를 보고 저승 갈 노잣돈이라고 말한 이들이 있었다. 그 옆에 있는 설명만 보아도 저런 말을 하지 않을 텐데 우선 낯선 대상이 나타나며 주는 공포가 어떤 말을 하도록 이끄는 마력이 있다는 사실이었다. 무식하지 않다

는 걸 저기에 붙어있는 설명을 보지 않고도 말해야 하거나 급해서 얼른 가야 하는데 자식들에게 아무 말도 하지 않으면 안 될 것 같아 꺼낸 말이 저런 말일 수도 있었을 것이다.

나는 내 앞에 나타난 낯선 사진들이 이제까지 알고 있던 것과 달라도 너무 달라 머리에 쥐가 나고 있었다. 오후에 희선 씨는 어디에 가자는 말도 하지 않고 식사한 뒤 그냥 2층에서 스마트폰으로 인터넷을 검색하고 음악을 틀어 들으며 보내는 것 같았다. 나는 굳이 그녀가 진짜로 오랜만에 즐기는 여유랄까 게으름이랄까 그것을 방해하고 싶지 않았다.

네 시 반이 지나자 그녀는 옥천에 가서 저녁식사를 하자고 제안했다. 나야 괜찮지만 그저께 3시간, 어제 4시간, 오늘은 내가 그녀를 5시간 기다려야할지 모른다는 싸한 불안감이 엄습해오고 있었다. 그녀가 하자는 대로 따라나섰다. 황돈이라는 돼지고기 전문점이었다. 내가 그녀와 함께 갔던 레스토랑 안단테의 옆집. 어느 샌가 그녀는 그곳을 보아두었는지도 모르겠다. 굽고 제키고 썹고 뜯고 맛보는 재미를 위해 그녀는 제주산 흑돼지 삼겹살에 홍어를 시켰다. 내가 이 삼합이라는 걸 좋아하는지 어찌 알았을까? 그녀는 진짜 스파이 맞았다. 어쩌면 인터북의 내 타임라인을 뒤져 빅 데이터 분석이란 걸 이미 마쳤는지도 모를 일이었다.

잘 구워진 고기를 놓고 묵은지 놓고 초고추장을 찍은 홍어를 얹

어 형제의 우애가 돈독해지게 젓가락으로 감싸 항공편으로 운송
을 하여 입에 넣었다. 2005년 내가 쓴 시를 조금 빌린다면 다섯
겹의 내 인격이 욕쟁이 할머니네 짠지 두루마기 입고 바다 땀 가
루 밴 네 인생 한 점과 처음 만나 오래 안 사이인 듯 부둥키니 코끝
에는 진짜 들불이 찡하게 타오른다. 그녀에게 이 시를 들려주면
염병하네, 하고 소리를 칠 게 뻔했다. 식사를 마치고 그녀는 어디
다녀 올 테니 어디 조용한 카페에서 책이라도 읽으며 기다리라고
했다. 내가 갈 수 있는 데는 티뢸 아니면 카즈 카페인데 그것도 알
고 있단 말인가?

그냥 그녀에게 카즈 카페에서 음악도 듣고 책도 읽고 있겠다고
했더니 그녀는 고개를 끄덕이며 그러라고 했다. 카페 모퉁이에 앉
아 다섯 시간동안 사람들 사는 얘기, 커피 마시는 것 관찰하기는
참으로 재미있었다. 특히 대수롭지 않을 얘기를 큰소리로 꾸미는
사람들을 보면 그냥 헛웃음이 나기도 했다. 그녀는 정확히 11시
에 도착했다. 내가 여기 커피점의 커피가 맛있으니 한잔 마시라고
했더니 그러겠다고 했다. 카페라테 두 잔을 주문했다. 오늘은 어
제나 그제보다 단정했다. 피 냄새도 나지 않았고, 그녀의 말을 빌
리면 어디 가서 남자를 죽여주지도 않은 듯이 보였다. 약간 안도
의 한숨이 나왔다. 수염이 나처럼 근사한 주인이 카페라테 두 잔
을 들고 왔다. 그는 잘 어울리는 한 쌍에게 경의를 표하고 그의 자

리로 돌아갔다. 나는 그녀에게 아무 말도 하지 않았다. 그녀의 입
술이 좀 부르텄다는 사실에 주목하였다.

풍물소리

．
．
．
．
．
．

　이제 나흘째, 아니 닷새째. 구름이 낀 화요일. 아침에 일어나 불을 켜고 거실문을 활짝 열었다. 희선 씨는 벌써 일어나 아침식사를 준비하고 있었다. 내가 그간 내 머릿속에서 잃어버린 아내의 자리를 그녀가 챙기고 이젠 제법 요리를 잘 하고 있었다. 내가 일어난 걸 알고 안방 책상에 메모를 가져다 놓았다.

　—미군 24사단, 수도사단/2사단 헌병대+CIC

　—7월 14일, 청원 하석리 미군 폭격 100명 사망

　—7월 15일~20일, 옥천 750명(월전리 600, 들미 150) 학살

　—7월 16일, 옥천 소개령

　—7월 18일~20일, 영동 어서실 300명 학살

　—7월 18일~20일, 석쟁이재, 상도대리, 하도대리 학살

　—7월 20일, 대전전투, 참패 후 후퇴

　—7월 21일, 영동 소개령

　—7월 25일, 영동 하가리 피난민 폭격 100여 명 사망

　—7월 26일, 인민군 영동 진입

　—7월 27일에서 29일, 노근리 쌍굴다리 폭격 300여 명 사망

—9월 26일, 미 24사단 영동 입성
—9월 27일, 미 24사단 옥천 입성
—9월 28일, 미 24사단 대전 입성
—10월 5일, 청산 노루목재 폭격 50명 사망

이번 리스트는 매우 내용이 많았다. 그래봤자 옥천과 영동에서
벌어진 일이니 머릿속에 쏙쏙 들어왔다. 옥천과 영동의 일이니 이
미 조금 아는 것도 있었다. 왜 대피령이라고 하지 소개령이라고
해서 군인들은 헷갈리게 하는지 몰랐다. 일본식 용어일 게 뻔했
다. 나는 다른 종이에 저 내용을 미군과 인민군의 이동과 양민 학
살로 보이는 사항, 미군 폭격에 의한 사망사고 등을 분리해서 다
시 적었다. 특히 눈에 띄는 건 미군 전투기가 있던 지역이라 미군
폭격에 의해 희생자가 많았다. 7월 14일 폭격을 당한 하석리는 신
탄진 살 때 자세히 알게 된 대청댐 서쪽에 오가리라고 하는 곳으
로 회와 막걸리로 유명한 곳이다. 거기서 강을 건너 피난하던 일
반인과 군인들에게 기총소사를 해서 100여 명이 사망했다고 한
다. 피난민 속에 인민군이 있다는 걸 어찌 알 수 있었을까? 이는
명백히 오폭에 의한 양민학살이었을 수 있다. 옥천군립묘지에서
들미에서 350명이 희생되었다고 했는데 왜 희선 씨가 150명이라
고 하는지 의문이 들었으나 묻지 않았다. 그렇게 하는 것이 갑에

대한 을의 기본자세로 나는 생각했기 때문이다.

　　화요일과 목요일은 이원풍물단의 풍물놀이와 사물놀이 연습이 있는 날. 그것을 미리 희선 씨에게 얘기해놓은 터라 굳이 말할 필요가 없다고 나는 생각했다. 우파의 덕목에는 전통을 지키고 계승하는 일도 있다. 나는 자고 있는 희선 씨를 깨우지 않고 나왔다. 저녁 일곱 시에 희선 씨는 나에게 전화를 걸어 어디에 있냐고 물었다. 나는 주차를 하고 급히 달려가는 중에 전화를 받았다. 이원 다목적회관에 풍물연습 하러 가는 중이라고 얘기했다. 미리 이원면에서는 다목적회관에 연습공간을 마련하고 일곱 시부터 두 시간 동안 풍물놀이와 사물놀이 연습을 하였다. 지난 해 마지막 날 입단하였으니 이제 두어 달이 된 셈이었다. 상쇠의 꽹과리 장단에 맞추어 똬리도 틀고 풀고 용트림도 하고 한 바탕 놀고 나면 15분쯤 되었다. 나는 북 장단을 쳤다. 풍물놀이에서 맨 꽁지에서 따라다니니 가운데에서 똬리 트는 사람들보다 운동량이 매우 많았다. 용트림을 할라치면 방향을 틀 때마다 팔짝 뛰기도 했다. 일곱 시 50분 되니 총무가 간식거리를 차릴 양으로 탁자를 끌어와 정렬하기 시작했다. 눈치를 보고 있던 사람들이 서로 나서서 자리를 만

들고 누군가 해온 떡과 식혜를 올렸다. 내가 물어보니 상쇠가 해 왔다고 했다. 키 큰 남자가 막걸리 한잔을 권했다. 그는 이원리 사는 징을 치는 주세권 형님이었다. 이원리는 이원면의 옛 장터가 있던 곳으로 주세권 형님 집안은 대대로 풍물놀이 명인으로 유명한 집안이었다. 노래방 등에 갈라치면 그는 아무 막대로도 연주를 하며 노래 반주를 했다. 꽹과리채나 북채는 거의 저이의 손을 거쳐 이원풍물단에 보급이 되었으며 풍물놀이의 명인이라고 하면 옳았다.

떡을 먹고 식혜도 한잔 하고 창가에 놓인 여러 의자에 단원들이 앉아 있었고 마지막 남은 한 자리에 내가 앉으며 옆에 있는 단원에게 말을 걸었다. 풍물놀이는 꽁지 쪽에서 쫓아다니는 게 제일 힘들었다. 풍물놀이를 할 때 멍석을 말 듯 한다고 멍석말이라고 하는데 원의 중심보다 바깥이 운동량이 많고 힘들다는 말을 내가 하고 있었다. 내 앞에서 따라 가시느라 고생이 많다며 어디 사느냐고 물었더니 평계리라고 하였다.

"혹시 공병문 씨를 아세요?"

멈칫하다가 갸웃거리더니 그녀가 말했다.

"개를 어찌 아신대요? 우리 집 둘잰데."

아이고, 세상에나 하고 나는 생각했다. 무릎을 탁 쳤다. 세상 참 좁았다. 나는 전화기를 꺼내 공병문 씨하고 통화를 하고 전화기를 건네주었다. 모자의 통화는 웃음으로 가득했다. 내가 전화를 받아 풍물놀이 할 때 매일 내 앞에 계신 분이 오늘에야 공형 모친인 걸 알았다고 말했다. 세상 참 좁다. 전화를 끊자 다른 전화가 왔다. 희선 씨였다. 다목적회관에 왔는데 들어가도 되냐고 했다. 이를 어쩌나 싶어 하다가 그냥 연습하는 것 구경하러 2층으로 오라고 했다. 그녀가 연습장으로 들어오자 나는 간단히 소개했다.

"풍물놀이 하는 거 궁금해 해서 오신 손님유."

모두 잘 왔다고 하며 희선 씨에게 떡을 권했다. 후반부 연습은 사물놀이. 자리를 아래층에서 가져다 넉 줄을 깔고 앞 가운데 상쇠자리를 만들어 두었다. 모두가 정해진 자리에 앉아 사물놀이 연습을 하였다. 희선 씨는 꼼짝하지 않고 자리를 지켰다. 상쇠가 틀린 부분을 지적하고 또 고쳐 나가고 사물놀이라는 것 자체를 처음 접한 희선 씨는 자신도 함께 하고 싶었다고 했다. 그녀는 의자에 앉아 기다리고 있었다. 한 시간이 후딱 갔다. 끝나자 나는 깔판 하나를 잡고 말기 시작했다. 그리곤 깔판 말이, 내 북을 들고 희선 씨에게 다가가 재미있었냐고 물었다. 그렇다기에 둘은 낄낄거리며 아래층으로 둘둘 만 깔판과 북을 들고 가서 정돈해 놓고 나왔다.

칠방리 고 여사가 "오늘은 치맥 안 먹는 겨?"
하고 물었다. 요즘 쓰는 말에 튀김 닭고기 또는 닭고기튀김을 치킨이라 하고 치킨과 맥주를 함께 먹는 것을 치맥이라 하였다. 떡 먹었고 손님이 있어 다음에 하자고 했다. 내가 희선 씨의 손을 잡아끌었다. 다짜고짜 이원역이 있는 곳으로 갔다. 그리고 역이 어찌 생겼나 어두운 데서 사진을 찍고 있었다.

"지금 뭐 하는 거예요? 나는 안중에 없이."

누가 이원역 사진 좀 인터북에 올려달라고 해서 그런다고 했더니 희선 씨는 나를 한심하다는 듯 쳐다보았다. 이원역 앞에 우두커니 서있던 희선 씨가 무언가를 보고 성큼성큼 걸어갔다. 내가 따라 가보니 비석이었고 기미삼일만세운동 기념비였다. 가로등 불빛에 비친 그 큰 글자 옆으로 아홉 명의 사람이름이 있었다. 내가 진짜 찾는 것인 모양이었다. 플래시 터트리며 휴대폰으로 사진을 여러 장 찍었다. 그러자 희선 씨가 집에 가자고 했다. 눈치를 보다가 인터북에 사진을 올리고 그제야 내가 가자고 말했다. 둘은 사당골로 향했다. 집에 들어서자마자 희선 씨는 아무 일도 없던 것처럼 2층으로 올라가 안락의자에 앉는 소리가 들렸다. 코 고는 소리를 들으며 아래층에서 나도 눈을 붙였다. 구름이 열리는 듯했다.

―나는 이원 장터에 있었다. 장날이라 사람들이 많이 모였다. 양력으로 3월 27일, 음력으로 2월 26일. 사람들은 작년에 말려두었던 산나물, 묵나물, 기른 닭 등을 비롯하여 씨앗이 될 만한 것들

을 팔러 나왔다. 동부, 약대콩, 강낭콩, 땅콩, 울타리콩 등. 그때 한 무리의 사람들이 태극기를 나누어 주었다. 풍물패가 앞장서자 사람들이 저절로 행렬을 이루어 따랐다. 앞에 선 사람이 대한독립만세를 외치자 천여 명의 장꾼들 모두 대한독립만세를 따라 외치기 시작했다. 무리는 가까이 있는 이원주재소로 갔다. 누군가 외쳤다. 왜놈들을 모조리 쫓아냅시다, 하니 누군가 돌을 던지기 시작했다. 대한독립만세. 대한독립만세. 그때 군중들은 일본군에게 돌을 던지고 야유를 했다. 갑자기 일본군이 총을 쏘기 시작했다.

으악, 하고 내가 일어났다. 2층 안락의자에서 자다 깬 희선 씨가 아래층으로 내려왔다. 아무 소리하지 않고 희선 씨는 물을 따라다 나에게 주었다. 내가 무슨 꿈을 꾸었을까 알기라도 하는 듯이 희선 씨는 자신이 꾼 꿈에 대해 말했다.

─그녀는 마치 남자인 양 하얀 갓을 쓰고 하얀 도포를 입고 이원에서 함께 올라간 사람들과 고종황제 인산─임금의 장례식─을 구경하고 있었다고 했다. 그 행렬을 보려고 사람들이 인산인해를 이루었다. 정오에 대례가 있고 행렬이 지나갔다. 누군가 태극기를 나누어주었다. 갑자기 함성이 터졌다. 대한독립만세. 대한독립만세. 일본기병들이 나타났다. 대한독립만세. 대한독립만세.

나와 그녀는 비슷한 꿈을 꾸었음이 분명했다. 알 수 없는 일이 왜 누군가 그 안락의자에만 앉으면 꿈을 꾸느냐는 것이었다. 도저히 믿기지 않는 일이었다. 흥얼흥얼 이제까지 해보지도 않던 군가를 희선 씨는 부르고 있었다. 나가, 나가 압록강 건너 백두산 넘어가자. 나가, 나가 적등강 건너 구둠티 넘어가자. 물을 마시고 나는 희선 씨를 바라보며 안락의자에서 자지 말고 앞으로는 침대에서 자라고 당부했다. 이튿날 아침 일찍 나는 같은 직장에서 근무하는 공병문 씨에게 전화를 했다. 혹시 공재익 선생 아느냐고 물었다.

"저희 할아버지세요."

나는 머리를 얻어맞은 것 같았다. 이원 만세운동을 벌인 분들의 후손이라는 사실이 이원면 사람으로 자랑스러웠다.

"전해오는 말로는 육창주 선생을 비롯한 세 분이 고종황제 인산을 보러 서울에 갔다나 봐요. 그날이 바로 3·1운동이 발발한 날이잖아요. 만세운동을 보시고 이원에 내려오셔서 그분들이 3월 27일 이원장날, 장터에서 풍물패가 앞장서고 천여 명이 만세 부르다 주재소로 몰려가 돌을 던지고 습격하고 그랬다나 봐요. 일본 경찰이 발포하여 1명이 그 자리서 죽고 여러 명이 다쳤다고 해요."

삼일운동이 비폭력운동이라고만 알았는데 이원에서는 꼭 그런 것만은 아니었던 모양이었다.

"그래서 아홉 명이 큰 죄로 감옥에 가 고초를 겪었다나 봐요. 주

동자였던 육창주라는 분은 무슨 일로 보도연맹에 가입하게 되었
대요. 다른 사람들은 독립운동유공자로 인정이 되었는데 이 양반
은 아직 아마도 인정이 안됐을걸요. 시금은 어찌 되었나 한번 물
어봐야겠네요."

　나는 그분이 왜 보도연맹원이 됐는지 묻고 싶었으나 그만두었
다. 더 궁금한 게 있었으나 나는 더 이상 묻지 않았다. 같은 직장
에서 이원의 독립운동가 후손과 함께 근무한다는 게 나는 여간 뿌
듯하지 않았다.

칠보단장 청산

수요일 아침식사를 마치자 그녀는 새로운 숙제를 내 주었다. 그리 어렵진 않았다. 그간 알던 사건들이 많았기 때문이었다.

— 1949년 미군철수 직전과 직후

— 6월 5일, 보도연맹 결성 총회

— 6월 6일, 반민특위 습격

— 6월 26일, 김구 암살

— 6월 29일, 미 8군 도쿄로 철수

— 미 군사사절단 → 미 군사 고문단, 한국군 창설 및 지휘

그리 어렵지 않은 숙제라 나는 쉬이 외웠다. 어제 내준 숙제에서 미군의 폭격으로 하석리, 노근리, 교평리 일대에서 많은 사람이 사망했다고 했다. 그녀가 미군의 잘못과 만행을 나에게 주입하는 것 같았다. 미국이 우리에게 해준 게 얼마인데 이런 짓으로 내가 미국을 싫어하도록 내게 이런 것들을 외우라고 할까? 저 여자 진짜 간첩 아닐까? 별의별 상념이 다 스쳐지나갔다. 등을 어딘가에 기대면 쉬 잠을 자는 터라 나는 쿨쿨 잠이 들었다. 며칠 동안

쉬지 않고 달려온 덕분에 더불어 주말 쉬지도 못했던 터라 피로는 나를 침대에 누이고 피로가 만든 물질을 땀으로 짜내고 있었다. 아침 쪽잠을 자고 일어났다.

내가 희선 씨에게 동이면 적하리 쪽에서 버려진 고속도로를 타고 청성으로 해서 금강유원지로 해서 한 바퀴 돌고 오자고 제안했다. 그녀도 흔쾌히 동의했다. 내가 차에 다시 시동 걸자 희선 씨가 조수석에 앉았다. 내 운전 솜씨가 자신만 못하다는 걸 알지만 희선 씨는 자신의 몸을 맡겨보기로 한 것이었다. 차는 구둠티 고개를 지나 적하삼거리에서 오른쪽으로 빠져서 동이공단을 지나 조그마한 다리를 지나가고 있었다.

"저기가 평산리인가 보네."

나는 내 자신이 진관 어르신이 어서실을 지날 때처럼 하고 있다는 것에 적잖이 놀랐다. 평산리 학살지에서 유골들이 나와 옥천 군립 묘지에 매장했던 것을 염두에 두고 한 말이었다. 희선 씨는 묵묵히 아무런 대꾸도 하지 않고 가만히 앉아있었다. 금암리 지나 차는 버려진 고속도로로 진입하였다. 금강을 따라 넘나드는 길 주변의 나무들은 아직 물이 오르진 않았지만 살짝 내린 가랑비는 곧 봄을 맞을 준비하는 숲속의 활엽수를 푸릇하게 만들기 시작할 것이었다. 희선 씨는 이런 길도 있었느냐며 좋아해 했다. 어르신들과도 오는 길인데 그녀에게도 맘에 들었던 모양이었다. 차는 곧 금강유원지를 지나 우산리를 지나 묘금리에 도착했다. 내가 아차 싶어 희선 씨에게 점심은 어찌 할까 물었다. 머뭇거리기에 내가 청산에 가서 생선국수를 먹자고 하니 그녀도 선뜻 좋다며 가자고 했다.

자동차는 궁촌재를 지나 청성면을 지나 청산으로 향했다. 청산 면 사무소에 도착하자 그 가까운 길가에 차를 세웠다. 건너편의 선광집에 들어가니 점심시간이 지났음에도 사람들이 북적거렸 다. 동남아 여인 한 분이 잘 익지 않은 한국어를 하며 둘을 안으로 안내하였다. 생선국수 둘과 도리뱅뱅이 하나를 주문하였다. 주문 한 생선국수와 도리뱅뱅이는 30분이 돼서 둘 곁으로 왔다. 맛있 게 비우고 다음 차례를 기다리는 사람들을 보고 둘은 나왔다. 사 거리에서 왼쪽으로 길을 잡았다. 거리의 가게마다 악보가 그려져 있었다. 희선 씨는 매우 신기해서 물었다.

"웬 악보들이 이렇게 많죠? 가만있어라. 엄마 앞에서 짝짜꿍에 서부터 졸업식 노래까지."

초등학교 음악책에 나오는 노래의 많은 곡을 이곳 출신 정순철 선생이 작곡했다. 정순철 선생은 동학 2대 교주 최시형선생의 외 손자였다.

"제빵 왕 김탁구라는 드라마 있었지. 여기서 촬영했다고 해요. 다방에 가서 커피 한잔 하실래요?"

나는 희선 씨를 이끌고 다방에 갔다. 종업원이 와서 주문을 받았다. 그때 저 쪽 테이블에서 아는 척 손을 흔드는 사람이 있었다. 옥천신문의 권단 기자였다. 취재하러 왔다가 잠시 차 한잔하러 왔다고 했다. 자연스레 그와 합석했다. 종업원을 불러 차 한 잔을 더 시키고 그가 무슨 일로 왔는지 물었더니 대답했다.

　　"1950년 9월 15일 인천상륙작전이 성공하고 인민군이 후퇴했어요. 미 24사단이 9월 26일 영동을 지나고 27일에 옥천을 지나 28일 대전으로 입성하게 됩니다. 수고한 군인들에게 밥을 해서 대접하자고 청산 사람들 모였대요. 70여 명이 어느 집엣 장작을 지어 나르다가 그만 미군 전투기로부터 네이팜탄과 기총소사를 당해 50여 명이 죽었습니다. 10월 5일었습니다. 같은 날 제사지내는 분들이 많게 된 거죠. 추모비를 세우려 한다고 해서 취재하러 왔습니다. 이런 사건이 6·25 때 일어났는데 현재 무언가 하려면 과거의 보이지 않는 손에 의해 현재 우리가 지배받곤 해요. 어떤 땐 마음대로 잘 안 되죠. 특히 지역민의 이해가 엇갈릴 경우 반대하시는 분들을 설득하는 건 거의 불가능할 때가 많아요."

　　과거의 망령이 현재의 순수한 영혼을 겁탈한다든가, 아니면 아무 것도 모르는 현재를 아주 노회한 늙은 과거가 희롱을 한다는 표현이 나아보였다.

　　"제가 살던 신탄진 북쪽 막걸리로 유명한 현도면 하석리, 우린

오가리라 부르는 곳이 있어요. 그러니까 대청댐 서쪽의 금강을 건
너던 국군과 피난민이 50년 7월 14일 미군의 폭격을 받아 100여
명이 사망한 일도 있었는데."

잠시 말을 끊고 있자 희선 씨가 말했다.

"저, 노근리에 한번 가본 적 있어요. 미군 폭격에 굴다리에서
300여 명이 죽었다면서요. 미군이 한국을 구하러 온 게 아니고 사
람 잡으러 온 거 아녀요? 말로는 평화공원이라던데 평화란 말이
왜 들어가 있는지 모르겠대요. 그냥 미군의 양민 학살지라고 하면
될 텐데."

대답하기 힘든 듯 헛기침을 하던 권 기자가 말했다. 우리가 지
금 어떻다고 알고 있는 것이 그때에는 그런 게 아닐 수도 있고 그
래서 속단하는 게 조심스럽다고 했다. 희선 씨는 그런 내 고집스
런 생각을 맘에 들어 하지 않아했다. 잠시 쉬었다가 내가 말을 이
었다. 대개의 사람들은 동국신속삼강행실이 충신, 열녀, 효자의
본보기가 되는 사람들을 소개하는 책으로 알고 있지만 내 눈에는
임진왜란과 정유재란 때 왜군의 만행을 그림과 글로 기록한 문서
였다. 그때 이런 말이 널리 퍼졌다. 왜군은 얼레빗이라면 명군은
참빗이다. 대놓고 조선의 여인들을 겁탈하고 약탈했다고 하는데
어디에도 명나라 군사들의 만행을 적어놓은 곳은 없었다. 전쟁을
막아야 하는 이유가 이런 아이러니 속에 무참히 희생되어야만 하

는 죄 없는 사람들을 위해서라고 나는 침을 튀기며 말했다.

"그러니까 더 악랄했던 되놈들의 만행은 기록에 없고 왜놈들의 만행만 기록에 남아있다는 말인가요?"

내가 고개를 끄덕였다. 그러니 한국전쟁에 참가한 미군은 명나라 군대처럼 은혜를 베푼 군대이므로 한국을 구원하러 온 구원자 입장에 놓이는 것이었다. 물론 왜군들이나 인민군들의 만행도 만만치 않았지만 논리의 오류 때문에 덮어준 다른 쪽의 만행도 있었다. 우파인 나의 머릿속은 외국군대 옹호와 비판, 두 가지가 모순의 창과 방패가 되어 가운데에 나를 햄버거 페티처럼 놓고 물어뜯고 있었다.

권 기자가 병자호란 때 청나라 오랑캐들에 대해서 청나라에 끌려갔다 온 여성들보고 인조가 한강물에 들어갔다 와라. 그럼 너희 죄는 더 이상 없다, 했다는 거 아니냐고 했다. 일종의 침례의식이네, 라고 내가 동조하자 권 기자가 말을 계속했다.

"저는 누구의 편도 아니고 있던 역사를 없는 것으로 만들진 말아야 한다고 생각해요. 이제, 어디로 가세요. 이만 가볼게요."

커피 마시고 모두 일어나겠다고 하여 함께 자리에서 일어났다. 희선 씨에게 어디 가고 싶은 데 없느냐고 물었더니 힘든데 집에 가서 쉬자고 했다. 침례의식이 뭐냐기에 한마디로 침례교에서 신자들에게 모든 죄악을 씻는 표시로 온몸을 물에 적시는 의식이라고 설명해 주었다. 침례 행위는 그 당시 민중들에게 엄청난 정신적 힘을 선사했다. 그런 침례의식을 인조가 말하다니 생뚱맞기도 하고 그런 문화가 알려졌을 가능성도 있었다.

나는 사당골로 지프차를 몰았다. 집에 도착하니 고양이 손님들이 거실 앞 데크에 모여 먹을 것을 달라고 하고 있었다. 나는 현관문을 열고 들어가 거실문을 열고는 그릇에 정성껏 사료를 담아주었다. 세 고양이가 마치 형제나 부자 사이인 듯 고개를 서로 넣고 맛있게 먹었다. 나는 오랜만에 봄의 따스한 한낮의 열기가 느껴져 문 있는 대로 다 열어 놓았다. 가랑비 젖은 바람이 2층에서 불어 1층으로 몰아쳤다. 희선 씨는 내가 읽다 놓은 책 한 권을 들고 2층 공간을 차지했다. 2층 창문으로 산골짜기에서 시작된 바람이 몰려 들어왔다. 유전자는 이기적이라는데 책 제목을 생각하며 빨간 의자에 앉아 희선 씨는 책을 읽었다. 아래층으로 내려와 희선 씨와 청산 여행까지 다녀온 피로에 나는 1층 침대에 누워 코를 골았다. 아무런 간섭도 받지 않고 땀나게 씩씩거리며 잠을 잤다. 한 두 시간쯤 그리 잤을까 내가 눈을 떴을 때 희선 씨가 곁에서 가벼운 옷차림으로 자고 있었다. 희선 씨는 아무런 기척도 없이 자고 있었다. 나는 다시 잠을 청했다.

희선 씨가 눈을 떴을 때 나는 가늘게 코를 골며 자고 있었다. 웬만하면 일어날 줄 알았을 텐데 눈을 뜨지 않고 잠을 잤다. 나이가 나이니 만큼 그도 그럴 것이라 생각했을 것이다. 그녀는 2층의 창문을 닫고 안막커튼을 치고 다시 인락의사에 앉았다. 그리고 잠을 청했다.

나는 일어나 컴퓨터를 켜고 인터넷을 연결하였다. 뉴스 채널을 찾아 인터넷 방송 뉴스를 보았다. 재미없어 누웠다가 코를 골고 다시 잤다. 휴식은 이렇게 서로를 간섭하지 않는 것일지도 몰랐다. 나는 비행기를 몰고 있었다. 대전갈마비행장에서 이륙한 무스탕 폭격기 네 대의 편대 가운데 하나라고 하는 게 옳았다.

"메이데이, 메이데이 북위 36° 20' 44.89", 동경 127° 48' 52.75" 레드 래빗츠. 로저."

비행기로 온 무선메시지였다. 조종간을 잡고 영동을 지나 정탐기가 일러준 좌표를 향해 북으로 날고 있었다. 우리는 아주 낮게 날고 있었다. 청산면 시장일대부터 좌표를 불러준 지점일대에 기총소사를 시작했다. 여러 종류의 사람들이 섞여있었다. 숲을 지나 사람들이 떼 지어 무언가를 지고 가고 있었다. 분명 인민군의 무리로 보였다. 네이팜탄을 떨어뜨렸다. 나는 교평리 노루목 고개에 무언가를 등에 지고 가는 사람들을 향해 포격을 가했다. 내가 보니 희선 씨가 지게를 지고 가다 기관총에 맞아 쓰러져 있는 듯했다. 그리고 나는 다시 기총소사를 시작했다. 내가 크게 외쳤다.

"빨갱이 새끼들은 다 죽어라."

그 소리에 놀라 깼는지 희선 씨가 무슨 일이 있는가 보려고 아래층으로 내려왔다. 무엇이 그리도 즐거워 아주 즐거운 표정으로 몸부림치며 빨갱이들은 다 죽으라고 잠꼬대를 하고 있느냐고 그녀가 물었다. 이건 사람의 모습이 아니다 싶었던 모양이었다.

"나는 P-51 무스탕 전투기를 타고 사람들을 향해 네이팜탄을 투하하고 타다닥 기관총을 들입다 두 줄로 내갈기는 꿈을 꾸었어요. 내 속에 이런 믿지 못할 괴물이 들어있다는 게 무서워요."

희선 씨가 내 손을 잡고 앉아 말했다. 그녀도 똑같은 꿈을 꾼 모양이었다. 그녀는 나무 짐을 지게에 지고 청산 시장에 가고 있었다. 면에서 군인들에게 밥을 한 끼 해주자고 해서 나섰다. 거기엔 인민군 패잔병도 있었고 동네사람도 있었고. 그리고 장작을 지고 가다가 사람들과 쉬고 있었는데 난데없이 불 폭탄과 기총소사. 그때 내가 낮게 비행기를 몰고 드드득 기총소사 하며 크게 소리 지르며 좋아라, 하는 바람에 깼단다. 장 보러 온 사람들도 피를 흘렸단다.

이게 무슨 일인지 모르겠다. 희선 씨가 구토를 했다. 화장실로 달려갔다. 그리고 내 가슴속을 파고들었다. 공포가 몸을 춥게 했던 모양이다. 나는 희선 씨를 침대에 누이고 이불을 덮어 주었다. 헌데 이해 못할 일은 내가 전혀 접해보지 않았을 군사용어를 턱턱대고 있었다는 것이다. P-51이라든지 무스탕 전투기라든지 네이팜탄이라든지. 희선 씨가 아무래도 신기가 있었던지 아니면 이 집의 아주 특이한 환경이 저런 꿈이랄까 신통력이랄까 하는 게 가능케 된 것인지 알 길이 없었다. 희선 씨는 어디 갈 데가 있다며 나보고 혼자 저녁 식사를 하라고 하고 집을 나섰다.

열두 살과 스무 살

우리 집이 경로당에서 가깝다 보니 경로당에서 놀다 집으로 가는 분들이 한 번 더 놀다 가는 기착지가 되었다. 집에 온 손님이 간 듯하자 경로당에서 있던 승헌 어르신이 우리 집에 왔다. 맥주한잔 하실라느냐고 묻는 사이 대관 어르신도 왔다. 내가 거실문을 열고 손님을 맞으며 말했다. 식탁에 두 분을 모시고 술상을 보았다. 한분은 소주, 한분은 맥주만 드실 터였다. 잔 세 개를 놓고 각각의 술을 따랐다. 건배를 제의하고 내가 물었다.

"어서실, 어서실 하는데 왜 그런대요?"

대관 어르신이 말했다.

"에이, 그런 건 몰라도 되아."

승헌 어르신이 말했다.

"붙잡혀 간 사람들이 죽은 디여. 그게 다 보도연맹여. 그래가지고 인민군이 와가지고 다 죽였어. 거기서 살아나와 가지고 동승이가 살았잖아. 그때 가다보믄 저기 저, 영동 가다보믄 오정리 그짝이루 자동차 운전교육대 있는 디루 그 골짜기루 가서 말여 갖다놓구 말여 그냥 기관총으루 다다다다 쏴 죽인 겨."

나중에 찾아보니 어서실 학살은 방첩대와 헌병들이 주동이 되었다. 진실화해위원회에 문건에서는 99식 소총을 어서실에서 썼다고 했는데 저이가 말하는 기관총은 저격렌즈가 있는 M99로도 보였다. 승헌 어르신이 보도연맹을 인민군이 학살한 걸로 잘못 알고 있다는 것을 나는 알아차렸다. 보도연맹 맹원 학살에서 구사일생으로 살아난 분들이 있었다. 평산리 들미의 이종학 선생, 월전리 학살 목격자 정후규 선생 등의 증언이 있어 위치나 학살규모에 대해 어림할 수 있었다. 대관 어르신이 대꾸했다.

"거기가 어서실여."

승헌 어르신이 맞장구쳤다.

"어 맞어. 어서실. 구덩이 파 죽여 넣고 다 불 질렀어."

"여기 사람들도 다 끌고 갔군요?"

"인민군들이 모이라고 해놓고 다 실어다 거기서 다 쓸어다 죽인 거여. 그냥. 그게 쉽게 얘기해서 보도연맹여. 내가 얘기를 했지만은 왜 김일성이 내려왔잖아. 왜 그럼 그 사람들을 죽였냐 이거여. 김일성이가 내려오면 만세 부른다고 한 놈들을 왜 죽이냐 이거여. 이해가 안 가."

승헌 어르신은 평생 그렇게 알고 살아온 모양이었다. 그러니 아군이 죽었다고 하는 것보다 적군이 죽었다고 하는 것이 심리적으로 덜 불편했을 것 같았다. 그는 하던 말을 또 되풀이했다.

"아, 그래서 참 이해가 안 가는 게 장 그거여. 그러면 김일성이가 6·25사변 전에 미리 남한에 조직을 딱 포섭을 해놓은 게 있는디 그래 갖고 니려와 갖구 보도연맹을 디려와 갖구 거기 와서 사살했냐 이거여."

이 대목까지 듣고 나는 승헌 어르신이 보도연맹원을 학살한 것이 국군이 아니고 인민군이었다고 생각한다는 걸 확실히 알았다. 대관 어르신이 거들었다.

"보도연맹은 헌병하고 순경들이 잡아다 죽인 겨. 인민군이 아녀."

승헌 어르신이 잘못 알고 있는 것을 대관 어르신이 고쳐주는 걸 보고 거기서 누가 죽었느냐고 내가 물었다.

"노루골서 다섯이 어서실 가서 죽었어 — 거시기네 아버지, 거시기네 형 하며. 다들 나중에 알았지. 갑자기 어디 안 보여 찾다가 결국 그랬다는 걸 알게 됐지. 그때 또 장티푸스가 돌아 사람들이 죽었어. 상여는 뭐여? 그냥 들것에 실어다 묻었어. 그러니까 누가 죽었는지 별로 관심도 안 두다가 나중에 누가 얘기해서 알게 된 거지."

내가 해방되고 나서 어떠했는지 승헌 어르신에게 물었다.

"근데 인제 그전에 박헌영이 하고 있다가 그때 이승만이는 미국에서 해가지고 초대 대통령이 된 거 아녀. 박헌영이 하고 김구 하고."

"김구는 아니고 박헌영이죠. 남로당."

"그래서 박헌영이는 빨갱이 노릇을 했고 김구는 뭐여. 거시기."

"거기는 완전 골수고요. 김구가 대통령이 될지도 모르니까 이승만이 해친 거지요. 그건 빨갱이 문제가 아뉴. 그건."

"아녀. 맞어. 아녀."

승헌 어르신이 말하려 하니 대관 어르신이 일어나 한마디 했다.

"그만 하고 그만 일어나."

대관 어르신이 다시 앉자 승헌 어르신이 말했다.

"뭘 얘기 헐려구 했냐? 흐음."

"박헌영 얘기 했어요."

"김일성이가 여기 내려와 가지구 왜 저를 위한 단체를 했는데 지가 죽였냐 이거여. 그게 상당히 의심스러워."

그는 아직도 보도연맹원 학살이 왜 김일성에 의해 일어났는지 궁금해 했다. 실상은 반대임에도, 대관 어르신도 헌병과 순경들이 잡아다 죽였다고 말했음에도 그는 그의 머릿속 기억을 바꾸려 하지 않고 있었다.

"그러니께 사실은 인민군들이 다 나쁜 사람들은 아녔거든. 나 그때 개 잡아 가지고. 우리 뒷집에 재복이 누나 재권이 작은어머이. 개를 멕이는데 노란 걸 이만한 걸 말여 인민군들이 와서 ─우리 집 위거덩 ─총으로 쏴 죽여. 그전이 장훈이 살던 데 그 집이서 잡았어. 그런데."

"개럴?"

개를, 해야 할 말을 개럴, 이라고 했다. 럴은 롤이라 적어야 한다.

"개를. 아, 그것덜 — 그것들 — 개라고 하믄 다 잡았어."

"진짜?"

"그럼. 뒷집엣 개럴 옆집이서 쌂아 가지고 오랴. 개고기를 내가 그 때 먹었어. 첨 먹어봤지."

그사이 내가 술을 내와서 빈 잔에 따라주었다.

"그래서 개고기를 그때 먹어 보도 않고 개고기가 어떻게 생긴 줄도 모르고 첨 먹어 봤는데."

"그때 첨 먹어봤어?"

"그때 먹었는데 아주 맛있었어요."

"그러니께 이북 놈들이 오믄 막 잡아먹었지?"

"막 소두 잡아먹고 그랬어요."

대관 어르신이 맞장구를 쳤다. 내가 끼어들었다.

"소는 처분하기 힘들어도 개는."

"아녀. 잡아 가지구. 왜 피난 간다구 집 비워 나간 데가 있단 말여. 저기 간 데. 부산 가고 대구만 가는 게 아니고."

"나도 여 우산리까지 갔다 왔잖아. 돌목도 가고."

내가 말했다.

"양저리 돌목유? 거기가 우리 처가인디."

"맞아. 양저리 돌목."

승헌 어르신이 말했다.

"우리는 저 밑에 소정리라는 데까지 갔다 왔잖아. 거기서 나 피난생활 했어. 나, 우리 형님하고."

"우리 어머이, 아버지는 한 살배기 우리 형을 목말 태우고 저기어디여, 대구 달성군 가창면까지 피난 갔대요. 거길 한번 가자고 그러셨는데 못 가고 두 분 다 돌아가셨어요. 제가 하나 여쭤 볼게요. 6·25가 나고 황간 노근리에서 사람들이 많이 다쳤는데 그러고 나서 저기 청산에서 국군에게 밥해준다고 나무하러 70명이 갔다가 미군한테 폭격을 당해서 50명이 죽었다던데. 그 얘기 혹시 아세요?"

"그건 몰라. 여기 노근리는 내가 알지. 내가. 여기 노근리는 늦게서야 알았지. 사람이 엄청이 죽었디아. 인민군이 그런 거 아녀. 우리 국군하고 미군이 죽인 거지. 인민군이 그런 게 아녀. 노근리라고 허믄. 내가 늦게서 알았는데 거기가 왜 철로가 있고 그렇잖아?"

내가 그렇다고 맞장구를 치자 승헌 어르신이 말을 이었다.

"철도 따라 가는 사람들을 쐈잖아. 청산 거기는 몰르구."

"거기선 50명이 죽었대요. 미군 폭격 땜에. 노근리는 사흘 동안 수도 없이 많은 사람이 죽었고."

"엄칭이 죽였디아. 나도 들은 얘기지만 운전교육대 있는 데 그 안에 거길 뭐라구 하지? 거기가?"

대관 어르신이 어서실이라고 답변을 하자 말을 계속했다.

"어서실. 거기서 엄청 죽어. 그게 그 보도연맹에 가입한 사람들."

듣고만 있던 대관 어르신이 말했다.

"오백거리 박 아무거시 있잖아."

그러자 승헌 어르신이 말했다.

"모갭이, 그게 왕이었다는 거 아녀? 백지리 왕초. 인민군들이 내려와 있을 때 대장."

"흔업 조모식이 하고─짝다리 아들."

승헌 어르신이 자신도 모르는 이름이 나오자 의아해 하다 "아, 거시기 형?"

하고 말했다.

"거시기의 형이 아니라 짝다리 아들, 저, 있잖아. 그때 간부자리 에 있었잖아. 총을 울러 매고 같이 따라 왔어."

"그러니께 6·25사변 나고 그 동네에서 똑똑하고 그런 사람만 이렇게 했지. 시원찮은 농민덜언 그건 놔두고 나중에 무언가 앞장 서서 할 놈덜."

"나중에 일 저지를 사람들."

"잉. 그런 사람들. 시키믄 알아서 다 할 사람들만 보도연맹이고, 고걸 한 거여."

"잡아다 그런 사람들 죽였잖아." 하고 대관 어르신이 말했다.

"그게 6·25사변 나고 다음에 고게 내내 그 사람덜여. 그게 검촌, 여기 산에 거기 밤에."

단어가 생각나지 않아 하는 듯하여 내가 도와주었다.

"빨치산."

승헌 어르신이 말을 이었다.

"밤에 빨치산 하면서 양민덜 집에서 밥 해 처먹고 그렇게 한 겨. 노루골 병 뭐지? 병찬이?"

"병찬이 있지. 왜."

승헌 어르신이 엄지손가락을 척 들며 말을 이었다.

"심천서 이거. 심천면에서 그를 당할 사람이 없어. 부자고."

"면에 가면 꽝꽝거렸어."

"그 사람이 이제 내가 그때가 언제냐? 가을인가? 집에서 자고 있는데 막 누가 들어왔어. 우리 집이를. 클났디아. 빨치산이랴."

대관 어르신이 설명을 했다.

"빨치산 부대여. 빨치산."

"아, 이, 지금 누가 들어와서 지금 거시기가 죽었다는 겨. 이장이."

"이장이 어째 죽어, 그래?"

내가 그게 6·25 전인지 뒤인지 묻자 대관 어르신이 대답했다.

"6·25사변이 난 뒤 바로 빨치산 부대가 잡아다 죽인 겨. 집에 들어와서 밤에 총알도 아깝다고 괭이 들고 와서루."

"내가 현장을 안 봐서 모르는데 나 자는데 그러니께 잠이 후딱 깼어. 우리 아버지하고 어머니하고 얘기를 하는 게 병찬 씨가 죽었다고 말여."

"그러니까 그건 인제 인민군들이 들어왔을 때 얘기인거예요? 아니면?"

하고 내가 물으니

"아, 다 물러가구."

하고 승헌 어르신이 대답했다.

"그러니께 1·4후퇴 했잖아. 그래가지고 그 다음이여. 나중에 알아보니까 실제로 후퇴하다가 잔류병이 남아 그런 게 아니고 빨치산여."

지역 빨치산이냐고 물으니 승헌 어르신이 그렇다고 했다.

"그건 보도연맹이 아니고 빨치산인 거네요."

"그래서 그래 가지고 그게, 거기 누구냐고 하믄 검촌 민병 뭐 하던가 뭔가 몰라. 우리 어릴 때인께. 그게 누구냐믄 노루골 상철이 할머니의 친정여. 거가 검촌. 거기 거시기 있잖아. 거기 조칸가 뭐리아. 그늠이 저 산이서 말여, 동네 들어와서 쌀 도둑질도 하고 말

여, 이래 가지고 가서 처먹고 밤이루 활동하고 그랬어. 그게 진짜
빨치산여."

그래서 병찬 씨도 그 사람들이 죽였다며 대관 어르신이 맞장구
치자 승헌 어르신이 말을 이었다.

"그리고 동네 사랑방에 새끼 꼬는 머슴들 있잖애. 부자니까. 상
철이네도 부자지. 그때가 겨울이여."

"그때 겨울 아녀. 그때가 메물꽃 — 메밀꽃 — 피구 막 그릴 때여."

"아 그, 저. 산내끼 꼬고 할 적이 그러다가 그랬다고 허던데. 그
러고 보믄 겨울 같고. 내 생각은 겨울여요."

짚으로 꼰 새끼를 지역에서는 산내끼라고도 한다. 대관 어르신
이 말을 바꾸었다.

"그때가 6·25사변 나고 국군이 올라갈 적이니께. 그러니께 내
얘기가 겨울이 맞아요. 내가. 새끼 막 꼬고 사람들이 막 있고. 부
자 집이니까. 사랑채가 두 채여. 안에 있고 밖에 있고. 그런데 이
늠들이 거기를 들어왔디아. 그래가지고 이제 병찬이를 똑똑하니
께, 심천면에서 제일 똑똑하니께."

체격도 좋고 인물도 좋았어, 하며 대관 어르신은 최병찬 선생을
칭찬했다. 그러자 승헌 어르신이 이야기를 계속했다.

"그래 가주고 인제 꼼짝 말라고 하더라는 겨. 그런데 총까지 들
이대는데 꼼짝 못하고 어틱히아. 최병찬이가 워디 있냐고? 어디

서 보냐? 어디서 사냐? 글로 들어와 가지고 오니께 그 아들이 거기 있었던 모냥여. 총 가지고 있으니께 아들이 뒷문을 열고 튀어나와 가지고 뒤에가 노각여. 대나무 있고. 글루 막 올라간 겨. 그래 갖고 아들은 살았고 병찬 씨는 이짝이 앉아 있으니께 끌구 나가서 옥계리 강변에서 죽였다면서."

노각은 늙은 오이가 아닌 산비탈에 바투 쌓은 담을 이르는 이원 사투리인 모양이었다.

"아녀. 에이. 사해 보팅인가 거기서 죽였어. 그 아들은 총이루 쏘니께 안 맞아서루."

하며 대관 어르신이 고쳐주었다. 대관 어르신이 눈살을 찌푸리며 말했다.

"인민군들이 들어와서는 뭐 해 먹던 사람들, 여간 데려다 팼어? 참 많이 데려다 팼어."

마치 자신도 저런 수모를 겪은 것처럼 그는 말하고 있었다.

"여기 동네에 토굴들이 있잖아요? 우리 집도 그렇고. 언제 판 거예요?"

하고 내가 물었다.

"인민군들 왔을 때 공출 내라고 할 때 몰래 굴을 파고 고구마도 숨카놓고 감자도 숨카놓고 그랬어. 이 집 토굴도 그때 맨든 게 자꾸 무너지니께 야중이 누구여 저기 거시기네 아부지가 공고리 쳐

가지고 맨든 거고."

나는 우리 집에 있는 토굴이 어찌 생긴 건가에 대해 이제 자세히 알게 되었다. 인민군이 옥천에 있던 기간이 7월 22일 이후에서 9월 27일까지이니 고구마, 감자가 중요한 식량이었음을 알게 되었다. 승헌 어르신이 기침을 한번 하고 말을 이었다.

"사실은 나쁜 짓은 이쪽이 있는 놈들이 더 많이 했어. 왜냐하믄 아, 이, 시팔, 사전에 앙심 있구 하믄 말여 거기 인민군에 앞장 서는 겨. 인민군에. 그럼 거기다 보고하고 그랬다니까. 그러니께 칼로 찔러 죽이고 하니께 인민군들이 잘못했다고 그러는데 내 생각이 그려. 정치적이루다가. 사실은 인민군이 대하는 거 보다 보믄 잘했어. 그때 후퇴할 때도 사람 하나 안 다쳤어. 하나 총이루 쏴죽이구 그런 거 하나두 없었어. 헌디 서울인가 어딘가서는 인민군이 엄청이 그랬디아."

6·25 때 열두 살이었던 사람의 기억을 듣고 내가 말했다. 나중에 보복할 사람들은 다 끌고 올라가고. 괜찮은 사람 끌고 올라가고. 성님, 우리 고향이 죽암리거든요. 거기 같은 경우는 보도연맹으로 죽은 사람이 여덟 사람인데 그걸 그때 일러바친 사람이 있어요. 일른 사람. 일른 사람들이 있는데 관련 안 된 사람도 있고 일자무식인데도 끌려간 사람이 있고. 그러다 보니까 억울하게 죽은 사람이 있는 거유. 보도연맹이 아닌데, 골수가 아닌데도 끌려

간 사람들이 있는 거죠.

승헌 어르신이 그렇다고 하자 누가 얘기하니께 끌구 간 겨, 하고 대관 어르신도 말했다.

"그 동네서 말 꽤나 하고 아무리 못 배웠지만 그 동네에서 이 사람 알아준다고 하믄 그 놈들도 그런 사람들을 눈이 당겨. 나중에 잡아간 겨. 그래 가지고 나중에 빨치산들이 산에서 그 지랄하다가 동네 내려와 가지고 여기 이장덜 많이 죽었어. 노루골 최병찬만 죽은 게 아녀."

나는 이제 실제 상황을 사실에 가깝게 이해할 수 있었다. 심천면 장동리 이장이었던 최병찬 선생은 좌익이 아닌데 빨치산들이 이장들을 죽일 때 희생된 사람이었다. 이 사건은 영동의 빨치산부대가 1949년 9월 6일 처형했다는 심천면 장동리 주민과 동일인인지는 확인되지 않았으나 같을 개연성도 있었다. 어쩌면 최병찬 이장이 수난을 당한 때가 메밀꽃 필 무렵이라고 주장한 대관 어르신의 말이 옳을 수도 있었다. 승헌 어르신이 말을 이었다.

"똑똑한 놈덜은 다 죽였디아. 그런 사람들 집에 찾아가 너희 지금 뭐하냐 하며 죽이고. 나중에 올라갈 때 우리 형님이 딱 걸렸었어. 면에서 딱 요러는 놈이 있어. 딱 집어서 우리 형님을 끌어 댕긴 거여. 거기 그게 누구냐? 동네서 고자질하는 놈 있잖아, 거, 간첩마냥. 그게 누구냐 하믄 거시기 알어? 거시기. 아부지가 거, 어부하고 그랬잖아."

내가 내 잔에 술을 따르는 걸 보고 술병을 빼앗으며 대관 어르신이 따라주었다. 승헌 어르신이 말을 이었다.

"그래서 6·25사변이 끝나고서 이원 가서 옹기장사하고 그랬잖어. 어허, 이, 몰라유?"

장동리 노루골 살던 이가 자기보다 나이가 여덟 살 많은 사당골 어르신에게 대들고 있었다.

"우리 고향 죽암리에서도 큰집에서 머슴 하던 사람이 인민군 시절에 완장을 찼단 말유. 명절날만 되면 조리돌림을 하는 거죠. 해마다 발길질 당하고 맞았슈. 그걸 봤어요. 근데 여기선 그런 게 없잖아요? 인민군 들어왔을 때."

승헌 어르신이 답변했다. 그때 빨갱이들이 다 올라갔잖아. 다음에 우리나라 군인이지. 대한민국 군인인지 국민방위군인지 몰라. 거, 우리 집에 와 가 말여. 인민군 숨겨줬다고 총이다가 대검 있잖아 꼽아 가지구 그걸 갖다 천정이구 뭐고 팍팍 쑤시고. 우리 집이 와서 숨겨준 사람이 없다고 하니께 그것덜 그냥 막 쑤시는 거여. 그런 게 있어. 그런 게 보도연맹들이 다니고 다 가고 수습을 하다 보니까 그런 건데 남 집이 와서 천장을 막 쑤시고 하면 어짜는겨? 사람이 숨을 수 있으니께. 맞아. 걔들 말도 맞는 얘기여. 머리가 비상한 놈들이라 우리는 아무 것도 없는 디다 그러냐고 하지만 왜 쑤시는 이유가 다 있어. 나도 나이가 어렸지만 내 그거 다 기억하고 있어. 내가 더 말할게. 이북으로 넘어간 놈도 많지만 여기 잔류된 놈들도 엄청 많아. 산에서 숨어 있다가 동네에 내려와 밥도 훔쳐 먹고.

대관 어르신에게 노루골 둥구나무 ― 느티나무, 회화나무 따위 그늘나무 ― 아느냐고 묻자 안다고 하니 승헌 어르신이 말을 이었다. 거기 왜 우리 형님이 거기 있었잖아. 밤에 올라가는 패잔병들이 거기에 막 총에 맞아가지고 말여. 거기 둥구나무 거기로 물을 건너왔어. 도로에서 거기 넘어오는 강물이 깊거덩. 거기를 건너온 거여. 거기서 건너와 가지고 거기서 쉬는 거여. 붕대에 물을 댔으니까 갈아줘야 하잖아. 그럼 막 피가 꽉 있고. 새벽에 보믄 거기와 가지고 붕대를 갈고 간 거여. 낮에 가보면 핏물이 흥건하고 담배도 막 있고 그려. 나도 어렸지만 그게 다 기억이 나네.

내가 승헌 어르신이 그때 몇 살이냐 물으니 열두 살 때라고 했다. 대관 어르신이 그만 얘기하고 가자고 하셨다. 두 어르신이 밖으로 나서자 나는 밖에 나와 살펴 가시라고 인사를 했다. 6·25 때 열두 살이던 분과 스무 살이던 분의 대화를 생각해 보면 어린 분에게 전쟁은 천진난만한 추억이었고 스무 살이었던 분에게는 기억에서 지워내고 싶은 트라우마이었던 것 같았다.

두 어르신이 가고 희선 씨가 환해진 기분으로 집에 돌아왔다.

걱정했던 피 비린내나 생채기도 없고, 옷을 더럽게 하고도 오지 않았다. 내가 거북해 하는 일을 벌이고 오지 않은 모양이었다. 저녁 끼니때가 되기 전에 돌아온지라 저녁 먹었는지 물었더니 아직 안 먹었단다. 내가 굶고 있을 것 같아 못 먹었다고 했다. 내가 옥천 구읍에 가서 마음에 썩 드는 집이 있으면 들어가 저녁을 먹자고 했다. 둘은 옥천 구읍 여기저기 기웃거리다가 마당 넓은 집에 가서 새싹 비빔밥으로 저녁만찬을 들었다.

인민위원회의 꿈

목요일 숙제는 특이했다. 그녀가 아침식사 한 뒤 2층으로 올라오라고 해서 빨간 의자에 나를 앉히고 내게 내민 메모에는 다음과 같이 적혀있었다.

— 장혁의 행적

— 1920년 9월 영동청년회

— 1923년 2월 조선소작인상조회 영동지회

— 1923년 7월 七月會(칠월회) 조직

— 1924년 4월 조선노농총동맹 중앙집행위원, 경찰에 검거

— 1925년 3월 노농총 소작부 담당 상무집행위원

— 1925년 영동청년회 재가입

— 1926년 4월 조선사회단체 중앙협의회 창립준비위원

— 1926년 10월 영동청년연맹 결성

— 1926년 12월 조선공산당 제2차 대회에 충남북 대표로 출석

— 1927년 3월 호서사회운동자간친회 발기인

— 1927년 5월 조선공산당 충남북도책

— 1927년 7월 신간회 영동지회 창립준비위원

— 1927년 8월 영동청년연맹. 경찰에 체포

— 1927년 9월 조선농민총동맹 중앙집행위원

— 1928년 6월 경성복심법원에서 무죄판결

— 1930년 1월 신간회 영동지회

— 1930년 4월 영동농민조합 집행위원장

— 1930년 10월 영동소비조합 경리위원장

— 1931년 3월 적우동맹 결성

— 1932년 1월 구속자 후원 사업

— 1932년 2월 경찰에 검거

— 1934년 7월 경성복심법원에서 징역 2년 선고

— 1944년 8월 건국동맹 충남북지부 책임자

— 1945년 11월 전국인민위원회 대표자대회에 충북 대표

— 1945년 12월 전국농민조합총연맹 충북도연맹대표 중앙집행위원

— 1946년 2월 민주주의민족전선 충북 대표, 중앙위원

— 1948년 8월 해주 남조선인민대표자대회 1기 최고인민회의 대의원

고개를 오른쪽으로 돌리고 곁눈으로 그녀를 쳐다보았다. 많아도 너무 많다고 투덜거리듯. 희선 씨는 저 분에 대해 인터넷으로

검색하여 공부한 뒤 행적에 대해 글로 적으라는 숙제를 내주었다. 일제 때 그의 행적은 거의 독립운동에 버금갔다. 허나 해방이후 일은 빨갱이일이나 진배없지 않은가? 나를 어찌 보고 하필이면 공산주의자―사회주의자라도 좋다―를 공부하라고 하는지 나는 도저히 용납이 되지 않았다. 받을 돈이 날아가는 게 아까워 나는 열심히 장혁이란 사람에 대해 공부하고 해방 공간에서 한 일을 주로 적었다. 그건 나 같은 정통 우파의 일이기도 하니까.

⊨≣┨⊣

1944년 8월 중순, 아직 더위가 가시지 않은 때, 장혁은 여운형의 초대장을 받고 서울에서 열리는 건국동맹 모임에 참석하러 동지들과 함께 영동역으로 가고 있었다. 영동에서 기차를 타고 경성역에 하루 전에 도착하여 친구의 집에서 머물고 이튿날 열 시, 우미관에 도착했다. 많은 사람들이 모였다. 장혁은 이제 쉰. 이런 모임에 참석한다는 것이 참으로 영광이었다. 사회가 국민의례에 이어 개회사를 한다고 했다. 여운형 선생이 개회사를 했다.

"우리 조선 인민은 일제의 압제로부터 곧 해방이 되어 인민이 주권을 갖는 나라를 세우게 될 것입니다. 그를 위해 우리는 준비해야 하고 지금까지 고통스러웠지만 앞으로 후손에게 영광스런 나라를 물려주기 위해 우리 모두 고통을 감내하며 끝까지 투쟁해야 할 것입니다. 앞으로 외세는 어떻게 우리 조선민족을 힘들게 할지 모릅니다. 우리 조선인민은 하나로 뭉쳐 이 어려운 시국을 슬기롭게 돌파해야 합니다. 이에 다음과 같이 건국동맹의 강령을 제안합니다. 미리 배포한 것을 보아 주십시오. 원하시는 동지들께서는 함께 외쳐주십시오.

— 각인 각파를 대동단결하여 거국일치로 일본제국주의제세력을 구축하고 조선민족의 자유와 독립을 회복할 일.

— 反樞軸 제국과 협력하여 대일연합전선을 형성하고 조선의 완전한 독립을 저해하는 일체 반동세력을 박멸할 일.

— 건설 부면에 있어서 일체 施爲를 민주주의적 원칙에 의거하고 특히 노농대중의 해방에 치중할 일.

사회는 그동안 지도부에서 논의하여 정한 책임위원들을 발표하겠다고 했다. 신표성, 김종우, 유응경, 장혁이 건국동맹 충남북 지부 책임위원이 되었다. 모두는 열과 성을 다해 조국 건설에 힘써 일하겠다고 제창을 하였다. 모두 임명장을 수여하고 모두는 자리에 앉았다. 여운형은 장혁을 일으켜 세웠다. 모두 박수로 환영하였다.

"동지들, 장혁 동지를 소개하겠습니다. 장 동지는 올해 나이 쉰으로 그동안 영동에서 영동청년회, 칠월회, 영동농민조합, 영동

적색농민조합, 적우동맹 등의 활동을 해오셨으며 조선인민을 위
하는 일이라면 한 치도 양보를 하지 않으셨고 그러다 보니 수없이
옥고를 치른 독립운동가입니다."

장혁이 자리에서 일어나 고개 숙여 인사했다. 모두는 박수를 쳤
다. 장혁 동지를 건국동맹 충남북지부 책임자로 모시고 싶다고 하
자 우레와 같은 박수가 쏟아졌다. 사회는 장혁에게 말할 기회를
주었다.

"동지 여러분, 반갑습니다. 지역에서 농민운동, 농촌운동을 한
다는 것은 서울보다 매우 어렵습니다. 조금만 왜놈들의 눈에 벗어
나도 감옥 갈 차비를 해야 하니 더더욱 그렇습니다. 지금 우리가
비록 힘들지만 한 발짝 한 발짝 나아가다보면 해방된 조국도 금방
오리라 저는 확신합니다. 여러분 그렇지 않습니까? 외세로부터
해방된 조국, 마음대로 꿈꾸어도 되는 나라, 내가 하고 싶은 대로
해도 나라에 도움이 되는 세상. 우린 모두 이것을 위해 여기까지
왔다고 생각합니다. 여러 동지들 어찌 생각합니까?"

모두 옳소 하였다.

"생각해 보면 어떤 결실을 맺으리라는 희망을 갖지 않았다면
우린 여기까지 올 수 없었다고 생각합니다. 어둠의 긴 터널도 분
명 끝이 있고 그곳에서 나가면 새로운 세상이 열린다는 생각이 없
었다면 아무런 일도 해내지 못했을 것입니다. 저희 고장 동지들과

연대하며 여기까지 왔습니다. 여기 함께 온 동지들께도 박수 부탁 드립니다."

장혁은 함께 온 김극수, 김두수, 김태수 삼형제를 비롯하여 이민혁 등이 함께 일어나 고개를 숙였다. 이들은 1927년 조선공산당 충북도 위원으로 함께 일하기도 했고 일본인들의 방해로 옥고를 치러야 했다. 장혁은 자신이 살아온 삶이 헛되지 않았다는 생각에 울컥해져 눈시울이 뜨뜻해졌다. 그는 경성 역에서 기차를 타고 영동까지 왔다. 오는 길에 옥천을 지나 적등강 다리를 지나 심천을 지나 영동에 닿았다. 조국의 산하에 새로운 기운이 불고 있다고 그는 느꼈고 그리 믿고 싶었다. 아직도 여운형 선생의 쩌렁쩌렁한 목소리가 귀에 쟁쟁 울렸다. 그런 분이라면 이 나라를 이끌어 줄 것이라 생각되었다.

1년 뒤 이듬해 8월 15일 일본 왕이 연합군에 항복하고 조선은 드디어 해방되었다. 영동이 해방을 느끼기까지는 며칠이 걸렸다. 그 사이 건국동맹은 건국준비위원회로 바뀌고 여운형은 미군정이 들어오기 전에 나라를 선포했다. 조선인민공화국, 그가 제안한 새 나라의 국호였다. 주석은 이승만, 부주석 여운형, 내무부장에 김구를 추천하였다. 1945년 9월 6일, 여운형은 장혁에게 영동군 인민위원회 위원장도 겸직해 줄 것을 부탁했다. 해방된 조국에서 인민을 먹이고 살릴 중차대한 직책을 맡아 장혁은 한편으론

감회가 새롭고 한편으로 착잡했다. 예상대로 9월 8일 미군 제24사단이 배편으로 상륙하였다. 조선인민공화국 정부는 여운홍을 파견하여 교섭을 시도하였다. 여운홍은 여운형의 친동생으로, 1919년 파리강화회의에 참석하였고 임시정부 의정원 의원 등을 역임하다 귀국하여 사업을 하다가 1941년 변절한다. 친일반민족 행위를 학술적인 방식으로 행하다가 1944년, 여운형이 주도한 건국동맹 등에 참가하였다. 미 군정청 지휘자인 하지 중장은 모두 거절하고 조선인민공화국을 정식 정부로 인정하지 않았다. 조선인민공화국을 인정할 경우 군정정부 자체가 부정되는 것이기도 하려니와 미국 나름 세계전략을 세운 터라 조선이 독립적이고 자주적인 정부가 들어서기보단 고분고분 말 잘 듣고 소련의 남하를 막아줄 완충지대 역할만을 그들은 생각했을 것이다. 조선 사람들에게 내려진 맥아더의 포고령 1조는 다음과 같았다.

— 북위 38도선 이남의 조선 영토와 조선 인민에 대한 통치 권한은 당분간 본관의 권한 하에서 시행한다.

1945년 9월 9일부터 정식으로 재조선 미육군사령부 군정청이 중앙청에 꾸려지고 초대 군정장관에 아치볼드 아놀드 미 육군 소장이 임명되었다. 독립국가에서 인민을 위해 봉사하는 꿈을 꾸었는데 장혁은 고통스러웠다. 군 인민위원회의 활동은 분명 저들의 통제에 들지 않으면 갈등과 충돌을 불러일으킬 게 뻔했다. 조국

독립이 임박했는데 또 다시 외세가 들어와 그것도 모자라 분할 통치하겠다고 하다니 장혁은 괴로웠다. 장혁은 영동군 인민위원회 위원들을 모두 비밀리에 불러 모았다. 김태수가 포문을 열었다. 언제 우리가 외세의 눈치를 보며 독립운동을 했느냐, 우리가 펼쳐온 사업을 뚜벅뚜벅 시행해 나가야 해야 하며 미군정과 겉으로는 잘 지내야 한다고 말했다.

"저 김두수가 한 말씀 드리겠습니다. 미군정이 지방자치가 활발한 영동군을 적색 군이라고 한다고 들었습니다. 바깥으로 우리의 활동이 잘 알려지는 건 좋은 일이나 지나치게 시시콜콜 전략까지 다 노출되는 건 숙고해야 할 것 같습니다. 조선인민공화국 정부가 이승만과 김구를 내세웠지만 저들이 호락호락 승낙할지도 미지수입니다."

장혁은 두 사람의 말에 전적으로 동의한다면서 다음으로 젊은 이민혁의 의견을 듣고자 했다. 그는 서른 세 살이었다.

"모자란 제 소견 올리겠습니다. 멀리 보아서는 인민의 계몽과 사상교육, 훈련이 요구되지만 짧게 보아서는 무장투쟁을 준비해야 한다고 생각합니다. 저들은 앞으로 집요하게 옥죄어 올 것이라고 생각합니다."

장혁이 다짐했다. 영동 인민을 위하는 일이라면 충북도지부 책임자, 영동군인민위원회 위원장직을 언제든지 내놓겠다. 다만 지금 갖고 있는 마음이 변치 않고 끝까지 싸워나가 억압받는 우리 인민을 해방시키는 일이야 말로 평생 해야 할 일로 생각한다. 그동안 노동자농민운동에 매진해왔다. 일본 제국주의자들에게 수탈과 제국주의에 아부하는 지주들의 소작료 쟁의로 그간 싸워왔다. 이제 일본 제국주의자들이 물러갔으나 대지주들의 횡포는 아직 여전하고 미군정도 이 대지주들과 사이좋게 지내고자 하는 것 같다고 그는 말했다.

모임이 끝나고 장혁의 집에서 식사를 하자고 하였다. 바로 이틀 전 추석을 쇠고 남은 음식과 술이 있을 테니 집으로 모두 가자고 제안을 했다. 장혁의 집 마루간에 모두 앉았다. 이민혁이 장혁 부인을 도와 저녁식사 상차림을 도왔다.

"김막실 여사님, 음식 솜씨는 타고나신 것 같아요?"

"우리 친정이 옥천군 동이면 평산리잖우? 종가집이다 보니 집안에 전해 내려오는 음식이 많아요."

"여사님의 본이 어찌 되세요?"

"나? 김녕 김 씨."

업무 이야기를 빼고 먹는 데 치중한 사람들은 행복하기만 했다. 집에서 담근 술을 한잔씩 하고 불쾌해져 김태수가 노래를 시작했다.

어둡고 괴로워라 밤이 깊더니
삼천리 이 강산에 먼동이 텄다.
동포야 자리차고 일어나거라
산 넘고 바다 건너 태평양까지
아, 아, 자유의 종이 울린다.

모두는 함께 불렀다. 그리고 집으로 돌아갔다. 장혁은 일본 경찰이 없는 세상이 이렇게 좋을까 싶었다. 가을도 깊어가고 있었다. 세월이 흘러 매일신보 10월 2일치가 배달되었다. 거기에는 여운형이 기자와 문답이 그대로 실려 있었다.

(문) 조선인민공화국이 탄생한 경위는 무엇인가?

(답) 건국준비위원회가 새 조선의 건설을 위하여 8월 15일 이후의 치안유지를 위주로 노력하고 있다.

(문) 어째서 인민공화국이라고 했는가?

(답) 먼저 인민공화국을 조직하고 인민위원을 선정하였다. 조선의 독립은 연합군이 우리 조선 사람에게 주는 단순한 선물은 아니다. 3천만 조선동포는 과거 36년간 유혈의 투쟁을 계속해 왔으므로 혁명에 의하여 오늘날 자주독립을 획득한 것이다. 그러므로

혁명에는 기탄이 필요치 않다. 혁명가가 먼저 정부를 조직하여 인민의 승인을 받을 수 있다. 급격한 변화가 있을 때 비상조치로 생겨난 것이 즉 인민공화국이다. 인민이 승인만 한다면 조선인민공화국과 그 정부는 그대로 될 수 있다고 생각한다.

(문) 중경 임시정부를 유일무이한 정통한 조선정부로 보기 때문에 인민공화국을 반대하는 최대의 이유로 보는데?

(답) 중경 임시정부를 지지 환영하는 것은 여운형이가 가장 강하다. 제1차 대전이 끝난 후 기미년에 상해에서 파리에 대표를 보내고 조선민족 지도기관을 설치 3월 1일 국내에서 독립운동에 호응하여 상해에서도 3월 1일 임시정부를 수립, 대일 반항이 목적이었다. 나는 10년 5개월 동안 합력하다가 조선에 잡혀왔다. 그러므로 임시정부에 경의를 표한다.

(문) 미군정당국에서는 조선인민공화국 정부를 정당으로 밖에 보지 않는다는데?

(답) 인민공화국정부뿐 아니다. 중경임시정부를 비롯한 모든 임시정부를 승인하지 않는다. 이것은 미군으로서 당연한 일이다. 페어플레이를 해야 한다. 더티 플레이를 하지 말라. 정치게임에서도 남을 까는 짓은 하지 말라. 나는 절대로 외국의존에는 반대이다.

(문) 인민공화국정부는 붉다고 하는 사람도 있는데?

(답) 포복절도할 일이다. 일본으로부터 해방된 오늘날 민주주의의 조선을 건설하는데 있어서 조선에 적색이 어데 있느냐. 대체 공산주의자를 배격할 필요가 어디 있느냐? 한국민주당, 국민당, 건진당이 민족적 총력을 총 단결하여야 할 터인데 그 결정은 인민이 할 것이다. 사대주의 배외사상은 절대 배제하여야 하겠다.

(문) 모 정당에서는 중경임시정부는 연락이 있다고 공언하고 있는데 여운형 씨는 연락이 있는가?

(답) 나도 3년간이나 연안독립동맹과 연락하고 지하운동을 해왔다. 독립동맹은 40분 맹이 있고 5·6만의 맹원이 있다. 그 중에는 군대도 있다. 중경임시정부와는 직접 연락은 없으나 소식은 그치지 않고 있다.

신문을 읽으며 장혁은 무릎을 탁 쳤다. 역시 여운형 선생이야. 이런 분이 있어 조선이 조선다워질 수 있는 것이야, 하고 생각했다. 1945년 10월 8일에 숙명여고에서 건준 해소식이 있었다. 조선인민공화국이 선포되고 조직이 정비되면서 건준은 더 이상 필요가 없었다. 같은 날 신문엔 논산 읍민은 궐기하여 일본인의 무기를 빼앗아 무장 해제시켰다는 기사가 있었다. 10월 10일 저녁

이민혁이 신문을 들고 헐레벌떡 장혁의 사무실에 찾아왔다.

신문에는 아놀드가 미군정 이외의 어떤 정부도 인정할 수 없다고 발표했다. 저들이 무슨 수를 써서라도 우리 조선 민족을 하나씩 조여 올 텐데 큰일이라는 생각을 둘은 했다. 그럼에도 주목할 만한 일이 있었다. 미군들이 각부 장관직을 맡다가 이제 군정장관 빼고는 모두 조선 사람으로 바꾸었다. 앞으로 그들이 어찌할지 추이가 궁금했다. 장혁이 눈이 어두워 기사를 읽기 어렵게 되자 신문 기사 부분을 가리키며 이민혁에게 소리 내서 읽어달라고 했다.

―북위 38도 이남의 조선에는 오직 한 정부가 있을 뿐이다. 이 정부는 맥아더원수의 포고와 하지중장의 정령과 아놀드 소장의 행정령에 의하여 정당히 수립된 것이다. 아놀드 군정장관과 군정관들이 엄선하고 감독하는 조선인으로 조직된 정부로서 행정 각 방면에 있어서 절대의 지배력과 권위를 가지었다. 자천자임한 관리라든가 경찰이든가 국민전체를 대표하였노라는 대소의 회합이라든가 자칭 조선인민공화국이든가 자칭 조선공화국내각은 권위와 세력과 실재가 전연 없는 것이다.

아뿔싸, 미군정이 조선민중에 대해 협박하는 것 같았다. 1946년 초, 몇 사람이 영동군인민위원회로 장혁을 찾아왔다. 군사훈련이나 무술훈련을 잘 받아 몸이 만들어진 각이 진 사람들이라 절도가 있었다. 조선공산당 박헌영의 명을 받고 영동에 배치된 이필영과 최삼식이었다. 장혁은 이들에게 박헌영의 안부를 물었다. 그리고 가서 안부를 전해 달랬다. 그들이 영동에 온 까닭은 영동의 지세와 사정을 살피고 오라는 명을 받고 온 것이었다.

1946년은 독립운동에 반외세 투쟁을 해온 세력들에게는 참으로 힘든 한 해가 되었다. 좌익 계열인 조선정판사에서 조선은행권 평판을 훔쳐 위조지폐를 인쇄했다. 이를 계기로 미군정은 공산주의 활동을 일체 금지했고 더 이상 승인하지 않게 되었으며 사상검증과 사상검열을 한층 더 심하게 하였다. 이에 따라 조선공산당을 비롯하여 조선인민당, 남조선신민당 등이 불법 단체로 몰려 활동이 금지되기에 이른다. 1년여 동안 지속 되었던 영동군 인민위원회의 기치도 내려야 할 상황이 되었다. 누군가는 누군가의 탓으로 돌리고 싶었겠지만 38도선 이남의 모든 권한은 맥아더원수의 포고와 재조선 미육군사령부 군정청 하지중장의 정령과 아놀드 소장의 행정령에 의하여 움직였을 뿐 조선 인민의 의지와 희망 사항은 어디에도 끼어 넣을 수 없었다. 조선은 이미 미국의, 아니 맥아더 원수가 다스리는 식민지가 되었다.

1946년 11월 23일 조선공산당, 남조선신민당, 조선인민당이 남조선로동당으로 통합되었으며 위원장에 여운형이 선출되었다. 이 본격적인 공산주의 정당의 부위원장은 박헌영이 선출되었다. 여운형과 박헌영은 좌우 합작, 좌우연대를 통한 통일정부 수립에 이견이 있었으며 박헌영은 이에 반대하였다. 남조선로동당에서 여운형은 근로인민당을 분리해내었다. 여운형을 암살하려는 테러는 수도 없이 있었다. 1947년 7월 19일 여운형은 평북출신 19살 소년 한지근이 쏜 총에 맞아 절명했다. 한지근은 이필형의 가명이었다. 이로써 세계적인 지도자인 손문, 레닌, 장개석, 모택동 등과 만나 세계정세를 논하고 조선의 갈 길을 앞서 자리매김해왔던 별 하나가 졌다.

희선 씨는 자신의 할아버지 고향 이름이 나오는 글이라 반겼다. 사실 확인해야 할 사항이 아직 많음에도 즐거워했다. 그녀는 오후 나절 카세트테이프와 테이프리코더를 나에게 건넸다. 나는 열심히 녹음 내용을 들었다. 진짜 빨갱이들을 만난 듯해서 기분이 이상했다. 마치 이상한 세균이 있는 걸 만진 듯 비누칠하여 물로 온몸을 씻고만 싶었다. 이건 진짜 나같이 골수 보수에게는 고문 중의 고문이었다. 그래도 참아야 할까? 이는 돈에 앞서는 내 정체성이고 이 나라가 지탱되고 있는 근간이 아닌가 말이다. 희선 씨가 정색을 하고 부탁을 하며 녹음테이프에 나오는 분이 앞서 내가 쓴 글에 나오는 이민혁 선생이라고 했다. 그는 1997년 한 때 희선 씨의 신성동 원룸에 산 적이 있었던 모양이었다. 희선 씨가 내게 건네준 일기 메모와 녹음은 ㄱ와의 만남을 잘 알 수 있었다. 늘 외롭게 살아온 희선 씨는 사람을 만날 때마다 녹음을 하고 혼자 있을 때 재생하여 들으며 그 즐거운 시간을 즐기곤 했다고 말했다. 희선 씨는 늘 혼자 있는 그와 늘 혼자 놀아야 했던 자신이 겹쳐 남다른 애정을 갖고 있었다. 여든 살의 노인과 스물여덟 살의 처녀는 할아버지와 손녀처럼 다정했다. 몇 년 그녀의 집에 있던 그도 나중엔 서울 봉천동 만남의 집에 갔다고 했다. 만남의 집에는 그를 포함해 여러 명의 비전향 장기수들이 함께 산다고 했다. 인터넷 뉴스에도 그가 출연하여 영동에서의 활동을 그는 소개했다.

살아있는 빨치산

. . . .

이민혁은 손녀 같은 희선과 그들의 옛날 얘기를 하고 있었다. 그들은 다정한 할아버지와 손녀로 만나고 있었다.

"할아버지는 살아계셔?"

"아뇨. 6·25 때 돌아가셨대요. 보도연맹인가로 몰려."

"그랬군. 처녀 나이가 어찌 되지요?"

"스물여덟이에요."

"스물여덟이라. 해방되던 해 내 나이네. 곧 해방이 될 거라고 장혁이란 분 따라 서울에 가서 건국동맹이라는 모임에 가보기도 했지. 그때가 내 나이 스물일곱. 그간 청년회 활동, 농민회활동을 하다가 중앙정치 무대 구경을 처음 했지. 거기서 목소리가 카랑카랑한 여운형 선생도 처음 보았고. 그가 말할 땐 마치 사자가 포효하는 것 같았어. 희선이라고 했지? 이런 얘기 재미있어요? 재미없으면 그만 하고."

"아녀요. 할아버지가 해주시는 옛날 얘기라 재미있어요."

"미군정 때에도 일제 때처럼 배급을 타 먹었어. 사람들이 농사를 지으면 공출로 걷어가고 다시 배급을 주는 식이었지. 식량난이 심각한데 미군정은 아무런 대책이 없었어. 거기에다가 왜정 때 붙어먹던 관리들을 다시 불러다 쓰고 토지개혁은 한다고만 하고 미루고 식량난이 심각한데 공출을 강압적으로 시행하자 1946년 10월, 대구, 영동, 통영 등지에서 폭동이 일어났어."

1946년 10월 일어난 소요는 10월 인민항쟁/민중항쟁으로 불리기도 한다. 대개 빨갱이들의 소요로 알고 있는데 진상은 매우 달랐던 모양이었다. 실상은 식량 때문에 벌어진 소요인데 좌익의 행위로만 몰아간, 전형적인 미군주도의 여론 조작일 법했다.

"영동에서는 군중이 300~400명 모여 영동경찰서와 대지주들을 대변하던 우익단체 회장의 집을 습격했어. 그러나 큰 타격은 입히지 못했지. 아니 그냥 시위를 해서 저들이 인민을 위해 움직이기 바랐을 뿐 죽이거나 해칠 생각은 거의 없었어. 여기 사람들 가운데 극단주의자는 용납할 수 없다고 삐라를 만들어 뿌리던 사람들도 있었거든. 이 사건으로 경찰은 좌익들을 잡으려고 혈안이었지. 영동 조선인민당 당원을 잡으려 혈안이 되었고 쫓기던 당원들은 산으로 들어가 빨치산이 되었지. 본디 빨갱이가 따로 있던 게 아녔어."

1946년, 시월 민중항쟁 이후 11월 23일, 조선공산당, 남조선 신민당, 조선인민당 3당이 남조선로동당으로 합당하였다.

"할아버지도 빨갱이셨어요?"

"그렇게 불러도 좋지만 그때까지 난 청년운동과 농민운동을 한 사람이니까 사회주의자라고 불러주면 좋겠어. 지금 한국에선 사회주의든 공산주의든 다 빨갱이라고 몰아붙이고 모조리 죽여도 된다고 몰아버리는데 그것도 사상적인 야만화이지. 사실 일제 말과 미군정 때에는 생산물 공출과 식량 배급이 공존했으니 사실 공산주의 경제라고 보는 게 옳았지. 미군정 때 국민들을 대상으로 조사했어. 어느 사상이 가장 좋으냐고. 71%가 사회주의라고 답했어. 헌데 빨갱이라는 말은 지금처럼 그 때에도 기득권인 친일 반민족 세력이 자신과 다른 세력을 싸잡아 공격하기에 아주 좋은 명칭일 뿐이었어."

"죄송해요. 할아버지. 그리고 어찌 되었어요?"

"외세로부터 벗어나 민족 스스로 정부를 세우고 인민을 배불리 먹이며 행복하게 해줄 정치 조직을 만드는 일은 요원하게 되었다고 생각되었지. 농민조합운동으로부터 키워온 근대 민주주의 학습과 인민위원회 활동을 통해 생긴 민주적인 정부 수립의 꿈도 산산이 부서진 거야."

"미군정의 역할이 대단했네요?"

"제도권 폭력이란 말 알아? 그것에 대항하면 그냥 죽음인 거지. 그럼에도 민간인과 좌익세력이 경찰과 행정기관에 맞서 따졌어. 이게 우리 민족의 저력이라고 봐. 배고픈 것도 어찌 해보겠지만 콜레라에, 홍수에, 산사태는 매우 심각했어. 미군은 아무 것도 하지 않고 손 놓고 있었고."

"제 머리 속에서 빨갱이란 말뿐만 아니라 인민이니 인민공화국이니 하는 것도 참 낯설어요. 빨치산도 그렇고요."

"그래? 그럼 내가 얘기해줄 테니 어떤 조직이 지금의 대한민국에 적인지 한번 맞춰 봐요. 여운형 동지는 미군정이 들어오기 전에 주석 이승만, 부주석 여운형, 내무부장 김구인 조선인민공화국을 선포했어. 미군정에게 인정받지 못했지만. 조선인민공화국이 지금 대한민국의 적이야?"

"아니요."

"해방 당시 조선공산당, 남조선신민당, 조선인민당이 있었는데 좌우합작의 기치를 내세우고 여운형 선생이 주도하여 남조선로동당으로 통합되었어. 위원장에 여운형, 부위원장에 박헌영이 선출되었어. 여긴?"

"모르겠는데요."

"그리고 김일성이 북조선로동당을 만들었어. 여기는 어때?"

"거기는 대한민국의 적이 맞는 것 같은데요."

"6·25전쟁이 끝나고 박헌영 동지는 미제의 간첩으로 몰려 죽임을 당했어. 그리고 김일성은 빨치산 투쟁에 참가했던 사람들도 받아들이지 않았지. 그렇게 하지 않으면 자신을 중심으로 키워온 권력을 나누어 주어야하고 스스로 만든 신화가 망가지니 더 그랬을 수도 있어."

"할아버지는 빨치산으로 어찌 하셨는데요?"

"대개 남로당 전북도당과 전남도당, 남부군에 대해서는 잘 알려졌지. 소설도 나오고 영화로도 나와 잘 알려지게 됐지. 전북도당 가운데 금산의 대둔산일대 빨치산이 대단했는데 나중에 서대산으로 모였다가 옥천을 습격하고 경찰이나 빨치산이나 엄청 많이 죽었지. 헌데 충북도당의 중선구국유격대에 대해서는 잘 알려있지 않아."

"그게 뭔데요?"

"정판사 사건이후 미군정은 좌익 활동이 불법이라고 선언하면서 1946년 10월 민주항쟁 때 본격적으로 좌익사범이란 이름으로 체포하기 시작했어."

"그전에는 공산주의든 사회주의든 문제 삼지 않았잖아요?"

그가 슬퍼하는 듯 정색하며 말했다.

"사상이 범죄문제로 비화된 거야. 미군정이니까 군법 비슷하게 밀어붙이는 거지. 대한민국 정부가 수립될 당시에도 헌법 어디에도 어떤 사상을 갖고 있다는 이유로 핍박받거나 한다는 문구가 없었어. 그럼에도 공산주의자나 사회주의자를 범죄자로 낙인찍은 근거는 바로 미군정의 조치에서 비롯되었다고 나는 생각해. 아무튼 전국 각지에서 지명 수배된 사회주의자들이 산에 들어가 산발적으로 무장 투쟁했는데 이들을 야산대로도 불렀어. 대부분은 몸부터 피해보자는 것이었지. 1948년 미군정은 남한 단독정부를 수립하려했어. 1948년 5월 10일 총선거를 통해 국회의원을 뽑고 제헌 헌법을 통과시켜 남한만의 단독정부를 수립하려 하는데 이제 크게 반발을 일으키는 운동이 벌어져. 그 뒤."

"그 뒤요?"

"그 뒤 민주지산 삼도봉을 근거지로 중선구국유격대라는 걸 만들었지. 김일성이 보낸 인민유격대와 토착 빨치산이 뭉친 거였어. 아지트가 열댓 군데 되었어. 사령관을 사령대장이라고 했지. 박헌영이 보낸 이필영이 사령대장, 최삼식이 부대장 겸 참모, 김일성이 보낸 공산당 간부 40여 명이었고 300여 명은 지역에서 동조한 사람들이었어. 전남도당이나 남부군은 6·25전쟁이 지나고까지 남아 있었는데 1948년 5월 21일 중선유격대가 경찰과 경찰예비대에게 토벌 당했어. 모두 항복하고 붙잡혀 가거나 도망갔지. 나도 도망갔어. 마니산에 새로운 본부를 만들고 빨치산 활동을 했어. 북한의 김일성이 남파한 인민유격대 세력이 아닌 마지막 영동 빨치산부대가 마니산에 머문 거였어. 9월 1일 군인과 경찰이 합동작전을 벌여 61명이 또 붙잡혀갔지. 이듬해 충북 공비토벌을 맡은 군부대가 원주로 갔어. 그로 보급투쟁도 좀 수월해졌고."

마니산은 신라 때 산성을 쌓았고 고려 때 홍건적을 피해 고려 공민왕이 안동으로 갈 때 잠시 몸을 의탁한 곳이라고도 했다.

"잘 된 거예요?"

"더 이상 동지들을 잃지 않아도 되었지. 6월 28일인가 남기명 상촌우체국장이 경찰에 끌려가 고문살해당하는 사건이 벌어졌어. 상촌면은 민주지산에서 가깝지. 가족들이 지서를 점거하고 농성을 했어. 진실을 은폐하기 위해 남로당이 지서를 습격했다고 충북도경이 공표하자 이 소식을 들은 면민 300여 명 이상이 지서로 모여 항의했지. 200여 명이 연행되었어."

"대단하네요. 보급투쟁이 뭐예요?"

"먹고사는 데 필요한 물품을 조달하려면 할 수 없었어. 총 들고 민가로 내려가 밥을 해달라거나 먹을거리를 얻거나 빼앗아 오는 거지. 북쪽의 수묵리, 평계리, 마곡리 산에 사는 사람들 집 등. 기호리로 해서 검촌으로 자주 보급투쟁 하러 갔었지. 일부는 거기에 아지트를 꾸리기도 했어."

"아지트라면?"

"겉으로 보아서는 숲과 구별이 안 되게 만든 초소랄까 비를 피하고 먹고 잘 수 있는 곳. 마니산에 있던 빨치산은 나중에 검촌 뒷산으로 다 내려왔어. 1949년 존재를 확인시키려고 많은 활동을 했어. 추풍령지서와 양산지서를 습격했지. 그리고 이장들을 처형했어. 이를테면 심천면 장동리 이장, 양강면 죽전리 이장. 또 소학교에 불을 질렀어. 계산리 영동서 경찰을 처형히기도 하고."

나는 카세트테이프를 멈추고 자고 있는 희선 씨를 깨웠다. 혹시 이민혁이란 양반이 지금도 살아 계신지 물었다. 그녀는 벌써 오래전 일이라 살아계시는지 장담 못한다고 했다.

"저분과 한 녹음은 제가 마흔 살 때에도 몇 번 들은 적 있어요. 느낌이 좋잖아요. 푸근하고요. 진짜 할아버지가 살아오신 것 같았어요."

"그러셨군요. 한번 찾아가 보시지도 않았나요? 신문기사에 비전향 장기수로 서울 낙성대 만남의 집에서 사셨다고 했는데."

"지금 사셨다면 거의 100살이 다 되셨을 텐데 살아계실까요? 살아계신다고 해도 예전처럼 기억이 좋으리란 법도 없고요."

희선 씨가 눈알을 돌리면서 고개를 끄덕이고 있었다. 나는 희선 씨에게 더 자라, 공부 더하겠다고 하자 희선 씨는 저녁 식사 걱정부터 하였다. 그래서 누룽지 백숙을 추천하니 좋다고 했다. 식당에 3시간 전에 주문해야 했다. 전화예약을 하자 내 어깨를 주물러주고 희선 씨는 나를 뒤에서 지켜보았다. 아무 일이라도 시키면 책임지고 해낼 거라 생각했는데 진짜 그런 사람이었다며 희선 씨의 입가에 웃음이 살짝 고였다. 나는 다시 카세트테이프를 틀었다.

"그때 영동에 민승재 의원이라고 있었어. 검촌 사람. 부상자도 많이 치료해주고 가끔은 굶지 말라고 약간의 돈도 쥐어주곤 했지."

"그 혼란기에도 따뜻한 손은 있었군요?"

"그럼. 드러내놓고 지지하진 않았지만 보이지 않게 이런 지지 세력들이 영동엔 많았어. 그러니 미군정에선 적색 군이라고 했지. 그때 그 양반 나이가 한 오십 쯤 되었으니 아마 지금은 돌아가시고 안 계시겠지?"

"혹시 모르죠. 후손이 어디 계실지. 설령 그 후손을 만난다 하더라도 우리 할아버지가 그런 일을 했어요, 하고 나설 수 있을까요?"

"그래. 아마도 그럴 거야. 그러니 미군정의 손아귀가 지금까지 뻗칠 수 있게 장치된 거 아니겠어?"

"할아버지에게 6·25는 뭐예요?"

"6·25사변이 터지고 인민군이 부산까지 장악하면 우리는 우리 조선민족이 완전 해방될 것으로 믿었지. 북쪽에서 무슨 일이 일어났는지 하나도 몰랐으니까. 북쪽 사람들을 막연히 이상적인 존재들로만 그때까지 보았던 거였고. 그들이 옥천에 들어온 게 7월 22일, 영동에 26일일 거요. 미군들이 그냥 밀려서 내려갔지. 7월 되고부터 피난민이 엄청 내려왔어. 저기 뭐래나? 영동 가는 도로가 군인들로 차자 오백거린가? 지탄인가 사람들이 철길 다리를 걸어 떼를 지어 건너 심천으로 해서 다시 약목리로 와서 대구로 피난 가기도 했어."

아, 내가 보기에 이분은 저기가 적등강, 적등나루라는 사실을 모르고 있었던 것 같았다.

"할아버지는 피난 갈 생각이 안 나셨어요?"

"내가 왜 가? 정말 꿈꾸던 조국이 해방되는데. 문제는 두 달밖에 안돼서 미군이 다시 밀고 올라왔어. 할 수 없이 산으로 들어갔지. 그리고 중공군이 내려오다 38선 부근에서 멈추었어. 서대산의 빨치산들이 대단했거든. 1951년 가을 그들은 옥천을 습격해서 무슨 수를 내려다 경찰과 국군에게 결국 총 맞아죽거나 아니면 북으로 도망쳐 갔지. 그때 나도 북으로 갔어."

"그래서요?"

"전쟁이 끝나고 북한도 한참 시끄러웠어. 박헌영 동지가 미제간첩으로 몰려 죽임을 당했어. 남쪽에서 올라간 고위급들도 김일성에게 충성하지 않으면 교묘하게 올가미를 씌워 죽였어. 인민군 간부가 나에게 왔어. 나를 동지로 대접해주었지. 공화국을 위해 무얼 하고 싶으냐고 묻기에 공화국을 위해서라면 어떤 일이라도 하겠다고 했지. 그랬더니 남조선에 돌아가서 통일전선을 복원하라는 거야. 그렇게 하겠다고 했지. 나는 그 길로 남쪽으로 내려왔어. 아니 도망친 거지. 그리고 남쪽의 경찰에 잡혔어. 자수라기보다는 그냥 순순히 잡혀줬다고 하는 게 옳아. 해방된 조국이라면 북이든 남이든 인민이 마음 놓고 살 수 있는 행복한 나라를 건설

하는 것이었는데 어느 곳도 그게 불가능하다는 걸 알고 자포자기한 거였지. 아니, 나에게 주어질 한 평 방이 이 땅에서 내가 챙기고 싶은 마지막 해방구이었지."

"할아버지, 후회는 없어요?"

"그래도 이렇게 교묘하게 미제의 손아귀에서 벗어나 경제발전을 하고 살고 있는 게 신기할 따름이지 뭐."

"할아버지, 김일성은 왜 박헌영을 그냥 두지 못했어요?"

"6·25사변을 일어나기 전에 김일성이 스탈린이나 모택동에게 공식 편지를 쓰면 늘 수신자는 김일성과 박헌영이라고 했다고해. 바깥에서는 이 두 사람을 한국에서 사회주의를 일으켜 세울인물로 보았던 거지. 1945년 전국농민조합총연맹에서도 결의문에 스탈린과 박헌영을 명예회장으로 추천한다고 했거든. 전쟁이끝나고 조선노동당의 최고라고 김일성이 생각하고 싶지 않았겠어? 제거해야할 대상 1호가 박헌영 동지이었다고 나는 생각해.권력은 나누는 게 아니니까. 그때 재미동포 부부를 끌어들여 그들이 한 증언을 바탕으로 박헌영을 미제 간첩으로 본 거지."

"그렇게 된 거예요? 할아버지는 북한에서 있기 싫으셨어요?"

"북한도 인민을 위한 정치체제가 아닌 한 사람의 나라가 되어가고 있는 걸 눈으로 볼 수 있었어. 그러니 그동안 싸워온 인민항쟁과 무장투쟁이 이러자고 한 게 아니었거든."

그 뒤 카세트테이프에는 담배를 피워 물고 휴 하고 내뿜는 소리만 담겨있었다. 테이프리코더를 끄고 나는 1948년 영동 인민유격대에 대해 검색해 보았다.

🥁

1950년 3월 15일자 신문기사가 나를 붙잡아 놓았다.

— 재작년 12월 충북 영동에서 폭동을 꾀한 소위 인민유격대 사건 2심 공판은 지난 5일 하오 5시 대법원법정에서 김준원 재판장 주심, 이정우 검사 관여로 개정되었는데 재판장으로부터 피고들에 대하여 각각 다음과 같은 언도가 있었다.

— 이영식(21): 사형

— 홍재부(27): 무기징역

— 장기정(21), 장세진(39), 김동설(30), 박우하(30): 징역 15년

— 임봉준(34), 구복재(31): 징역 12년

— 김기탁(26), 김기열(30): 징역 5년

— 유병호(33): 징역 4년

— 김태호(25): 징역 3년

— 김영진(25): 징역 2년

사령대장 이필영과 부대장 최삼식은 판결문에 없었다. 빨치산이나 인민유격대들이 가명으로 대개 활동했기 때문일 가능성도 있었다. 진실화해위원회 보고서에 장혁과 장세진의 이름이 함께 나왔다.

— 1950년 7월 21일 영동지역에 소개령이 내려졌다. 7월 22일 영동지역에 포격이 시작되었다. 23일 인민군 제3사단 제8연대와 107전차부대가 미군 제8연대 1대대가 접전이 벌어져 7월 26일 영동읍은 완전히 인민군에 점령당했다. 1950년 7월 29일, 영동군을 장악한 인민군은 영동군 인민위원회 위원장에 장혁을 내세웠다. 장혁의 아들이 장세진이다. 얼마 후 전쟁 전 영동군 당위원장이었었던 김태수가 영동군 인민위원회 위원장이 되었다.

1950년 당시 39살이던 장세진이 장혁의 아들이라면 이 때 장혁의 나이 56세이므로 장혁은 16살에 장가갔을 가능성이 있다. 두 달 동안 옥천과 영동에 인민군이 있던 사이 장혁은 며칠 그 자리에 못 있고 인민군이 미는 김태수로 위원장이 바뀐 모양이었다. 장혁의 이후 행적은 알려지지 않았다. 북으로 갔을까? 자연사했을까? 한참 몰두해 있는 나를 희선 씨는 흔들었다. 누룽지 백숙을 먹으러 가자고 했다. 희선 씨가 운전해서 이원으로 향했다. 식당은 이원면 사무소 앞에 있었다. 겉으로는 허름해 보이는데 내 입맛을 사로잡은 요리가 있다니 희선 씨도 매우 궁금해 했다.

걷기와 죽음 사이

．．．．．
．．．．．
．．．．．

알지만 계속 되풀이해서 몸에 새기고 새긴 것이 빛이 바래면 다
시 색칠을 하는 과정을 연습이라고 말한다면 참 어울리는 설명일
테다. 내가 이제 이원풍물단의 단원으로 풍물놀이와 사물놀이 연
습을 한지 두 달이 지났다. 이제 두 달 넘게 매주 하루 또는 이틀간
두 시간씩 연습했으니 풍물놀이에는 어떤 장단, 어떤 가락, 어떤
품세, 어떤 자세로 하는지 머릿속에 다 들어있다. 그렇다고 순서
바뀌지 않게 공연이 되는 건 아니었다. 여럿이 해서 눈치 봐가며
적당히 따라 할 수 있는 것도 혼자 하라고 하면 절대 할 수 없는
게 풍물놀이이었다. 이제까지 어떤 가락을 한번 쳐 보지 않았다고
그 장단을 쳐야 할 때 몰라 머뭇거리는 일도 사실은 없는 게 풍물
놀이의 묘미이었다. 결국 머리 아닌 몸이 장단을 치고 신명을 끌
어내면 저절로 이루어지는 게 풍물놀이이고 저번에 한 것처럼 이
번에도 꼭 해야 한다는 법도 사실 없었다.

풍물놀이와 사물놀이는 저녁 일곱 시부터 두 시간동안 연습을
했다. 미리 저녁을 먹고 가는 게 유리했다. 한 시간 동안 풍물놀이
연습으로 땀을 흠뻑 흘리고 쉬는 시간이 되었다. 이민종 단장이

돼지고기를 삶아왔다고 했다. 함께 내온 막걸리는 세게 운동하고 싸하게 타오는 목마름을 꺼주기에 충분했다. 내가 어찌 삶으면 이렇게 맛있느냐 물으니 이민종 단장은 핀잔을 주었다.

"그걸 쉽게 가르쳐 주나? 나중에 저녁 한번 사 봐."

원동리 사는 박 여사가 다가와 저번에는 손님이 있어 말도 못 꺼냈는데 끝나고 집까지 좀 태워다 달라고 나에게 말했다. 휴식시간 10분이 지났는지 탁자는 치워졌고 몇 사람이 아래층으로 내려가 말아 세워두었던 깔판 롤을 들고 왔다. 네 줄의 깔판이 나란히 놓이고 상쇠가 정해준 대로 징재비, 북재비, 장구재비들이 앉았다. 상쇠를 비롯한 매구재비는 앞에서 서서 사물놀이 연주를 이끌어갈 참이었다. 인사 굿부터 시작하여 길군악을 치고 동살풀이로 해서 사물놀이는 정점을 찍고 있었다. 북재비인 나는 소리가 커지고 씩씩해져야 할 때마다 세게 비트를 넣고 피치를 올렸다. 한편의 훌륭한 사물놀이 공연이 끝났다. 모두 진땀을 흘렸다. 한번 공연은 15분쯤 걸렸다. 틀린 곳을 고치고 다시 공연하고 반복하였다. 나는 사물놀이의 깊이가 더해가며 김덕수 패들이 하지 않는 것을 상쇠가 기획하여 가르치고 있다는 걸 알게 되었다.

사물놀이 연습도 끝나고 나는 얼른 깔판 하나를 잡고 둘둘 말았다. 그리고 북과 깔판을 들고 아래층으로 내려와 제자리에 비치하고 밖으로 나왔다. 박 여사가 나오며 자기 서방님이 기다릴 테니 얼른 가자고 채근했다. 그녀의 집은 원동리 삼거리에서 오른쪽으로 해서 산길을 따라 갔다. 펀딘농원이라 쓰인 입구에서 산길로 접어들었다. 컴컴한 산비탈을 오르며 나는 생각했다. 뭐 이리 높은 산골에서 사느라고 욕을 보실까? 차도 없이. 그런 생각을 하는 사이 박 여사가 늘 하던 대로 집 건물 앞에 가기도 전에 세워달라며 여기서 돌아가라고 했다. 내가 내려주자 박 여사가 주말에 차 한 잔 하러 오라고 초대했다. 그리 하겠다고 하며 나는 차를 돌려 집으로 왔다. 오는 내내 그들의 삶이 궁금했다. 돈이 없어서 그 높은 데에다 집을 짓고 옹색하게 사는 걸까? 별의별 생각이 다 들었다.

풍물연습을 마치고 집에 오니 희선 씨는 살코기를 도마에 얹어 잘라놓고 먹고 있었다. 피가 뚝뚝 떨어지는 것을 먹고 있었다. 내가 나타날 즈음 그녀는 성찬의 마지막 한 첨을 입에 넣고 있었다. 멍하니 쳐다보고 있는 나에게 아무런 말 한마디 하지 않고 그녀는 뒷정리를 했다.

희선 씨는 금요일 어떤 숙제도 내주지 않았다. 금요일 아침식사를 마치고 희선 씨는 다녀올 일이 있다고 대전에 갔다. 뜬금없이 희선 씨가 이슬람교 신도인가 싶기도 했다. 이럴 땐 푹 쉬는 거였다. 나는 그녀가 원하는 일이 무언지도 모르고 그녀가 제시했던 숙제들에서 키워드들을 인터넷에서 검색해 읽었다. 생판 처음 접하는 살 떨리는 이야기로부터 좌파 빨갱이들이나 좋다고 믿고 따를 그런 이상한 사이트로 안내되었다. 특히 위키 백과는 정말로 너무 자세하였다.

이튿날 토요일인지라 늦게 일어나 시계를 보니 열시가 넘었다. 나는 일어나 점심이 임박해 무얼 먹어야 하나? 곧 어르신들과 보신계하러 가야하는데 하고 있는데 전화가 왔다. 산골 달팽이에 사는 박 여사의 식사 초대 전화였다. 나는 어르신들 모시는 것도 중요하고 박 여사 초대에 가는 것도 중요했다. 세 어르신께 양해를 구했다. 어디 갈 일이 생겨 일요일 네 시에 식사하러 가자고 말씀을 드렸다. 이해심 많은 어르신들이었다. 나는 그 불쌍한 여자가 어떤 남자와 사는지 볼 마음으로 전날 저녁 해놓았던 빵 반죽으로 얼른 포카챠 하나를 해서 꿀단지와 종지 째 들고 나섰다. 산길을 따라 올라가 보니 큰 논 달팽이가 둘이나 되고 길을 따라 가니 너른 잔디밭에 근사한 통나무집이며 큰 창고 건물이 있었다. 이게 뭐야, 밤과는 생판 다른 낮의 얼굴이라니. 나는 매우 놀랐다. 곱게 차린 두 분이 밖으로 나와 나를 맞았다.

바깥주인과 처음으로 인사를 했다. 내가 빵 그릇과 꿀단지를 들고 내리자 바깥주인이 식당 째 들고 오는 거냐고 말했다. 창고건물 안에 식탁도 있고 무슨 교실 같은 시설도 있고 곡식을 쌓아놓기도 하고 그랬다. 식탁에 앉아 나는 가져온 빵과 꿀을 내놓았다.

칼 좀 있으면 달라고 했다. 톱니가 있는 칼이 있으면 좋고 작은 접시도 있으면 하나 달라고 했다. 박 여사가 칼과 접시를 가져오자 나는 꿀을 따라 담고 포카챠를 여러 토막으로 잘랐다. 그리고 하나씩 집어 꿀을 듬뿍 발라 바깥주인과 박 여사에게 드렸다. 그리고 나도 하나를 집어 꿀을 발라 먹었다. 내가 그들에게 말했다.

"지금부턴 그냥 형님, 형수님이라고 부를 게요."

"좋아요. 나야 가족도 아이들밖에 없고 적적한데 잘 됐지 뭐. 나는 김근평이라고 해요."

"최형진입니다. 아이들은 대전에 살고 저만 여기 와있어요."

그의 집은 인간극장에도 나온 적이 있다고 했다. 나는 점점 내 인식회로가 얼마나 볼품없는 것이었는지 고개를 돌려 한숨을 쉬며 생각했다. 이렇게 대단한데 불쌍하다고 보았으니. 주인 내외는 나를 이끌고 밖으로 나갔다. 너른 잔디밭엔 무언가가 굼실굼실 있는 것 같았다. 장독들이 즐비한 곳을 지나니 토굴이라 쓰인 표지판이 있었다. 아들과 2년 동안 판 것이라며 나보고 전기코드를 꼽고 들어가 보라고 했다. 그 안은 완전 개미굴 같았다. 포도주 따위 발효음식을 재두기도 하고 생강 따위를 저장하기도 하고. 세상에 어찌 이렇게 굴을 팠을까? 완전 호지명루트 같았다. 토굴 밖으로 나와 내가 여기 사신지는 얼마나 되셨느냐고 묻자 박 여사와 근평 형님이 대답했다.

"애들 아버지는 15년 전에 여기로 왔고요 저는 10년 됐어요. 애들 아버지가 서울이 갑자기 싫어져 다 정리하고 고향에 가서 살고 싶다는 거야. 누가 막아."

그때 그는 쉰둘이었는데 향수병이 걸려 모든 게 다 싫었다고 했다. 그동안 벌어놓은 걸 가지고 원래 살던 데에 와서 하나씩 샀단다. 이제 저 달이산 밑까지 다 그들의 땅이 됐다고 자랑을 했다. 그야말로 자수성가였다. 그때 자동차 하나가 올라왔다. 요 아래 친구가 왔나보라며 근평 형님은 가 보자고 했다. 근평 형님이 온 손님에게 인사를 하고 나를 소개했다.

"어서 와. 잘 왔어. 여기는 요 물 건너 백지리 사는 최 박사고, 여기는 원동 요 아래 동네 사는 동생여."

안으로 들어가서 남은 빵 한 조각을 보고는 내가 꿀을 발라 온 손님에게 주었다. 고개를 끄떡하며 받더니 근평 형님에게 말했다.

"청주 어디는 6·25때 거시기 한 사람들 보상도 받았다고 하던디. 8천만 원. 성님, 그거 어떻게 하는지 아세요?"

"보도연맹? 그 피해자? 증인이 필요하대지 않았어?"

근평 형님은 사실 아버지를 6·25사변 때 여의었다. 그때 어머니가 스물 셋, 근평 형님은 세 살이었다. 편모슬하에서 공부하다 열일곱에 학교 다니다 말고 그냥 서울로 가서 집 짓는 데 따라다니며 건축 일을 했다. 그러다 오십이 넘으니까 도저히 힘이 들고 서울에 염증이 나서 형수님한테 서울서 그만 살고 고향에 내려가 살겠다고 했단다. 그 때 손님이 거들었다.

"성님, 빨갱이 후손이라면 공직에도 못나가고 뭐 해먹을 게 있었냐고요? 뭐. 지금 생각해 보면 우리 아버지도 참 대단해요. 원동에서 세 사람이 보도연맹에 소속되었다고 끌려갔대요. 경찰이 칠방리를 지나다가 어디 다녀올 테니 거기 가만히 있으라고 그러더래요."

조금 참으며 어이없어하는 분의 말에 끼어 내가 말했다.

"도망가란 말이었군요."

"그렇지요. 두 사람은 남고 한 사람은 진짜 도망갔대요. 나중에 도망가 산 양반이 얘기를 해주는 규. 가네가와 상이 그러더라는 겨. ─가네가와상은 우리 아버지 이름유. ─내가 무슨 잘못을 했나 경찰서 가서 한번 따져보자고 딥다 대들었다는 거유. 그리고 이튿날 월전리 가서 죽었대잖아요."

"저 동생이 나보다 한 살 아래야. 참 꿋꿋이 잘 살아냈지."

나는 근평 형님이 말한 살아냈다는 말과 보통 쓰는 살았다는 말의 차이를 확연히 느끼고 그의 고생을 생각하며 정말 어이가 없다는 말이 내입에서 저절로 나왔다.

"엄니가 가보니 시체가 산처럼 쌓였더래요. 엄두가 안 나 나중에 피난 갔다 와보니 시체가 푹 꺼져 누가 누군지도 모르게 되고 포기했다는 규."

박 여사가 상차림을 하고 있었다. 손님이 나를 바라보았다.

"초면에 이런 얘기해서 미안하네요. 헌데 빨갱이 후손이라고 손가락질 받고 산 세월이 길었지요. 지금이니까 이리 말하지 전에 같으면 어림도 없지요. 이제 무슨 보상을 받을 수 있다는데 끝까지 해보고 싶어요."

"그려. 해는 봐. 헌데 된다는 보장이 있을까?" 하고 근평 형님이 위로했다. 그 손님은 고개를 여러 번 끄덕였다. 식사 중에는 큰 얘기가 오가지 않았다. 식사를 마치고 박 여사가 차 한 잔 하자고 했다. 내가 고개를 끄덕이자 상물림을 하고 식탁은 차를 마시기 위한 곳으로 금방 바뀌었다. 네모난 송판이랄까 널빤지랄까 하는 것이 앞앞에 놓였다. 옻칠이 되어 있었고 그 위에 청자 찻잔이 놓였다. 가운데 공간엔 밭 어디선가 모셔온 들꽃 한 송이가 병에 꽂혔다. 그리고 달인 차를 담은 큰 그릇이 내 앞에 놓였다. 내가 그 그릇을 받아 잔에 조금씩 따라 붓고 다시 채웠다.

"차를 드는 걸 보면 얼마나 상대를 존중하고 배려하는가가 나타납니다. 저희 집에서의 차 예법은 차는 세 번에 나누어 드시고요, 찻잔을 두 손으로 들며 차향이 코로 향하도록 합니다. 처음 한 모금 드시고 내가 과거를 잘 살았는지 두 번째 드시며 현재를 잘 살고 있는지 세 번째 드시며 미래를 어찌 살 것인지 생각해야 합니다.

이 법식을 따르는지에 따라 사람의 격이 정해지는 것 같습니다."

박 여사의 차에 대한 강의가 끝나고 나는 경청한 대로 차를 마셨다. 나는 두어 번 각각의 잔에 큰 그릇에 준비된 차를 따라 주었다. 마치 큰 손님으로 대접 받은 기분은 난생 처음 맛보는 뿌듯함이었다. 근평 형님이 나를 끌고 밖으로 나왔다. 손님은 내려간다며 인사를 하고 갔다. 그때 잔디 광장 위로 내 손을 이끌고 근평 형님은 안내하고 있었다. 내가 보니 몇 편의 동화를 잔디 마당에 그려놓은 것 같았다.

저게 아침이고 반대쪽이 저녁, 가운데가 한낮. 손자들이 보면 다 하나의 이야기를 만들어낼 거란 말이지. 모든 것에 이야기를 붙이는 거야, 하며 그는 자랑을 했다. 내가 집 마당에 이렇게 시를 써놓으신 분은 형님밖에 없을 거라고 하니 좋아했다. 근평 형님이 가자는 대로 산길을 따라 올라갔다. 염소 키우는 곳도 있고 표고밭도 있고 드디어 그가 자랑하고 싶어하는 곳이 가까이 있었다. 그가 다다르기 전에 저기가 선녀탕이라고 소개했다. 그의 소개는 자랑이랄까 스토리텔링이랄까 곳곳에 부인에 대한 애정표시가 배어있었다. 일흔이 다 되어 이리 부부가 소꿉놀이를 하듯 알콩달콩 살아도 좋을 것 같아 나는 그의 이야기를 다 듣고 웃어주곤 했다. 산에서 내려와 나는 근평 형님과 박 여사에게 감사의 인사를 하였다.

나는 오늘 호사한 느낌이 났다. 차 뒷자리에 있던 시집 한 권을 꺼내 근평 형님의 시심에 감사하면서 손에 들려주었다. 나는 근평 형님과 마을 손님의 얘기를 듣고 많은 고민을 했다. 이러한 문제가 단순히 대한민국 국군의 사기나 미군의 자존심을 위해 옹호되어야 할 게 전혀 아니라는 사실과 저러한 사건들로부터 생긴 공포를 이용하여 그간 잘 해먹고 정치 잘 한 세력들에 대한 반감이 저절로 생겼다. 이는 희선 씨가 기획한 프로그램 때문이 아닌, 내 혈육과 같이 느껴지는 분들의 얘기를 듣고 내린 결론이다.

마니산 아래엣 선비

집에 와서 거실문을 열고, 의자에 앉아 볕을 쬐고 있는데 방안
에서 전화벨 소리가 요란했다. 벗어놓은 재킷엣 휴대전화가 우는
소리였다. 전화를 받아보니 옥천신문 권 기자였다. 오늘 저녁 시
간 어떠냐고요? 괜찮아요, 하고 내가 말하자 박 기자하고 이 이사
하고 넷이 모일 거라고 말했다. 이 이사는 내가 처음 만난다. 여섯
시 반에서 저번에 만난 삼겹살집에서 모이기로 했다. 희선 씨가 집
에 가서 언제 올지 모르니 나는 내 맘대로 할 요량이었다. 컴퓨터
를 켜고 인터넷을 연결하여 이 이사가 그동안 무슨 일을 했는지 찾
아보았다. 그가 보도연맹 맹원 학살 기사를 처음으로 쓴 분이라는
걸 알게 되었다. 아이쿠, 이 또한 희선 씨가 쳐놓은 덫이 아닐까 생
각이 들었다. 특히 육창주라는 분의 기사가 많았다. 지인 몇과 서
울에 가서 고종황제 인산을 보고 만세를 부르고 온 것뿐만 아니라
이분은 이원의 독립만세운동을 주도한 사람인데 어찌 보도연맹
맹원으로 분류가 되어 죽었는지 나는 궁금했다. 나는 권 기자 덕에
만나기 힘든 분을 만나게 되어 기뻤다. 만남의 장소는 저녁식사를
하면서 가볍게 한잔 할 수 있는 공간이고 서로 이야기하는 데 크게

방해 받지 않는 곳이라 좋았다. 서로 담소를 나누며 즐겁게 식사를 하고 커피 집으로 자리를 옮겼다. 일이 있다며 박 기자와 권 기자는 자리를 뜨고 나머지 둘이서 카페 안으로 들어갔다.

이 이사는 카페라테가 좋다고 하여 나는 아이스 아메리카노와 함께 주문했다. 자리에 앉아 내가 입을 떼었다.

"아까 식당에서 시끄러워 여쭙지 못한 게 있습니다. 어떤 사건을 추적해가보다 보면 매스컴이나 인터넷에 안 나오는 게 있더라고요. 어느 날 동네 어르신들 모셔놓고 그간 몇 년 동안 친하게 지냈으니까 6·25에 대해 여쭈면 디테일한 부분까지 다 얘기해주시더라고요. 사실 이런 관계가 형성되지 않은 분에게 무언가를 덥석 물어본다는 건 물어봤자 어떤 답변도 들을 수 없는 게 태반이더군요. 일요일 어느 교회에 갔는데 거기서 목사가 보도연맹 맹원 두 사람을 안장해서 그 가족들이 감사의 헌금을 했습니다, 이러는 거예요. 이원에서 6·25전쟁 나고 한 달 안에 보도연맹원 사건으로 여러 사람이 희생된 것 같은데 그 얘기가 잘 안 돼 있거든요. 거기에 육창주라는 분이 끼어있는데 그것 때문에 국가유공자가 오랫동안 안 되었잖아요. 그게 어떤 관계인지요?"

듣고 있던 이 이사가 최근에 되긴 되었다고 말했다. 내가 잘 몰랐구나 싶었다. 2005년에 되었단다. 그는 하던 말을 계속했다.

"육창주 선생은 훈장이셨어요. 마을에서는 신망을 받았지요."

그 사이 커피가 준비되었다고 신호판이 울렸다. 내가 신호판을 들고 커피를 가지고 와 앉자 서로 한 모금씩 들었다. 내가 대화의 공백을 메우려

"아, 꽤 명망이 있으신 분이었군요."

하고 말했다.

"결국 그랬던 거죠. 그러니까 그 양반의 재판 기록을 보면 그 양반하고 허상기, 김용이라는 분이 나와요. 모두 5년형을 받아요. 만세운동을 해서 5년형을 받는 거라면 매우 심하게 형을 받는 거거든. 청산서도 보면 보통 만세운동해서 받아봤자 1년형이하. 그런데 그분들은 5년을 받아요. 그건 이원만의 특이한 사정이 있습니다. 가령 그 당시 주재소를 파괴하고 기물파손하고. 헌병들 보면 헌병 때리고. 뭐 이런 거죠. 그래서 그럴지도 모르겠는데 아무튼 제 경험으로 본다면 이원만세운동의 재판형량이 적지 않아요. 5년형을 받고 2심을 복심이라고 하는데 거기서는 2년 6개월을 받아요. 어쨌거나 형량이 높을 정도로 되었는데 이들이 이원만세운동의 주역이었단 말이죠. 기록에."

"허상기란 분인가요?"

"허상구. 허상기, 허상구 이분들은 형제고 기록에서는 육창주, 육창문, 허상구. 허상구 선생이 아마도 동생일 건대 고종의 인산에 갔다가 서울서 벌어진 만세운동 하는 걸 보고 내려오면서 우리

도 고향 가서 만세운동하자, 이런 식으로 됐더라고요, 재판기록
이. 그 당시 그 정도로 됐다고 하면, 고종의 장례식을 보러 갈 정
도면 마을에서도 꽤 지도적인 위치에 있었다고 하는 게 일반화된
얘기고. 그러다 보니 마을에서 큰 어른으로 추앙받았어요."

이 이사가 쉬었다. 1919년 3월 27일, 이원 장날 이원장터에는
1,000여 명이 시위를 하며 주재소를 습격하고 순사들을 혼내자
경찰의 발포로 1명이 사망하고 여러 명이 다쳤다. 이때 아홉 분이
주동자였다.

"해방되고 나서도 그분이 마을에서 훈장노릇을 계속 했다는 거
예요. 마을 사람들이 까막눈이고 하기 때문에 마을 사람들에게 내
가 한문을 가르쳐 주겠다, 그랬는데 친척 가운데 한문을 배우기로
한 사람이 지금도 살고 있는데. 어쨌거나 그분 하는 얘기도 한문
할 때 잘 못 외우고 그러면 한 대씩 맞는데 엄청나게 많이 맞아 아
파서 더 이상 못 갔다, 이러는 겁니다. 그런 것들을 봤을 때 어쨌
거나 마을에서는 선생으로 모셔지는 거지. 그런데 마침 이제 해방
당시에 그 인근에 송 씨네 산이 있는데 송 씨네 산에서 산지기를
했다고 해요. 외딴집에 살았겠지. 마침 해방 연간에 좌익계열이."

"전쟁 통이었나요?"

"전쟁 통이 아니었어도. 전쟁이 나기 전이니까 그들이 산에서
내려와서 밥해라, 그래서 밥 해주고. 그랬던 것 때문에 보도연맹

에 가입해라 하고 해서 그래서 보도연맹에 가입했다고 그래요."

저 산이 바로 평계리, 수묵리 뒷산인 마니산이고 한국전쟁 전에 영동 빨치산부대가 있던 곳이다.

"그들은 보도연맹에 가입하지 않은 진짜 빨갱이네요. 빨치산."

"그렇지. 그 뒤에 산속에 있는 집들을 좌익 근거지로 사용한다고 해서 정부에서 소개령을 내렸고 그래서 육창주 선생도 정부의 방침에 따라서 산에서 내려왔다는 거예요. 지금 육창주 선생 사시는 집터 아시지요? 묵방골. 거기에 내려와 사셨다고 그래요. 전쟁 나기 한참 전에 이미 내려와 살았다는 거죠. 좌익들이 와서 너 밥해라 하는데 하지 않고 버틸 사람이 어디 있어요. 그러니깐 보도연맹에 가입하게 되고 그런 거죠. 그게 죽임을 당하는 결과가 된 거죠."

"제가 들은 얘기가 있어요. 빨치산들이 내려와 밥해달라고 하더래요. 총부리를 겨누고. 이들은 전향서 쓰지 않은 골수 좌익이죠. 보도연맹원보다 센 사람들. 할 수 없이 밥을 하면서 아이에게 경찰에 가서 신고해라. 그러니 경찰이 알았다며 오질 않더래요. 그리고 나중에 니들 빨치산들에게 밥해줬지? 보도연맹에 가입해. 그래서 학살 때 죽은 사람도 있다더군요. 헌데 육 의사님이 돌아가신 게 언제쯤인가요? 보도연맹이 학살 되는 게 저희동네 같으면 이원면 백지리, 옆에 장동리 여기 있던 사람들은 붙잡혀 갖고 영동의 어서실에 가서 학살당했다고 그러거든요. 이분은 그쯤인 가요? 그 이전인가요?"

뜸을 들이다 이 이사가 입을 뗐다.

"음, 그쯤이라고 봐요."

나는 속으로 생각했다. 육창주 선생이 돌아가신 날이 5월 28일 이라는 건 분명 음력 날짜였구나 하고 생각했다. 이 이사가 말을 이었다.

"왜냐하면 보도연맹이라는 거에 의해서 잡혀가고 학살당하는 건 대체로 비슷합니다. 서울이 점령당하고, 대전에서 막 후퇴할 때 7월 초나 7월 중순까지."

"그러니까 대전형무소 재소자등이 6월 28일부터 시작해서 7월 중순까지 7천여 명이 처형되지 않습니까? 그 바로 이어서 옥천에 서 보도연맹 맹원 소집과 예비검속이 6월말에서 7월초에 있고 옥 천에서 학살이 일어난 게 7월 15일 안팎에서 20일까지 옥천이나 영동에서 학살이 있지요."

"그 시기라고 보면 돼요. 육창주 선생 같은 경우에도 마을에서 신망 얻고 선생님 대접 받고 그런 증언들이 제법 있습니다. 그 사 람을 데리고 가던 형사 같은 사람들도 그러니까 육창주 선생을 이 원지서로 데리고 가다가 의평리 쯤에서 형사가 나 저 마을 좀 들 어갔다 올 테니 여기 있어라, 했다는 거예요."

"도망가란 얘기 아녜요?"

"그렇죠. 도망가란 얘긴데 이 양반 하는 소리가 니가 뭐 잘못한 게 있냐. 도망을 안 가서 끌려갔다는 거고. 나중에는 월전리 말무덤재에서 돌아가셨다, 이런 얘기가 있죠. 그건 뭐 확인할 방법이 없는 거고. 그래서 확인을 못했고. 아들이 있는데 지금 대전 사시는데 그분이 그 당시에 아홉 살 때라고 해요. 그분은 지금도 살아 있을 거예요."

"그러면 지금 칠순? 70대 중반 정도 되셨겠네요."

"그 때 아홉 살이었으니까 대충 뭐."

"제가 뭐 그분한테 연락하고 뭐 그럴 입장은 아니고요. 지금까지 해주신 말씀까지만 들어도 제게 큰 도움이 됐습니다. 후손들은 5월 28일을 육창주 선생의 제삿날로 모시는 모양인데 인터넷에도 음력인지 양력인지 확인하지 않고 5월 28일까지 살았다고 하거든요. 음력이라 치고 양력을 환산해보니 7월 13일. 혹시 끌려간 날 아닌가요? 이게 맞는다면 육 선생의 기일은 양력으로 7월 15일에서 20일 사이 돌아가신 것 같습니다."

"그래요? 한번 따져봐야겠네요. 보도연맹에 관련된 사람들은 최 선생님이 말했듯이 아직도 헤어나지 못하고 있어요. 얘기를 안 해요."

"몇 년 함께 지내면서 편안해지니까 저때의 얘기를 외부 사람들에게 맘 놓고 하는 거지요. 당시 열두 살이었던 사람은 말을 거리낌 없이 그냥 막 했어요. 한분은 겨울 피난 지나고 군대를 갔어요. 그 나이 정도에 있는 사람은 얘기를 못하게 그거 뭐라 얘기 하냐고 하지 마, 하면서도 슬금슬금 동네에 있던 좌익의 대장은 누구고, 빨치산 때 누가 죽었고 그런 얘기들을 다 해주는 거예요. 20대였던 사람들은 트라우마가 있었고 10대였던 사람은 트라우마가 적었던 것 같아요."

"아무래도 그랬겠죠? 뭔지 몰랐던 거겠죠? 의문사진상규명위원회에서 가족이 확인된 사람이 오륙십 명이 돼요. 보도연맹 보도를 처음 한 게 1994년도인가 그래요. 그 당시에 처형되기 전날 탈출한 사람이 있었어요. 그 양반이 하신 말씀을 들어보면 경찰서에 잡혀있던 사람들이 오륙백 명은 족히 됐대. 그런 것들로 봤을 때 유족들이 신고하고 확인된 경우만 희생자 오륙십 명 정도가 되는 거죠."

"10분의 1밖에 안 되는 거네요."

이 이사가 말을 이었다.

"다른 지역은 유족회가 나서서 역할을 해서 재판을 해가지고 8천만 원씩 보상을 받고 그랬는데 옥천 지역은 아직 그런 건 없어요."

내가 팔을 걷었다.

"제가 아는 대전에 사는 분도 아버지가 보도연맹원이라고 저리

183

된 거예요. 무슨 일이 터지면 저보고 너 운동권이지, 그러는 거예요. 마구잡이로 저를 빨갱이 취급하는 거예요. 그 부모는 면에 갔다가 경찰이 너 그냥 보도연맹에 가입해라. 그러면 쌀 두되 주겠다, 그래서 가입했다가 6·25 터지고 나서 붙잡혀 죽은 건데. 그렇게 죽었으니까 법적으로는 빨갱이 집안이란 말예요. 쌀 두되 때문에 평생 빨갱이집안이라고 제약을 받으며 살았으니까 억울할 텐데 마음으로는 자기가 빨갱이가 아니라는 걸 계속 말해야 되는 그런 어떤 덫에 걸려있었나 봐요. 그러다 보니까 멀쩡한 사람에게 운동권 되지 마라, 빨갱이 되지 마라 그러는 거죠. 누가 그러더구먼요. 극한의 공포와 두려움을 줌으로서 반공독재정권이 계속 존속하게 해주었다. 그런 말도 있대요."

"참 어려운 얘기인데 어쩌면 그런 약발이 떨어질 때마다 큰 사건을 일으킨 게 아닐까 의구심이 들어요. 하우스만이란 사람 얘길 들어보면 그가 1981년 때까지도 있었다 하잖아요. 5·16에도 관여했다고 했는데 광주 학살에도 관여 안 됐을까요? 어차피 군을 움직이려면 전시작전권이 있는 미국의 동의 없이는 불가능하다 보이거든요. 진실이 무엇일지 참 상상하기도 싫어져요."

"저도 그 생각을 했습니다. 정말 공산주의를 극히 싫어해서 공산주의자 근처만 가도 잡아 죽인 게 사실이라고 한다면 현대사를 다시 써야 될 것 같습니다. 국가 시스템이 아닌 보이지 않는 손이

한 국가를 쥐락펴락했다면 이건 큰 문제인 것 같습니다."

내가 화제를 바꾸어 이 이사에게 물었다.

"앞서 육창주 선생을 끌고 가던 형사가 의평리 쯤 어디서 풀어 주려고 했다는 말씀을 하셨습니다. 제가 아는 얘기에도 보도연맹 학습이 있다 모이래서 그날 창고에서 자라고 했는데 한 사람이 집에 가서 소여물 좀 주고 오겠다고 하니 경찰이 그리 하라 했다는 구먼요. 도망가라고 한 거죠. 그 양반은 별일이야 있겠나 하고 다시 창고로 왔다가 이튿날 변을 당했다고 합니다. 의외로 그때 사람들이 아직 전쟁을 겪지 않아 순박했다고 할까 그런 면모가 보입니다. 경찰도 그렇고요."

"저도 그렇게 생각합니다. 전쟁이, 학살이 사람들을 공포에 떨게 하고 정신적으로 후유증에 시달리게 하여 국민들과 어떤 토론과 상의 없이도 지도집단이 마음대로 농단을 해도 누구도 대거리할 수 없게 만드는 계기가 된 것 같습니다."

거포리 연가

·
·
·
·
·
·

한국전쟁 전에 순박했던 한국 국민과 한국 경찰에·대해 내가 관심이 있어해하자 이 이사가 나의 눈을 살폈다.

"백남춘 선생은 청성면 거포리에 살았습니다. 일제 강점기 대전 공전 나올 정도로 대단했다고 해요. 해방이 되면서 이장 일을 맡아 보는 등 마을에서는 큰 일꾼으로 사람들이 기억하고 있어요. 이분이 보도연맹에 가입하게 된 건 도장 하나 잘못 찍어준 죄밖에 없다는 것이었죠."

"누가 도장 찍어달라고 하면 거부하기가 힘들 때도 있지요?"

"저분보다 세 살 아래인 사촌의 이야기로는 저 양반은 좌익이고 우익이고 아무런 활동도 하지 않았던 사람이라고 해요. 마음이 약해서 도장 찍어준 죄밖에 없는 사람이라고 하더군요. 그도 그럴 것이 그 양반은 어딜 나다니지 않고 마을 이장만 보며 돈 쓸 일 생기면 자기 돈도 써가며 일하다 보니 동네에서 인심을 얻었다고 해요. 보도연맹 맹원으로 가입하라며 도장 받으러 다닌 사람들이 이런 말도 했다고 해요.

─도장 찍지 않으면 나중에 인민군들이 들어와 죽일 거요.
그러니 소름이 돋는 거죠. 안 찍어줄 수도 없고. 그 사촌이란 사람
은 죽어도 못 찍는다고 끝까지 거부했대요. 그리고 나중에 보니
도장을 받으러 다녔던 사람들은 전쟁이 나고 몸을 피하거나 자진
해서 인민군을 찾아가는 바람에 이 사람들은 거의 피해를 입지 않
았다고 해요. 보도연맹 맹원 학살이 죄 없는 농민과 민간인 학살
이기도 한 경우가 많다는 거죠. 열심히 마을 이장일도 보던 그가
사변이 터지고 나서 새벽에 찾아온 경찰 보고 잠옷 바람으로 집을
나섰다고 해요. 동네사람들이

　─옷은 갈아입고 가지.

하며 달아날 시간을 주어도 고지식하게 파자마 바람으로 따라갔
다고 해요. 심지어 경찰이

　─잠옷 바람에 담배가 없을 테니 담배나 좀 사오세요.

하고 경찰이 돈을 주면서까지 달아날 시간을 주려했으나

　─담배는 챙겨왔어요.

하며 경찰에게 딥다 담배가 없으면 피우라며 담배까지 권했다고
하더군요. 그만큼 죄 없는 사람을 어찌 하랴 하고 고지식하게 나
라를 믿은 사람들이 있었던 거죠. 그때 경찰이었던 장 선생이 이
렇게 말했어요.

　─그 양반 나보다 한 살 위인데 학교는 같이 다녔어요. 법 없이

도 살 양반이었어요. 도장 한 번 찍어주었다고 아무런 잘못도 없는데 데려다 죽었다는 사실인데 희생자 가족들에게는 그런 억울한 죽음이 어디 있겠어요? 그런 것 때문에 전쟁 중에, 전쟁이 끝나고도 좌우로 나뉘어 무고한 사람들을 죽이는 계기가 되고 만 거죠. 역사적으로도 가장 큰 실책 중의 하나라고 생각합니다."

"안타깝네요."

"장 선생이 백남춘 선생을 구하지 못해 아버지로부터 혼났다고 그러더군요. 당시 전쟁 중 계엄 상태라 모든 걸 헌병대가 주관하고 나서서 경찰로서는 한계가 있었죠."

나중에 백남춘 선생의 제삿날을 몰라 날짜를 점쟁이에게 택일해달라고 해서 지내고 있다고 했다. 그날이 음력 6월 13일. 나는 나중에 음력 양력 변환기로 따져보았다. 양력으로 1950년 7월 27일이니 저분이 월전리에서 돌아가셨다면 적어도 일주일 앞서 제사를 지내야 할 터였다. 7월 20일까지 월전리에서 학살이 있었고 7월 27일은 이미 인민군 손에 옥천이 떨어졌으니 말이다.

"참 순박하고 국가권력에는 순응하는 착한 국민 아닌가요?"

"우리가 전쟁을 겪지 않았다면 순수하고 순박하고 예의바르고 경우에 바르고 그런 우리 민족이지 않았을까요?"

나는 생각해 보았다. 착하고 순박하고 거짓이 없고. 그러다가 든 생각이 같은 동네 사시는 대관 성님, 진관 성님, 승헌 성님 같은 분들인데. 아, 내가 살고 있는 곳이 천국이었구나, 하고 생각하기 시작했다. 그런 사람들을 잡아다 가두고 트럭으로 실어다학살을 하는 살인집단이 이 나라에서 야차? 갑자기 야차는 염라대왕의 명을 받아 죄인을 벌하는 옥졸이라는 생각이 들어 잘못이란 생각이 들었다. 저들이 누구의 정당한 명을 받은 게 아니니 야차라기보다는 악귀라고 부르는 게 옳게 생각이 되었다. 야차나망나니가 제도권에서 법에 따라 사형을 집행하는 사람이라고 한다면 악귀는 법 위에서 법을 무시하고 사람을 죽이는 존재들이었던 것이다. 현지에서 근무하는 착한 경찰과 순박한 사람들. 뜬금없이 마른하늘에 날벼락 같이 들이닥친 외부 살인악귀들은 교육이 있다고 모인 사람들이 죄가 있는지 없는지 따지지 않고 무조건 죽이고 기름을 뿌려 태워 죽인 저 만행을 누구도 용서하면 안될 것 같았다.

킬러, 그녀

. . . .

   이 이사와 헤어져 집에 오니 희선 씨는 이미 집에 와 있었다. 그녀는 피 묻은 옷을 욕실 밖 거실에 벗어놓은 채 욕실 안에서 샤워 중인 모양이었다. 이전 같으면 피 묻은 옷을 욕실 안에서 빨았을 터인데 내가 외출하고 혼자가 되자 그녀는 매미처럼 그 증거 허물을 벗어놓고 알몸만 나와 날개를 말리는 중이거나 비에 맞거나 흙탕물에 노배기 한 날개를 씻기 위해 샤워를 하는 거라 생각이 들기도 하였다. 욕실 밖의 기척을 들었는지 그녀가 욕실 문을 열었다. 나를 쳐다보았다. 그녀 눈은 핏발이 서있었다. 입을 벌리면 뱀의 혀 같은 것이 나와 내 입을 핥고 피를 빨아먹을 것 같았다. 이제 오세요? 저 옷 좀 빨게 건네주세요, 하고 그녀는 내게 천연덕스럽게 말했다. 그녀는 아직 사람의 말을 하고 있었다.

   그녀가 남자를 죽이는 방법은 무엇일까 궁금했다. 그녀는 오늘 일을 일찍 끝내고 온 모양이었다. 혹시 오늘 그녀가 또 어딘가로 데려다 달라고 한다면 몰래 뒤를 밟아볼 생각도 났다. 참으로 머릿속이 복잡하게 돌아갔다. 이건 살기 위해, 아니, 살아남기 위해 유전자에 내장된 기본 옵션일지도 몰랐다. 그녀는 진짜 킬러일까? 킬러는 흔적을 남기지 않는 재주로 계속 생존할지도 모른다는 생각이 들었다. 피를 묻히고 오고 피비린내를 풍기며 다니고 이건 킬러의 기본이 안 된 거라는 생각도 들었다. 무엇 때문에 저녁마다 나가 그 험한 꼴을 하고 집으로 돌아올까 나는 그 한마디 대답을 어디서도 구할 수가 없었다. 그녀에게 직접 물어도 되겠지만 언감생심, 불가능한 일을 내게 누구도 주문하지 않기를 바랐다. 나는 그녀가 건네 달라는 피 묻은 옷을 그녀에게 들려주고 안방으로 왔다.

나는 이제 희선 씨의 알몸을 보고도 어떤 감흥도 없어졌다. 그녀가 나를 때리려 든 회초리 때문만은 아닌 것 같았다. 잘못 건들면 그녀가 나를 죽여줄 것 같기도 하고 또 죽여 놓을 것 같기도 해서도 아니었다. 공포는 배에 가스로 차 더부룩하게 만들었다. 아니 그녀가 준 공포가 내 뱃속에서 내 유전자와 결합하여 어떤 괴물을 임신하게 하고 있는 듯 배가 불룩해져 왔다. 온도와 압력에 있어 두 가지 모두 상승하면서 높아진 복압은 약해진 괄약근을 희롱하며 출산의 기쁨을 맛보게도 해주었다. 높아진 온도는 체온 상승으로 변환되어 냉각장치가 급히 가동되며 온몸에 땀이 나게 했다. 진땀은 어떤 성적인 요인에 의해 일어난 것이 아니라 내가 속한 지구과학 시스템의 일부로 온도와 압력, 시간의 함수일 뿐이었다.

그녀가 빨래를 다 마치고 오늘 따라 새로 보는 속옷을 입고 욕실 밖으로 나왔다. 선풍기를 들어 머리를 말리고는 2층에 가 실크 잠옷 차림으로 내려와서 거실 밖으로 나가 의자에 앉았다. 비가 그친 터라 약간 선선했지만 그녀는 빨간 립스틱을 칠한 입술 사이로 담배를 물었다. 이 타이밍에 나는 담뱃불을 붙여주어야 하는 것이었다. 그것을 기다리는 듯이 보이다가 그녀는 라이터로 담배에 불을 붙였다. 우아. 참으로 근사했다. 나는 담배를 끊은 지 오래라 저 장면을 보며 근사해진 여성을 선망하기 시작했다.

어느 새 나는 여성화되고 그녀는 남성화되어 가는 듯이 느껴지기도 했다. 그렇다고 본성을 바꿀 수는 없다고 나는 나 스스로를 위로하였다. 나는 어떤 선택도 할 수가 없는 처지이었다. 한 달 전 일요일 오후 이원엣 마트에 가는 길에 오백거리에서 어떤 아주머니가 동동거리며 차를 세우기에 태워주었더니 그녀는 이원서 내리며 플라스틱 부채 하나를 놓고 내렸다. 거기에는 노 동성애라고 씌어 있었다. 그녀가 나를 어찌 보고 그런 상징물을 내게 전달하고 사라졌을까 많은 생각이 들었다. 물론 그녀는 그냥 놓고 내린 것이겠고 아마도 그녀가 다니는 교회에서 만들어준 부채를 들고 와 내 차에 놓고 내린 것일 뿐이었을 것이다. 허나 그녀가 내게 무슨 메시지를 전하고자 했다면 그 전제는 내가 남자를 좋아한다는 무례한 주장이고 다른 남자에게 수동적으로 몸의 일부를 내어주는 나약한 존재로 나를 규정했을지도 모를 일이었다. 그렇게 생각하니 참으로 무례하다는 생각이 들었다.

어느 시골길을 가다가 손을 흔들어 차를 세우자 태워 달라는 젊은 여성이 자동차와 자신의 모습이 담긴 사진을 찍고 차에서 내려 차를 태워준 착한 남자를 성폭행범 내지 성추행범으로 경찰에 신고한 사건을 떠올리게 하였다. 착한 호의를 이용하여 이런 짓을 한 그녀나 동성애를 하지 말라고 내 차에 부채를 놓고 내린 여자나 인간 망종임이 분명하였다. 나는 어떤 여자도 내 차에 태우지 않기로 했다. 설령 그녀가 70살 먹고 80살 먹은 할머니라도.

이 모든 것이 돈 많은 희선 씨가 꾸민 일이라면 그녀는 내가 다른 여자들을 만나거나 어떤 여성에 대해 일으킬 성적 흥분을 애저녁에 막아놓았으니 킬러인 그녀는 성공한 것이었다. 그녀는 진짜로 킬러일까? 사람을 죽이고 그 죽은 사람과 킬러 자신과의 관계를 추정하고 증명할 만한 어떤 데이터나 영상을 남기지 않고 바람처럼 왔다가 바람처럼 사라진다면 그녀는 진짜 천재 킬러일 것이다. 허나 그녀가 킬러라고 한다면 킬러치고는 너무 많은 물증을 온몸에 붙이고 있고 그도 모자라 줄줄 흘리고 다녔다.

목요일 풍물연습하고 왔을 때 피 줄줄 흐르는 살코기를 토막 내 먹던 그 섬뜩한 장면은 그럼에도 잊히지 않는다. 헌데 오늘 저 빨간 입술연지와 저 요염하게 문 담배는 정말 여성이 갖고 있는 성

상징 모두를 보여주고 있었다. 부끄럽고 쑥스럽지만 그녀 곁에 가 앉았다. 그녀가 씩 웃었나. 그리고 깊이 빨아들인 담배연기를 내 게 후 하고 불어냈다. 어찔하였다. 이렇게 몸집이 후덕한 여인이 날렵하게 남자를 죽인다? 설령 그녀가 그런 행동을 했다하더라도 이제 그건 말도 안 되는 일이기에 머릿속에서 지워야 한다. 어떻 게 그런 여자가 힘센 남자를 죽이냐고 물으면 할 말이 없을 것도 같아 무조건 그런 엉터리 기억은 지워야 한다고 생각되었다.

　—나는 보았지만 본 것이 아니고 나는 들었지만 들은 게 아 니다.

　누군가 내 머릿속에 들어와 이 소리를 다섯 번 되풀이하라고 하 고 있었다. 그녀가 내게 새로운 마법을 거는 듯도 했다. 최면 속인 듯도 했다. 그녀가 입을 뗐다. 월요일부터 배낭을 메고 산에 가자 고 했다. 이 무슨 생뚱맞은 주문인지 몰랐다. 내가 전혀 생각해 보 지 않은 곳의 허를 그녀는 예리하게 찌르고 들어왔다. 와, 그녀는 킬러 맞았다. 배낭과 침낭, 식사도구, 식품은 모두 준비했으니 걱 정 말라고도 했다. 비록 지질학자라 자주 산을 타고 일을 했지만 보름만 타지 않아도 목에서 대패 긁는 소리가 쌕쌕 나는 건 다 아 는 사실인데 연말 겨울 나고 산을 한 번도 타지 않았으니 나는 죽 었다고 해야 했다. 그녀에게 내일 손님들이 온다고 말했다. 그랬 더니 잘됐다며 월요일 점심 때 보자고 했다. 그러니까 일요일엔 숙제가 없는 것이었다. 해방이었다.

무슨 공부를 했는지 희선 씨가 뜬금없이 동학혁명에 대해 말했다. 동학혁명이 일어나던 때 동학농민군이 최시형 선생의 외손자 정순철 선생 고향, 청산에서 정부토벌군과 일본군에 맞서 싸우기도 했단다. 이때 체포된 300여 명의 동학농민군이 일본군과 정부군에 의해 무참히 살해당했다. 조선 정부가 끌어들인 일본군에 의해 조선 사람 300여 명이 학살된 것에 희선 씨는 분개했다. 학살이 6·25 때만 일어난 게 아니고 이미 있었다.

해방 후 청산에 청년단이 들어왔다. 그리고 세를 불렸다. 전통적으로 반외세운동을 해왔던 청산 사람들은 이런 우익테러집단을 용납하지 못했다. 그러다 보니 저들과 충돌하면서 청산 사람들은 좌익으로 몰리고 저들은 당당히 우익이라고 우기는 일도 있었다. 지금도 자신들을 지지하지 않으면 종북이니 좌파빨갱이라고 부르는 집단이 있는 것이나 마찬가지라며 희선 씨는 분노를 참지 못했다. 자신들이 법 위에 있는 폭력집단이라는 걸 숨기기 위해 보다 좋은 게 어디 있을까? 해방 공간에서 공산당이다 빨갱이다 몰기만 하면 그냥 죽음을 내려도 죄를 추궁하지 않는 시스템은 칼과 몽둥이를 든 집단에게는 유토피아이었을 거라고 그녀는 말했다. 나처럼 그런 우익에 속한다 생각한다면 크게 두려울 게 없었을 게다. 그 핵우산에 자진해서 들어가면 언제 있을지 모를 핵공

격으로부터 보호를 받을 수 있을 뿐만 아니라 그 영역에서는 학살이나 처형이 주는 죄의식이 모두 증발해버리는 탈죄, 무죄 판결이 내려지는 곳일 수도 있었을 것이다. 그녀는 내 사고방식의 허를 곳곳이 찾아 찌르고 있었다. 그녀는 킬러 맞았다.

여든넷과 쉰일곱과 마흔 다섯

일요일 늦잠을 자고 있는데 거실문 두드리는 소리가 요란했다. 맞다. 오늘 어르신들과 보신 계 하러 가야 한다. 나는 희선 씨를 깨웠다. 그리고 밖에 나가 어르신들을 맞았다. 옷 좀 입고 나오겠다며 잠깐만 계시라고 했다. 부스스한 차림으로 희선 씨도 따라나섰다.

오늘 누가 유사냐고 내가 묻자 대관 어르신이 본인이라고 대답했다. 지프차는 누가 뭐라고 하지 않았는데도 적등강 이원대교를 건너 원동삼거리에서 좌회전하여 영동을 향해 크루즈 운전을 했다. 곧 영동의 대호식당 앞에 섰다. 무슨 일인지 2년 단골 식당 출입문에는 휴업한다고 쓰여 있었다. 몇 년간 잘해 주던 단골이 기별도 없이 끊어진다는 건 참으로 슬픈 일이었다. 우스갯소리도 잘 하시던 병식 어르신이 갑자기 서울로 가서 입원하고 기별이 없는 거나 다름없었다. 허나 어쩌랴? 그럼 딴 데로 가자고 유사가 말하자 여러 사람의 얼굴을 보던 내가 제안했다. 오랜만에 콩나물국밥에 모주 한잔 하러 가면 어떠냐? 가격은 6천원 더하기 천오백 원 해서 7천오백 원이라고 설명했더니 모두 동의했다. 얼마

전 새로 생긴 식당으로 지프차는 향해 갔다. 주인이 나를 반겼다. 혼자 자주 와서 먹었기로 벌써 단골로 대접하였다. 다섯이 자리를 잡았다.

남부식 순한 맛으로 다섯과 모주 다섯 잔을 주문했다. 혹시 몰라 고춧가루나 다진 양념도 좀 달라고 했다. 전주 콩나물국밥에는 남부시장식과 끓이는 식이 있었다. 뜨거운 걸 그리 좋아하지 않는 나는 남부식, 남부시장식을 주문하곤 했다. 긴 접시에 담은 반찬에 모주가 도착했다. 유사의 구령에 따라 위하여, 하고 모주를 마셨다. 승헌 어르신이 술맛은 나는데 취하지 않는다고 신기해했다. 대관 어르신은 당신에게 모주가 좋다고 했다. 콩나물국밥과 달걀이 따뜻한 그릇에 담겨 내왔다. 눈을 끔뻑거리던 대관 어르신이 어떻게 먹는 거냐 말씀하기에 내가 반 익어가는 달걀을 잡숫고 여기에다 콩나물국밥을 덜어 저기 김을 하나씩 얹어 싸 드시라고 말씀 드렸다. 모두는 신기한 듯 새로운 맛을 즐기고 있었다. 유사가 한 마디 했다.

"이렇게 먹는 것도 해롭지 않네. 잘 먹었어. 돈 여기. 내."

유사에게 직접 내도록 내가 채근했다. 이거 내가 사는 거야, 하는 기분을 누구도 빼앗으면 안 된다고 생각되었다. 수다를 곁들인 맛있는 식사를 마치고 모두는 지프차에 올랐다. 손님이 오기 때문에 어디 여행은 하지 않기로 말씀을 드렸다. 모두 동의한 편에서 집을 향해 달렸다. 내가 생각건대 오늘은 어르신들이 올 적 갈 적 어서실에 대해 한마디도 하지 않았다. 여든넷의 대관 어르신과 진관 어르신은 쉰일곱의 내가 아들뻘 됨에도 서로 형님동생하며 공존하는 것이 적등강 마을에서만 가능할 일일지도 몰랐다. 그리고 서로의 외로움을 없애주는 특효약이기도 했다. 희선 씨가 아침 겸 점심으로 콩나물국밥을 먹고 대전에 다녀오겠다고 했다. 월요일 오후에 산에 가는 거 잊지 말라고 신신당부했다.

오후 아닌 저녁

:::::::::

    보름 전에 서울서 오기로 약속한 손님들이 오는 일요일. 그녀들은 오후에 와서 자고 내가 출근하는 길에 다시 기차를 타고 서울로 가기로 했다. 이제 열흘간 휴가를 낸 터라 문제될 게 없었다. 아침 식사를 하고 빵 반죽을 해놓고 교회를 갔다. 그리고 서울에서 온다는 손님을 맞으러 갈 참이었다. 시계바늘은 오후 두 시 반을 넘어가고 있었다. 손님 마중 하러 가야하는데 이렇게 송곳증이 나본 적이 없었다. 이럴 바엔 대전역에 가서 기다리는 게 차라리 낫다는 생각이 들어 나는 채비를 하고 대전역으로 떠났다. 희선 씨도 출타중이니 눈치 줄 사람도 없었다.

    일요일 오후, 대전역 동광장엔 주차할 공간이 없었다. 차를 돌려 하상 주차장에 차를 세워두고 역 대합실로 갔다. 어디를 가는 사람, 어디 갔다 오는 사람을 배웅하러 온 사람, 애인 기다리는 사람, 멀리 다녀오는 엄마 아버지 기다리는 사람, 그냥 심심해서 전광판 텔레비전을 보려고 앉아있는 사람 등등 다양할 것 같았다. 맞다. 나처럼 굳이 안 만나도 되는 셋을 마중하러 오는 사람도 있구나 생각이 들었다.

저마다 사연이 있겠지만 그들은 인터북에서 서로가 쓴 글을 읽고 이를 테면 내 귀촌일기와 같은 글에 관심이 생겨 내가 살고 있는 동네를 보고 싶은 것이었다. 인터북에 프로필 사진이 대개는 포토샵의 혜택을 많이 입은 경우가 있어 실제 만나면 실망을 할 수도 있었다. 사람을 만나기 30분전 떨리고 기대되고. 마치 해질녘 박명 때처럼 자동차 헤드라이트를 켜도 안 보이고 안 켜도 안 보이는 기간. 육풍에서 해풍으로 바뀌는 바닷가의 조용한 기간인 아침뜸. 누구는 morning calm, 아침뜸을 조용한 아침의 나라로 조작하고 싶어 손을 댔을 것이다. 이 시간은 사람의 심장을 더 벌렁거리게 하고 있었다. 벌렁거림은 설렘과 달라 진정 오래 함께 만날 사람들이라면 지양해야 할 것이라고 이 순간 나는 생각하고 있었다. 드디어 천연색의 세 여성이 나를 알아보고 손을 흔들며 다가 왔다. 김수정 시인이 나를 끌어안고 그녀 나름의 인사를 했다. 오래 기다리셨지요? 반갑습니다. 오래 만난 친구나 가족 같다고 말했다. 강금숙 시인이 나에게 손을 내밀었다. 그녀는 늘 전화로 나도 대관 성님 같은 이가 있었으면 좋겠다고 했다.

오인순 시인이 자신이 셋 중에 제일 젊다며 물론 나보다 한 살 위라고 말했다. 아뿔싸, 나는 누님 같은 분 셋을 모신 것이었다. 나는 하상주차장까지 세 자유인을 모시고 지프차에 왔다. 오 시인 보고 앞에 타라고 했더니 김수정 시인은 벌써부터 눈이 맞았다며 나이 들었다고 구박하는 거 아니냐고 핀잔을 주었다. 하하 웃으며 나는 당연하다는 듯이 손님들을 모시고 집으로 향했다. 그간 희선 씨란 독재자―실제로 그런 행위를 한 적이 별로 기억에 없지만 ―밑에서 살다가 오랜만에 일상으로 복귀한 느낌이 들었다. 집에 와 차탁 위에 놓은 빵 반죽을 보니 부풀어 넘치고 있었다. 나는 환호성을 지를 뻔했다. 오늘 빵 반죽은 최고다. 강금숙 시인이 포카챠 해달라고 어린양하듯 주문을 했다. 아무런 토도 달지 않고 빵 반죽을 떼어 안반에 펴고 네모나게 납작하게 누르고 접고 치대고 누르고 접고를 되풀이했다. 전 같으면 아주 납작하게 구어 마치 구운 파전이나 적처럼 구울 수도 있다. 그런 이태리 빵이 삐따다. 나는 약간 도톰하게 반죽을 만들었다. 반죽을 빵 트레이에 넣었다.

　가장 나이 덜 먹은 여성 분 오라고 했더니 아무래도 자기가 제일 정신연령이 어린 것 같다며 금숙이 왔다. 손가락을 피아노 치듯 자세를 취하고 반죽에 구멍이 날 정도로 콕콕 누르라고 말하자 금숙은 말이 떨어지기가 무섭게 반죽에 구멍을 냈다. 이제, 오 시인보고 오라고 했다. 곁에서 거동을 보고 있다가 달라 들었다. 손가락 끝에 소금을 쥐고 비비듯이 홈마다 뿌리라고 하니 그대로 따랐다. 그리고 컵 안에 있는 로즈마리를 살살 반죽 위에 뿌렸다. 인순이 마치자 나는 빵 트레이를 전기 오븐 안에 넣고 스위치를 켜고 온도를 최대로, 시간을 20분 정도로 하여 빵을 굽기 시작했다. 그리고 나는 손님들을 탁자로 모시고 마실 것을 대접했다.

확 분산되는 로즈마리 향과 노릇노릇 자글자글 익는 빵의 모습은 한껏 침샘에 침이 고이게 하였다. 문을 닫고 조금 있으니 타이머 소리가 땡 하고 났다. 내가 빵을 꺼내 쟁반에 놓고 잘랐다. 그리고 꿀단지를 기울여 꿀을 종지에 담았다. 앞앞에 두 쪽씩 돌아가도록 자른 터. 그들은 주인이 해주는 대로 음미하며 먹었다. 그리고 닭요리를 준비했으며 옻이 오르지 않는 참옻 팩 하나 넣고 삶으면 옻닭이 된다며 옻을 심하게 타는 사람 있느냐고 내가 물었다. 아무도 대답이 없었다. 참옻은 옥천의 특산물로 자리 잡은 지 오래였다. 나는 가스레인지에 불을 댕기고 압력솥을 달구기 시작했다. 금숙이 1층에 내려다 놓은 안락의자에 앉았다. 흔들흔들 리듬을 타며 휴식을 즐겼다.

거실문을 열고 나간 수정이 우리 집 토굴을 본 모양이었다. 내가 6·25때부터 있었고, 인민군 공출 때 고구마나 감자를 숨겨 놓았던 데라고 설명하니 아주 신기해했다.

"역사라는 게 이런 흔적들 때문에 지우려 해도 지울 수 없는 것인지도 몰라. 안 그래요?"

"그럼요. 전통이 그대로 지켜지는 고장이니 이게 남아있지 자고 일어나면 빌딩이 서는 대도시에서는 불가능한 일일 거예요.

수정 성님." 하고 인순이 대거리를 해주었다. 나는 그녀들 사이 호칭을 첨 들어보았다. 압력솥을 잘 채우고 가스레인지에 올린 뒤 불을 붙였다. 가스 불에 압력솥의 고기가 푹 익기를 기원했다. 한 20분이 지나자 압력솥은 높은 압력으로 수증기를 뱉어내기 시작했다. 압력솥이 식식거리는 소리와 함께 이상한 소리가 났다. 안락의자에 앉았던 금숙에게로 모두의 눈이 쏠렸다. 눈이 동그래져 무슨 일이 있나 주의를 집중하고 있었다. 잠꼬대를 했다. 그때 금숙이 식은땀을 흘린다며 수정이 인순더러 깨우라고 했다. 인순이 흔들어 금숙을 깨우자 뭔 일이냐는 듯 금숙이 일어났다. 내가 압력솥 소리가 커서 잠을 못 주무셨냐고 눙치듯 말하자 수정이 거들었다.

"너 부부 싸움하는 꿈꾸었지? 그런 꿈은 집에 가서나 꾸어라. 박 서방하고 뭐 서로의 자유를 찾아 살면서 무슨 싸움이래니?"

강 시인은 자신이 꾼 꿈 얘기를 했다.

"미군들이 지프차 타고 다니며 쪼코렛 달라는 아이들에게 먹이 던져주듯 하는 데 쫓아다니며 하나 얻어먹지 못하고 흙먼지 날리는 속 뛰어 다니다 깼네요. 이게 참 뭐래?"

"개꿈 제대로 한편 꾸었구먼. 잘 했어, 얘. 아직 닭 익으려면 시간이 있으니 더 자서 쪼코렛 하나 얻어먹고 와."

하고 수정이 빈정대자 인순은 키득거리며 웃고 있었다.

"저 의자에 앉아 자면 흉몽을 꾸곤 했는데요." 하고 내가 말하자 금숙이 "그게 무슨 소리예요? 이 의자, 귀신 붙은 의자예요?" 하고 물으며 놀라 안락의자에서 금숙이 일어났다. 인순이 걱정 말고 더 자라고 말했다. 금숙은 다시 의자에 앉았다. 닭을 삶는 압력솥이 수증기를 뿜는 소릴 더욱 내자 나는 가스 불을 줄였다. 그 사이 나는 식탁에 상차림을 시작했다. 와인 잔 넷이 먼저 자리를 차지했다. 접시를 하나씩 놓은 뒤 가운데에 큰 닭찜을 올릴 셈이었다. 그리고 김치를 비롯하여 밑반찬을 놓았다. 그 사이 또 코고는 소리가 들렸다.

수정이 "쟤, 되게 힘들었나보다. 정말 힘들게 남편과 떨어져 사는가 보다. 인순아, 담요 좀 갖다 쟤 좀 덮어줘라." 하고 말하자 걱정도 팔자라며 인순이 안방에 있는 얇은 이불을 가져다 금숙을 덮어주었다. 나는 이들이 다정한 세 자매 같고 그런 사람들이 우리 집에서 하루 묵게 되어 기뻤다. 나는 압력솥엣 내용물을 끓이던 가스 불을 껐다. 그리고 옆에 있던 아욱국에 불을 붙였다. 그리고 대파를 숭덩숭덩 잘라 넣었다. 전기밥솥을 보니 잘 있다고 눈짓을 하고 있었다. 식탁에 잠시 앉아 닭찜의 뜸을 들이고 앉아있는 사이 나는 안락의자에 앉은 금숙이 또다시 식은땀을 흘리고 있는 걸 보았다. 여인인지라 조심해서 팔뚝을 살짝 잡고 흔들어 깨웠다.

"참 이상하네. 왜 개꿈을 계속 꾸는 거지? 내가 아이를 업고 보따리를 이고 개울인지 강인지를 따라 막 도망가고 군인들이 쫓아오는 꿈이었어요. 하도 힘들게 쫓아와 보따리를 버리고 달아나는 꿈이었어요. 그 애기가 여기 있는 형진 씨고."

인순이 무슨 꿈을 그리 요란하게 스테레오로 개꿈을 꾸느냐고 핀잔을 주었다. 그러자 믿겨지지 않으면 예서 한번 자 보라고 금숙이 인순에게 말했다. 여러 명이 한 사람을 바보로 만들기는 참 쉬웠다. 나도 가끔 비슷한 꿈을 꾼다고 거들었다.

"정말이죠? 거 봐라. 인순아. 최 시인님도 그렇다고 하잖아."

"자, 다 시끄럽고 맛있는 저녁 식사에 집중합시다. 자, 다 준비된 것 같은데 최 시인님 아욱국 가스 불은 내가 끌게."

잊고 있던 아욱국 까딱했으면 다 태울 뻔했는데 수정이 가서 껐다. 내가 압력솥 코크를 돌려 칙 수증기를 빼며 기다렸다가 뚜껑을 열었다. 그리고 솥 째 식탁 가운데에 놓았다. 그러자 모두 자리에 앉았다. 냉장고에서 와인을 꺼내왔다. 여성들이기에 닭고기와도 그리 부조화되지 않는, 향기롭고 달착지근한 갈기산 양조장의 하얀 와인 스위트 한 병을 따서 수정, 금숙, 인순 순서로 와인을 따른 뒤 나는 내 잔을 채웠다.

"이렇게 먼 길을 와 주셔서 고맙습니다. 내내 건강하시고 우리의 끈끈한 관계 오래토록 지속되길 기원합니다. 건배!"

모두는 건배를 외치고 와인을 입에 부었다. 수정이 날렵한 포도
주병을 보고는 쥐고 들어보았다. 내가 설명을 했다.

　—머루포도로 만든 거라 아이스와인이라 해도 돼요. 내가 어
릴 때 신탄진에 살았는데 온통 포도밭이었어요. 다 품종과 맛이
달라 강포도니 김포도니 했어요. 지금 옥천의 포도는 신탄진처럼
그냥 먹는 거. 영동 포도는 거의 와인용으로 쓰여요. 특히 머루포
도는 당도도 높고 대단히 유명해요. 갈기산, 백마산, 둘레 와인,
시나브로, 벼리 와인과 같은 영동 와인은 이제 세계수준에 올랐어
요. 저도 유럽에서 4년 동안 살며 와인 맛을 조금 본 편인데 영동
와인, 유럽에 내놓아도 손색이 없어요.

　입에도 짝짝 붙는 게 꽤 맘에 든다고 인순도 말했다. 이제야 잠
에서 깬 듯 금숙이 한마디 했다. 오늘 처음으로 제대로 된 와인 맛
도 보고 인터북으로 눈으로만 보던 빵도 먹고 정말 고맙네요. 감
사할 일이네요. 고맙다고 했다. 인순도 이렇게 괜찮은 국산 와인
은 처음이라고 했다. 내가 예전에 마시던 마주앙이 좋은 술이라고
하자 수정이 과거를 털어놓았다. "최 박사, 지금 뭐래니? 마주앙?
내가 마주앙 킬러였잖아. 참 남자들도 많이 만났지. 최 박사, 네가
내 마지막 남자다. 알았지?" 하고 말하자 인순이 "성님, 와인 한잔
에 취하셨수? 여기서 이러시면 안 돼요." 하고 핀잔을 주었다. 나
는 집개와 가위로 닭찜을 나누고 한 토막씩 접시마다 놓고 참옻

국물을 국자로 조금씩 떠서 접시에 담아 주었다. 인순이 남자가 해주는 음식, 정말 오랜만에 먹어보고 눈물이 나려고 한다 하니 금숙이 나와 인순을 번갈아 쳐다보았다.

"예순이 넘어서 여자구실도 못하는 것도 분한데 남자로부터 이런 대접도 못 받는다면 참 억울하지 않으우?"

"형진 씨, 우리 성님 좀 어찌 해줘요. 맨날 저러고 다녀."

밥과 아욱국을 찾는 사람은 없었다. 식사를 마치고 커피를 찾는데 커피믹스만 있다고 하니 포기한 듯 그거라도 끓이라는 말에 나는 커피포트에 물을 넣고 스위치를 넣었다.

저녁 지나 아침

∶

내가 깊은 속에 있던 말을 꺼냈다.

"사실 난 여기 살면서 어르신들을 모시고 이레마다 함께 식사도 하고 구경도 하러 다니는데 어느 곳을 갈 때면 올 적 갈 적 꼭 여기가 어디지 하고 되풀이해서 말하시더라는 거죠. 그게 뭔가 인터넷을 뒤져 보니 6·25전쟁 중 양민 학살과 관련된 곳들이고 학살 트라우마를 아흔이 다 되도록 가슴에 품고 살았다는 걸 느끼고 참으로 참담했습니다. 앞서 말씀 드렸지만 저도 모르는 일이 일어나고 있어요. 아무래도 잊고 있던 과거의 역사가 들춰져 사람들에게 잊지 말라고 하는 것 같아요."

그 사이 나는 컵 네 개에 커피 믹스를 풀고 전기 포트의 물을 부어 저은 뒤 식탁에 앉은 사람들 앞에 놓자 내 말을 듣고 있던 수정이 이야기보따리를 끌렀다.

"우리 외삼촌이 박헌영을 따라다녔대. 박헌영이 예산 출신이잖아. 한 고향 사람이라고. 그래서 우리 어머니가 보도연맹에 강제로 가입하고 전쟁이 터지자 트럭에 실려 어디론가 갔다는 거야. 그때 트럭이 잠시 멈추는 사이 사람들이 뛰어내리자 엄마도 뛰어 내렸고 헌병과 경찰들이 마구 구타를 했는데 물이 고인 곳에 뛰어 내린 엄마가 기절을 한 거야. 그러니까 죽은 줄로 알고 그냥 버리고 갔다는 거지. 그때 엄마가 임신 중이었는데 깨어나 도망가서 나은 게 우리 오빠래. 엄마 등을 보면 상처 자국이 많아."

그야말로 영화 한편의 스토리였다. 우리 주변에도 좌익과 관련된 사람들이 아직 있다는 게 놀라웠다. 금숙이 수정에게 골수 빨갱이 집안이었다고 하니 수정도 동의했다.

"그런 셈이지. 우리 집안에선 그걸 대단히 문제인 양 떠들지 않았어. 뭐 어때서? 사상의 자유는 헌법에 기록되지 않아. 왜? 천부자연인권으로 보기 때문이기도 하고. 가족 누구도 기를 죽인 적이 없어. 그래서 지금도 당당해. 사람을 죽인 게 아니라 살리려 한 운동이기도 했으니까."

보도연맹 학살 희생자 후손이 갖고 있던 그런 트라우마는 없었겠다고 금숙이 말하니 수정도 그렇다고 했다. 금숙이 자기 얘기를 했다.

"보수주의도 사실은 엄청 화려한 것이잖아요. 희생과 책임을 가장 큰 덕목으로 삼고 사회정의의 수호자이고 외국이 국가의 자존심을 건드는 꼴을 못 보고 그야말로 국가주의라고 할까 국수주의자여야 하는데 한국에서 우파라고 스스로 하는 사람들을 보면 일본을 참 좋아해요. 미국은 더 좋아해요. 그리고 어이없는 일은 한국과 미국 사이 이권이 대립할 때 한국이 양보해야 한다고 해요. 그래야 동맹이라고. 이건 우파도 보수주의도 아닌 것 같아요. 그러다 보니 요즘 그들이 좌파라고 하는 사람들이 차라리 우파다워 보일 때도 있어."

인순이 들어가 쉬겠다고 말하자 내가 잠자리 배정을 했다. 김시인, 강시인, 두 분은 위층에서 주무시고 오시인은 안방에서 주무시라고 했다. 인순이 나 대신 황토방에 가 잔다고 우기기에 보일러를 넣고 따듯해지는 데 시간이 걸리고 여자는 차게 자면 안 된다며 종용을 했다. 인순이 내 말대로 안방에 가서 잠을 청했다. 담요와 이불은 새 손님을 위해 미리 바꾸어 놓은 듯했다. 은은히 퍼지는 라벤더 향이 인순은 참 좋았다. 잠을 청했다. 내가 다시 식탁으로 오자 수정이 계속 이야기를 하고 싶어 했다. 그래서 옥천 일대 학살지에 대해 내가 말을 꺼냈다.

"이제 땅콩 농사를 한지 몇 년이 되어오니 동네 어르신들도 나를 가족처럼 대해주고 전쟁 때 무슨 일이 있었는지 시시콜콜하게 다 얘기해주시기도 해요. 이를테면 6·25 때 열두 살이던 분은 그리 트라우마가 크지 않고 마치 전쟁을 좋은 추억처럼 기억하고 있는가 하면 겨울 피난 때 쯤 군대에 들어간 분들의 경우는 전쟁을 생각하기 싫은 기억으로 여기는 것 같아요. 저희 고향에서는 그 조그마한 마을에서 보도연맹에 소속되었다고 여덟 명이 죽었지요. 그런데 사실 알고 보니 실제로 소속된 사람과 누군가 이른 사람들이 있다는 거예요. 겉만 보고 저 사람 분명 빨갱이인 게 분명하다든지, 자신에게 나쁘게 한 사람을 좌익인 양 이르는 거예요. 그러다 보니 본디 좌익이지도 않은 사람들까지 희생당했다는 거죠. 저희 고향도 저런 문제가 있어요. 그렇다 보니 경찰 앞잡이가 된 그룹과 반대 그룹 사이 제가 살 때까지 서로 품앗이도 안했어요. 평생 가는 거죠."

금숙이 내 손을 잡고 실긋하니 그만 하라고 했다. 내가 그녀의 근황에 대해 물었다. 그녀가 힘을 주어 말했다.

"시만 쓴다면 서정주가 되겠지요. 내 시를 지키기 위해 그에 합당한 행동을 해야 한다고 생각했어요. 유명한 시인이 노벨문학상을 받는 걸 보면 그가 쓴 시만이 아니라 그가 한 행위들에 대해 상을 주는 게 아닌가 생각될 때가 있어요. 옥천에 사는 임철규 선생도 저희와 함께 4대강 감시운동을 해요. 4대강에 보를 건설하고 하상을 파내며 어떤 생태계변화와 환경문제가 있는지 지속적으로 관찰하고 문제제기를 하는 거죠."

옥천에서도 그런 분이 있느냐 물으며 로컬 푸드 운동이니 해서 자치활동에 대해서는 조금 알고 있다고 내가 말했다. 수정이 금숙에게 내일 일정에 대해 물었다. 연락해봐야 한다고 금숙이 말하며 함께 가자고 했다. 내가 2층에 가서 잠자리를 보아주고 아래층으로 내려와 졸린 분은 올라가 주무세요. 저는 할 일도 좀 있고 조금 일 좀 하다 잘 테니까요, 하고 말하자 수정이 언제까지 혼자 이렇게 살 거냐고 내게 물어왔다.

"혼자 산다고 할 수 없지요. 오늘도 세 분의 손님이 계시고. 동네 어르신도 계시고, 길고양이 손님들도 있고. 뭐를 더 바라겠어요. 어차피 새로운 인연을 만난다고 해 봤자 또 다른 고통일 뿐이죠."

"나이 들어 혼자 사는 게 제일 속 편해. 몇몇 친구를 이렇게 사귀어 저녁에 수다 떨고 살면 최고지. 프랑스의 살롱 문화가 이런 것일 것 같아. 저녁에 모여 몇 가지 주제로 토론하고 의견을 나누고 그러다 보니 저녁이 풍성해지고 그 속에서 문화가 발전하겠지. 어느 때부턴가 사람들이 혼자 살도록 강요되는 모습을 자꾸 봐."

금숙이 시골에 살면 뭐가 좋은지 물었다.

"사람들은 공기 좋고 인심 좋고. 뭐 상투적인 얘기를 하는데요. 시골에 살아보니까 도시의 모습이 보여요. 도시란 게 대량생산, 대량유통, 대량이윤 추구를 위해 계획된 공간이잖아요. 그러다 보니 집단 거주형식이 필요하고 점점 아파트가 많아지는 것 같아요. 도시에서 가장 괜찮은 유형의 인간은 집과 사무실만 아는 사람일 겁니다. 스트레스를 받으면 술 한 잔 마시고 툴툴 털 수 있는 사람이면 더 좋고요. 굳이 이웃을 알려 하면 안 되고요. 헌데 시골에 살아보니 출장을 가거나 집을 비울 때가 있잖아요. 누군가 왔다 가기만 해도 전화가 띠리릭 와요. 이웃 모두가 감시자이면서 보호자인 셈이지요. 누군가 아프면 모시고 갈 사람이 필요하잖아요. 도시에선 119가 있으니 굳이 필요 없지만."

"그런 생각에 수월찮이 동의가 돼요. 시스템 밖에 있으니 그게 보이는 거지 시스템 안에서 계속 살면서야 그게 도통 안 보이는 거죠."

"프랑스에서 귀국한지 이제 20년이 다 돼 가요. 귀국하고 서울에서 사람들과 자주 모여 놀았어요. 하루는 술에 취해, 아마도 종로 1가쯤이었던 것 같아요. 사람들에게 물었죠. 나 서울 가야 하는데 어디로 가면 되냐고. 하하. 사람들 반응이 다양했어요. 어느 분은 전화번호를 적어주면서 어딘지 알게 되면 꼭 연락해달라고. 결국 시스템 안에 들어가 버리면 시스템 밖에서 붙여주었던 이름은 증발해버리죠. 이를테면 집 밖에서는 우리 아버지, 우리 어머니 하다가도 집안에 들어오면 엄마, 아빠로만 부르는 것과 비슷하다 할까요?"

"그래서 사람들은 여행을 하고 시스템 밖으로 탈출을 시도하는 거지. 그냥 빠져나가면 이탈이라고 하고 반항적으로 빠져나가면 일탈이라고 하고. 말도 참 재미있어."

하고 수정이 말했다.

"그런 의미가 있었군요. 시스템 안에서 갖고 있는 병증을 사람들이 느끼거나 문제로 인식하지 못하는데 시스템 밖에 나오면 저절로 알게 된다는 게 참 신기하지 않아요?"

하고 내가 끄덕이자 금숙이 말했다.

"최 시인님 손 좀 한번 쥐 보세요. 으음. 참 고생을 많이 한 것 같기도 하고 고생을 하지 않은 손 같기도 하고. 이 동네 살며 일화도 많겠어요. 그렇죠? 소개 좀 해줘 봐요."

내가 긴 숨을 쉬고 이야기를 했다.

"작년 11월 집에 와 차를 주차하고 밭을 쳐다보니 분명 있어야할 강화순무가 하나도 없이 누가 다 뽑아간 거예요. 1년 농사를 도둑맞고 마음을 끓이며 나는 밖을 왔다 갔다 그러다 망연자실하고 있다가 분을 이기지 못하고 나는 반장에게 전화했죠. 혹시 누가 우리 강화순무 뽑아가는 거 못 보셨나요? 반장이 말했어요. 그걸 누가 뽑아가? 집이 동네 가운데 있어 사람들이 날마다 보고 있는데? 내가 말했어요. 알았어요. 경찰에 신고해야겠네요. 부글부글 끓는 마음에 전화기를 들어 경찰에 신고를 하려다 보니 간장도둑 사건이 생각이 나더군요. 술을 한잔 따라 마시며 분한 마음을 삭이려 하는데 삭나요? 분한 마음에 잠도 못 자고 있다가 밖으로 나오니 벌써 새벽 세 시. 거실 밖으로 나오니 저 건너 산사의 새벽 예불 소리가 뎅뎅 울리는 거예요. 달은 기우는데 비닐하우스를 반짝이며 비추고 있더군요. 혹시 몰라 옷을 더 끼어 입고 슬리퍼를 신고 밖으로 내려가 비닐하우스 문을 열어보니 누군가 비닐 포장을 들여다 놓았더군요. 그것을 들추어 보니 그 안에 강화순무가 나란히 밤잠을 콜콜 자고 있었어요. 아, 세상에나. 경찰을 부르고 난리를 쳤으면 또 동네 시끄럽게 했을 뻔했구나 하고 크게 반성했죠. 천국에 와서 지옥의 법으로 날뛰었다는 것에 대해 깊이 반성을 했습니다. 이튿날 성님들한테 물어보니 옆집 성님이 그랬대요. 날이 갑자기 추워져 일 년 농사를 지은 거 다 얼어버리겠다 싶어 뽑아다 비닐하우스 안에다 갖다 놓으셨다는 거죠.

"순무 도둑은 뭐야? 비닐하우스였네. 이런 얘기, 정말 재미있다. 천국은 어떤 모습일까? 바로 이런 분들이 사는 데가 아닐까? 따지지도 않아 바보처럼 보이고 영악하게 굴지도 않아 제 것을 마구 나눠주며 사는."

수정에 이어 금숙이 말했다.

"내가 아는 한 지인의 말을 빌면 저런 사람들은 또라이일 수도 있고 다른 사람의 말을 빌면 시골 무지렁이일 수도 있어. 천국의 모습을 제대로 못 보고 늘 지옥에서 아비규환하며 살았기 때문에 그 따위 말을 하고 있는 것이라고 나는 항변하고 싶었지만 참았어요. 권력자들이 보면 있어도 그만 없어도 그만인 존재들로 볼 수도 있어."

"진짜요? 그래서 앞뒤 가리지 않고 마구 죽여도 됐을까요?"
하고 내가 묻자 금숙이 대답했다.

"그럴지도 모르죠. 학살의 단초가 죄가 있고 없음보다 막연한 미움 또는 막연한 무시가 아니었을까요? 난 그렇게도 생각이 돼요."

"막연한 무시? 일종의 비인간화네요. 타자화란 말도 여기에 쓰이나요? 대상을 결국 공동체에서 소외시키게 만드는 거죠. 한마디로 멀쩡한 사람 바보 만들기죠? 그리고 가해자는 어찌해도 면죄부가 주어지는 대상? 섬뜩하네요."

"그런 타자화, 바보 만들기가 집단학살이 정당하다고 생각하게 하는 동력이 될 수 있었을까? 내가 보기엔 같은 동네 경찰이 같은 동네 사람들에게 총질을 하고 파묻고 하는 짓은 못했을 것 같아."

"저도 그렇게 생각합니다. 전문 살인집단이 돌아다니며 저 업무를 하지 않았겠어요?"

"나도 그렇게 생각해요. 무서워. 같은 나라에 저런 집단이 있었다니. 나라에서 법으로 보호하는 킬러집단 아녀요."

"순무도둑, 와, 이거 서울에 전혀 없는 이야기다."

"성님, 이 설거지는 누가 한데요?"

"대충 제가 하고 잘 테니 두 분 어서 주무세요."

"정말 미안해요. 그럼 성님과 올라가 잘 게요."

"두 분, 어서 가 주무세요."

"이게 무슨 소리야. 설거지는 내가 할 테니 최 박사는 이제 그만 쉬어요. 종일 고생 많았어. 남자가 해주는 음식 먹은 것만도 황송한데 설거지는 내가 할게."

나는 내 잠자리를 만들었다. 그리고 안락의자에 앉아 저번에 읽던 책을 폈다. 금숙도 수정을 따라 열심히 설거지를 했다. 나는 어디서나 등만 대면 잠이 드는 버릇이 있었다. 음식 하랴, 손님 접대하랴 몸이 피곤할 만도 하였다. 나는 거기서 코를 골며 잠을 자기 시작했다. 부엌에서 덜그럭거리든 말든 깊은 잠에 빠지고야 말았다. 나는 꿈속을 헤매고 있었다. 곧 설거지를 마친 두 시인도 2층에 올라가 잠을 잤다. 나는 내 자신이 코 고는 소릴 들으며 살포시 깼다 잠들기를 지속하였다. 내가 안락의자에서 깨어 보니 새벽 두 시였다. 콜록 하고 기침을 했다. 그 때 안방에서 자던 인순도 깨선한 눈을 감다시피 하고 나에게 말했다.

"여기서 잤어요? 아, 나 때문에 잠을 편히 못 주무셨네요. 안에 들어가 제대로 편히 주무세요."

나는 일어나서 자기 전에 잊은 양치질을 했다. 나는 잠자리 보아놓은 곳에 와서 다시 잠을 청했다. 인순이 잠을 이루지 못하는 것 같았다. 나는 다시 무슨 꿈인가 지독하게 꾸고 있었다. 컴컴한 공간에서 잔 나는 아직 꿈속이었고 안방에서 잔 인순이 일어났다. 꿈속이 뒤숭숭했는지 거실문을 열고 한참 동안 밖에 앉아있었다.

그리고 다시 내가 혼자 자고 있는 곁에 와 누웠다. 내 곁 누우면 불편한지 오래 누워있질 못하고 그녀는 뒤척였다. 잠은 고통일 수도 휴식일 수도 갇힘일 수도 무기력하게 나를 내어놓는 기간일 수도 있었다. 모두에게 아침이 왔다. 수정은 아래층에서 부스럭거리는 소리에 아래층 안락의자에 앉아 자다 2층으로 올라가 자다가 아침이 되어 일어났다. 어제 저녁식사로 내가 준비한 아욱국이 어찌 되었는지 살피는 듯 냄비 여는 소리가 들렸다. 수정이 내 곁에 와서 눈을 붙였다. 코를 골며 새근새근 자는 사내 곁에 누워 수정은 머리카락을 쓰다듬으며 중얼거렸다.

수정이 방 밖으로 나갔다. 수정은 가스 불을 켜고 국을 데웠다. 그리고 사람들을 깨웠다. 인순이 일어나 밖으로 나왔다. 그리고 금숙이 2층에서 내려왔다. 금숙은 내가 아직 자고 있는 방에 들어와 내 볼에 입을 대고 마치 알람처럼 일어나라고 노래를 했다. 수정과 인순이 아침 상차림을 해놓은 터. 내가 밖으로 나왔다. 식탁에 앉아 식사를 마치고 나는 차를 준비하고 있었다. 조그마한 찻종에 말린 산국이 시간이 가면서 꽃이 피듯 커지면 찻종 바닥으로 내려와 앉았다. 수정은 그 모양을 신기해하는 듯했다.

"우리 청춘도 저리 숨겨놓았다가 다시 펴놓을 수 있으면 얼마나 좋을까? 가재도 키우고 게도 키우고 싶은데 물도랑이 다 말라 하고 싶은 의욕만 있지 아무 것도 할 수 없는 우리 나이는 참 슬퍼."

오늘 여행 코스를 소개하겠다고 내가 말했더니 금숙이 저녁에 서울에서 약속이 있다고 했다. 그럼 그거에 맞추어 짧게 모시겠습니다. 첫 코스는 옥계폭포, 둘째는 지용생가, 셋째는 육영수 생가. 틈틈이 끼어 넣기를 선사하겠다고 내가 너스레를 떨었다. 좋아요. 어서 나가요. 짐 다 챙겨 나갈까요? 성님? 하고 인순이 묻자 아마도 그게 좋겠지? 여기 최 박사 또 왔다 갔다 하게 하는 것도 그렇고. 자, 가자, 하고 수정이 말했다. 넷은 지프차에 타려고 밖에 나왔다. 동네 어르신 둘이 와서 손님들에게 아는 척을 했다. 서울서 온 시인들이라고 소개했다. 금숙이 키 큰 이분이 혹시 대관 성님이냐고 물었다. 내가 그렇다고 하니 덥석 대관 어르신의 손을 잡고 금숙이 말했다.

"고마워요. 최 시인이 좋은 성님을 두어 참으로 부러웠습니다. 저도 대관 성님이라 불러도 될까요?"

"그러셨어요? 그럼 소원대로 하세요."

"대관 성님."

"반가워요. 아우님."

내가 보아도 질투가 날 것 같은 장면의 말을 했다. 지프차는 약속이나 한 듯이 장동리 강둑길로 접어들었다. 내가 딴 생각하며 잊고 있다가 설명해야겠다고 생각했다. 이런 곳도 숨어있었구나. 정말 참 좋네. 이제 강을 활용해야 한다며 뒤집어놓고 그런 짓은 그만 해야 하는데, 하고 수정이 말하자 인순이 성님도 우리와 함께 4대강 환경운동 합시다, 하고 말했다.

"무릎이 아파서 어디 쫓아다니겠어? 그냥 이렇게 입방아나 찧고 가끔 침이나 튀겨주면 내 일 다 한 거지."

지프차는 구탄리 케이티엑스 다리 부근에서 돌려 다시 나왔다. 오백거리를 지나자 내가 마을 유래를 설명했다. 예전에 영남 사람들이 과거보러 가려면 추풍령을 통과하지 않고 서울 한양을 가려고 했다. 추풍낙엽이란 말 때문에. 그와 상관없는 사람들은 추풍령을 지나 황간, 영동, 심천을 지나 이곳 적등강, 적등나루를 꼭 지나야했다. 그러니 이곳이 서울에서 영남으로 가거나 영남에서 서울로 가는 사람들에게는 중요한 이정표였다. 적등강, 아니 이원대교 강다리를 지나 좌회전해서 강을 따라 가다가 지프차는 다시 산골짜기로 접어들었다. 가파른 길을 올라 벼랑 옆에 좁게 난 길을 타고 가고 있었다. 저쪽에서 승용차가 왔다. 조금 넓은 공간에 차를 바짝 붙이고 나는 백미러를 접었다. 승용차가 간신히 지나갔다. 다시 백미러를 펴고 폭포 광장에 차를 부리고 모두 나섰다. 쏴하는 소리를 보니 어제 그 가랑비 같이 온 비에도 물이 찼던 모양이었다. 수정이 넋을 놓고 폭포를 바라보고 있었다. 폭포 앞에 낸 돌다리를 지나며 전해오는 폭포의 물보라에 탄성을 지를 판이었다. 안으로 더 가 포토라인에 들어섰다. 정말 대단하다고 금숙도 탄성을 질렀다. 내가 폭포를 등지고 섰다.

"수수께끼를 낼 게요. 여기에 와서 피리를 분 분이 계세요. 피리를 부니 난초가 봉긋이 올라왔다나요? 자신의 호를 난계라 지은 분입니다."

"난계 박연? 박연선생이 여기와 관련돼요?"

하고 인순이 말하자 내가 대답했다.

"딩동댕. 맞추셨습니다. 난계음악원이 예서 멀지 않은 곳에 있습니다. 다음으로 이곳에 와서 시를 지으신 조선 후기 인물입니다. 그분은 임금께도 대든 분으로 사약을 받았는데 한 그릇으로 안 돼 세 그릇을 잡숫고 가신 분이 계십니다. 누굴까요?"

"여기가 우암 송시열도 왔던 데라고?"

수정이 말하자 내가 대답했다.

"딩동댕. 우리 옆 동네, 이원면 용방리에서 태어났습니다."

금숙이 "난계 박연 선생, 백촌 김문기 선생, 우암 송시열 선생, 정지용 시인. 다들 대단한 분들 아녀요?"

하고 물었다.

내가 "김문기 선생을 자꾸 사육신이라고 하고 싶어 하나 조선왕조 문헌에선 공식 명칭이 사육신보다 두 등급 위인 단종임금 삼중신이고요. 군북면은 언론인의 본보기인 송건호 선생과 사물놀이 김덕수 명인 고향유."

하고 설명했다. 북쪽으로 갈수록 점점 최근 위인들이 태어났다고 금숙이 말하자 정지용 시인이 월북 작가로 분류되었다가 최근에 풀렸다지, 하고 수정이 물었다. 이에 인순이 조선일보 방응모 사장과 함께 납북되어 산정호수를 지날 때 즈음 미군 폭격으로 돌아가셨다는 게 밝혀졌다. 그 뒤 지용 시인을 월북 작가라고 낙인을 찍진 않았다고 대답했다. 보도연맹에 가입했다는 말도 있다고 수정이 말하자 금숙은 혀를 찼다. 기념사진 한 장 찍자고 제안했다. 모두는 나란히 서서 폭포를 배경으로 사진을 찍었다. 지프차를 다시 타고 지용 생가로 향했다. 가는 길에 보니 월요일인지라 춘추민속관이 열려 있었다. 마당에 주차하고 내가 부엌으로 가니 마침 정 관장이 술을 뜨고 있었다.

　"어제 서울서 세 시인이 오셨는데 집에서 자고 옥천 여행 중에 잠시 들렀습니다. 소개하겠습니다. 여기는 춘추민속관 정관장님, 여기는 김수정 시인, 강금숙 시인, 오인순 시인."

　인사를 한 뒤 셋은 벌써 집의 이곳저곳을 둘러보고 있었다. 나는 회화나무가 있는 무대 마루 끝에 앉았다. 작년 유월, 여기에 초대되어 시낭송을 한 적이 있었다. 내가 가까이 다가오는 오인순 시인에게 참 좋죠? 하고 말했다. 인순이 내 손을 잡으며 조용히 말했다. 눈시울을 붉히다 눈물 한줄기 주르르 흘러내린 인순의 얼굴에 손을 대고 내가 눈물을 닦아주었다. 인순이 내 어깨에 머리를 기대었다. 똑똑 떨어지던 눈물은 허락도 받지 않고 콩콩 떨어졌다. 수정이 저쪽에 보였다. 이 식당에서 점심을 먹자고 했더니 다들 좋다고 했다. 내가 정 관장에게 점심을 예약했다. 넷은 초등학생처럼 즐거이 씩씩하게 걸어 지용생가로 향했다. 늘 올 때마다 느낌이 색다른 지용생가. 여기가 실개천이 휘돌아 나가고, 하는 그 실개천인가 보네요, 하고 강 시인이 말하자 오 시인이 시적 표현을 이리 실제로 만들어놓으면 시상을 깰 수도 있는데 그리 나쁘진 않네요, 하고 말했다. 아무튼 다양한 시설과 지용시인이 태어나 자란 곳에 앉아 기념사진을 찍었다. 수정이 앞장서 지용문학관에 들어갔다.

"얘들아, 이거 봐라. 지용시인이 몇 살이야. 향수를 스물다섯에 지은 거란다. 나는 이제까지 쉰이나 예순은 넘어 지었을 거라 생각했는데 정말 쇼크다."

"그러니 천재지요. 우리가 시를 쓰지만 저분이 쓰는 단어들을 따라갈 수 있겠어요? 쉽지 않다고 봐요."
하고 금숙이 말했다.

"어떨 땐 열심히 하면 좋은 시를 쓸 수 있다고 나를 다독이지만 저런 시를 보면 그냥 주저앉고 말죠." 하고 인순도 말하자 내가 모두에게 제안했다.

"우리 저기 모두 들어가 향수 한번 노래 불러볼래요?"

그러자 금숙이 시낭송을 해보고 싶다고 했다. 수정도 그도 좋겠다. 다 가보자, 하고 말했다. 금숙의 허스키하면서 간드러진 목소리는 가슴을 후벼 파내는 듯했다. 인순도 눈물을 훔치고 그런 양을 수정은 쳐다보았다. 드디어 시낭송이 끝났다. 참으로 좋은 시라고 나는 생각이 들었다. 또 이게 시라고 믿어졌다. 나는 시계를 보았다.

식사준비 다 됐을 것 같다고 했더니 말이 떨어지기 무섭게 넷은 춘추민속관으로 향했다. 안내된 방에는 커다란 두레반이 놓여있고 음식이 하나둘 놓여 제대로 상차림이 되어가고 있었다. 내가 창문을 열었다. 정관장 부부도 함께 식사하자고 했다. 여섯 명이 모인 식사 자리. 다양한 한식 요리를 맛 볼 수 있다는 게 수정은 너무 좋았던지 한 마디 했다. 그러자 정관장이 춘추민속관에 대해 소개했다. 사실 춘추민속관은 두 가문의 전통 가옥인데 담장을 털어 만든 집이다. 문향헌은 김규흥 장군 댁이다. 중국에서 손문이 청나라를 무너뜨리고 중화민국을 세운 신해혁명 때 김규흥 장군이 참여하였다. 그리고 귀국해서 옥천 죽향초등학교를 세우고 인재를 양성했다. 그런 의미에서 기려야 할 옥천의 위인이고 그런 분이 춘추민속관에 살았다고 했다. 그는 바로 뜬 술을 반주로 가져와 맛을 볼 수 있게 해주었다. 내가 육영수 여사 생가도 가자고 하자 모두 여기까지만 하자고 했다. 모두 모임을 마치자고 종용했다.

이매진

. . . .

    조용히 대화를 듣고 있던 금숙이 내가 인터북에 올린 글 가운데 생각나는 게 초등학교 운동회 얘기라고 했다.

    "운동회 준비를 하며 선생님이 왜 여자 손을 안 잡느냐고 혼내는 거예요. 제가 말했죠. 어찌 남자여자 손을 잡느냐고. 못한다고. 하니 선생님이 귀빰을 때리는 거예요. 싫다고 했더니 또 때리는 거예요. 그래서 왜 계집애하고 손잡으라고 하느냐고 선생님을 손톱으로 꼬집어 뜯으며 대들었죠. 초등학교 들어가고 제 인생에서 첫 운동회를 저리 망쳤어요."

    "최 시인의 초등학교 첫 운동회를 망친 그 선생님은 무얼 하실까? 그분도 아이들의 어머니였을 텐데."

    "부친이 김종오 장군이었어요. 6사단 사단장, 백마고지 전투를 승리로 이끈 분. 3학년 때 그 장군님이 돌아가셔 상여가 학교까지 왔었어요. 사람들이 말했어요. 무덤에 1원짜리 동전을 쫙 깔았다고."

    수정이 진지하게 포즈를 취했다.

    "최 시인, 금숙아, 그게 다 부모로부터 받은 교육이거나 사회문

화적 환경에서 어떤 사람이 어떤 상황이 되면 어찌 하도록 교육 받고 행동하도록 프로그램 된 것이라고 나는 봐. 어쩌면 참으로 무서운 거지. 초등학교 1학년짜리가 공자님 말씀을 배워 그랬겠어? 어른들의, 부모들의 말을 그대로 옳게 믿고 따르며 유전자에 기억을 새기게 되었다고 난 생각해. 최 박사에게 조금 미안한 얘기를 해볼게. 대개 학교행사이니 그게 좋은 사람도 있지만 싫은 사람도 있거든. 그걸 다 접고 하나를 위해 자신을 버리고 협조하는 정신도 있었어야 하지 않나 생각해봐. 어쩌면 그런 팔로워십이 적기 때문에 늘 명분 갖고 싸우고 서로 물고 뜯고. 결국 무슨 일을 추진 못하게 만드는 행태. 그 적나라한 모습이기도 하다고 생각해본 적이 있어. 최 박사, 미안해."

모두는 잔을 들어 저녁이면 기막히게 맛있었을 전통주를 음미하였다. 그럭저럭 한시 반이 되었다. 몇 시 기차냐고 내가 묻자 수정이 금숙에게 몇 시냐고 물었다.

"세시 5분 서울행 케이티엑스 세 자리 예매했어요."

대전 구경 좀 하고 가겠다고 인순이 말하자 수정이 인순에게 핀잔을 주었다. 식사를 마치고 넷은 대전역을 향해 출발했다. 주차할 수가 없어 빙빙 돌다 두 사람을 내려놓고 안녕을 고했다. 나와 인순만 남았다. 지프차가 신호를 받으려 멈춰 섰다. 인순이 나에게 옥천에 있는 임애진 아느냐고 물었다. 함께 가보자고 나서 차를 옥천으로 몰았다. 인순이 임애진이 4대강 환경운동을 함께 하시는 분이 운영하는 엘 피 키페라고 소개했다. 2층에 있는 카페에 들어서자 인순을 알아본 주인이 반가이 맞았다. 내 눈에 그들은 이미 동지 이상의 끈끈한 관계로 보였다. 옥천에 이런 곳이 있다는 걸 서울 사는 사람한테 소개받다니 참으로 어이가 없었다. 개업한 지는 얼마 안 되었고 그가 좋아하는 누님이 나를 모시고 온 모양이라며 반가워했다. 그의 이름은 임철규였다.

사람이름이든 땅이름이든 늘 궁금해 왜 이매진도 아니고 임애진이라고 했는지 내가 물었다.

"제가 임 씨잖아요. 하하. 이런 얘기가 있습니다. 존 레논이 미국 엘에이에 공연을 하러 가서 텔레비전으로 푸른 교실을 보고 거기에 나온 임예진에 반했답니다. 그 때문에 존 레논은 임예진과 일본을 엄청 동경하게 되었다고 하고요. 임예진을 일본 사람으로 알고 일본 공연을 자주 하면서 그녀를 수소문하다가 오노 요코를 만났고 그 뒤 임예진이 한국 사람이라는 걸 알고 무척 슬퍼했다고 합니다. 그래서 지은 노래가 Imagine이라고 합니다. 믿거나 말거나. 하하. 제가 존 레논을 엄청 좋아하거든요. 덩달아 Imagine이란 노래도 임예진 씨도."

"오늘 들려주실 거죠?"

"곧 나올 겁니다."

"형진 씨, 뭐 드실래요? 아메리카노? 제가 살게요. 사장님, 아메리카노 하시죠? 그럼 세 잔 주세요."

하고 인순이 커피 주문을 했다. 커피를 기다리며 인순과 나는 자리에 앉았다. 70년대 80년대 유행했을 법한 팝송이 흘러나왔다. 그리고 조금 있으려니 스크린이 내려왔다. 실황 비디오였다. 에릭 클립튼의 Tears In Heaven. 하늘엣 눈물. 아, 이 노래는 나도 조금은 알았다. 애절한 가사가 내 가슴을 파고들었다. 그리고 스크린에 나타난 존 레논이 Imagine을 불렀다. 가사를 못 알아 볼까봐 친절하게 영어 자막까지 보여주었다.

　　— 머릿속에 그려봐

　　— 천당도 없고 지옥도 없다고

이 소리를 듣는 순간 나는 와, 하며 감탄했다. 소름이 돋았다. 종교 때문에, 교회 때문에 이 생고생을 하는데 싫어 내 눈에서 눈물이 평평 쏟아졌다. 노래가 끝나고 인순이 그 카페에서 놀다 갈 테니 나보고 그만 가서 쉬라고 했다. 나는 인순의 말대로 일어났다.

레이싱걸

집에 와보니 잊고 있던 희선 씨가 레이싱걸처럼 자신의 차에 기대어 있었다. 맞다. 오늘 오후에 배낭 매고 산에 가기로 한 계획은 벌써 어그러졌다. 이걸 어쩌지 하고 있는데 희선 씨가 내 팔짱을 끼며 안으로 들어가자고 했다. 마치 바람피우고 온 남편을 쳐다보듯, 닥닥 누룽지 긁고 아무 것도 안 남은 가마솥 바닥을 노려보듯 그녀는 내 팔뚝을 꼭 붙들고 최대한 내 몸에 기대어 킁킁 냄새를 맡으며 자기 영역에 있는 암컷을 확인하는 수컷처럼 어기적거리고 있었다. 집안으로 들어가자 그녀는 그동안 내가 한 일에 대해 궁금해 했다. 나는 문서 파일 몇 개를 2층 컴퓨터에 심어 주었다. 그녀는 끙끙거리며 가끔은 소리 내어 읽는 소리가 아래층까지 들렸다. 그녀도 나처럼 난독증 환자인가 싶었다. 사랑을 받을 수 있으려나 신랑 기다리는 새댁처럼 울렁거리는 가슴을 안고 나는 다시 안방의 노트북을 켰다. 그동안 머릿속에 웅크려 있던 인물 하나를 추적하고 있었는데 결국 이 캐릭터가 활동하는 공간을 중심으로 한국전쟁을 다시 그리는 작업이 의미 있을 것으로도 생각이 되었다.

희선 씨가 나를 불렀다. 내가 쓴 글에서 장혁 선생의 부인이 김막실이고 동이면 평산리에 살았다는 것에 남다른 관심을 표했다. 내가 아직 더 살펴봐야 한다고 했음에도 그녀는 무슨 생각이 났는지 장혁 선생의 부인이 김녕 김 씨이니 그녀의 할아버지와 어떤 관계인지 밝히기만 하면 되겠다고 했다. 아뿔싸, 그녀는 귀신이 들린 모양이었다.

희선 씨는 이승만과 프란체스카 도너 리 여사에 대해 관심이 많았다. 어디서 듣고 왔는지 하우스만이란 사람에 대해서도 정리해 달라고 부탁했다. 프란체스카 도너 리 여사의 자서전을 구해와 나보고 읽으라고도 했다. 에세이 아닌 소설을 써야할까 싶기도 했다. 빨간 의자에 앉은 그녀는 빨치산 대장처럼 보였다.

바람의 지휘자

　　　　　　　.
　　　　　　　.
　　　　　　　.
　　　　　　　.
　　　　　　　.
　　　　　　　.

　바람은 눈에 보이지 않지만 비도 몰고 오고 눈보라도 몰고 오고, 때에 따라서는 태풍을 몰고 온다. 그러나 바람을 보았다고 하는 사람은 없다. 어떤 사건이 터져 분명 피해자는 있는데 가해자가 딱히 없는 경우와 비슷하다면 비슷할 터. 시스템을 통해 한 나라가 운영되지 않고 보이지 않는 바람에 의해 움직인다면 그건 나라도 아닐 것이다. 하 대위는 김구를 무척 싫어했다. 그가 죽은 여운형만큼이나 이승만에게 위협이 되는 존재였기 때문이다. 아무리 더워도 선풍기나 부채 바람을 못 쐬는 사람이 있다. 소양 체질의 사람이면 이러한 바람과 공존할 수가 없다.

　1948년 남북협상을 주장하는 임시정부의 김구, 김규식과 결별하고 이범석은 신익희, 지청천 등과 함께 임시정부의 허울로나마 지도자였던 이승만 진영에 합류하였다. 이승만은 대통령이 당선되고 1948년 7월 24일, 중앙청 앞뜰에서 정부통령 취임식이 있었다. 이승만은 이범석에게 어떤 자리도 제의한다는 말을 하지 않았다. 대신에 이윤영을 총리로 지명했다. 29일 국회에서 이윤영의 총리인준이 거부되자 이범석이 총리로 지명되었다. 이범석은 이승만이 묵고 있는 이화장으로 달려갔다. 이범석은 본디 독립운동으로 잔뼈가 굵은 사람이었으나 해방이 되고 반공주의자가 되었다. 여순 사건이 일어나고 10월 22일, 국무총리 겸 국방장관이었던 이범석이 기자회견을 열었다.

—사건 경위를 말씀드리겠습니다. 여수에 14연대가 주둔 중 20일 오전 2시경 공산주의계열의 책동과 음모로써 반란이 발생하였습니다. 처음에 약 40명의 사병이 무기고를 털고 병사들을 끌어들여 장교 대부분을 살해하였습니다. 그리고 곧 여수의 경찰과 철도경찰을 공격하여 오전 10시경에는 여수를 거의 점령하였습니다. 그들은 지방 공산주의 청년들을 합하여 무기를 나누어주고 민중을 선동하며 양민을 살해하였습니다. 일부 철도를 점령한 다음 순천행 학생통학열차 6개 차량을 타고 순천을 향하여 돌진하였습니다. 정거장에서 철도경찰과 부딪히고 지방경찰을 습격하였습니다.

—사건진상을 철저규명, 조속 진압할 터, 일반 국민들께서는 안심하시기 바랍니다. 정부는 이런 기회를 이용하거나 혹은 선동하는 분자에게 엄격한 조치를 취할 것입니다.

—본래 수개월 전에 공산주의자가 극우 정객들과 결탁하고 반국가적 반란군을 책동하여 일으킬 책동을 하였습니다. 불행히도 군정이양전이 되어서 그 가운데 그 중 오동기라는 자가 가장 교묘

한 방법으로 소령으로 승진하여 여수연대장에 취임하였습니다. 군정이양을 시작하면서 약 20일 전에 오동기와 관련자를 검거하게 되었습니다. 오동기와 관계자들을 잡자 군내에 오동기와 통하던 자들은 공포심이 일어나 일할 수 없다고 생각하고 행동을 개시했던 것입니다.

오동기는 10월 19일 발표된 혁명의용군사건에 연루된 현역소령이기도 했다. 이승만은 국무총리이자 국방부 장관인 이범석을 견제할 필요가 있었다. 그가 민족청년단의 단장이기 때문이기도 하였다. 일단 이범석을 큰 자리에 앉히고 수많은 청년단체를 모두 대한청년단으로 통합했다. 이범석은 온몸이 찢겨나가는 듯 아팠다. 이승만은 채병덕 총참모장이 이범석의 사람이라 생각하고 자르려 한 적이 있었다. 둘은 친한 사이였다. 이범석은 채병덕 총참모장에게 중국에서 무기를 들여와 팔자고 제안했다. 이에 채병덕은 대답을 하지 않았다. 그리고 하우스만, 한국이름 하수만, 하 대위를 만났다.

"총참모장님, 그거 들여오시면 안 됩니다. 아셨죠?"

"미국에서 반대하는 일을 굳이 않겠습니다."

채병덕은 이범석을 찾아갔다.

"총리각하, 중국 무기 구입에 반대합니다."

갑자기 하 대위는 이승만의 부름을 받고 경무대로 향했다.

"나는 채병덕 장군 자리를 김석원에게 주려합니다."

"각하의 뜻은 잘 알겠습니다."

"그대의 뜻은 어떠한가?"

"대통령 각하, 채병덕을 총참모장직에서 해임시키고 김석원을 임명하신다면 미 군사사절단은 철수할 것입니다."

전쟁이 끝나고 총참모장을 바꾸려고 이승만이 생각했다. 하 대위를 만났다. 이승만이 총참모장을 바꾸고자 하 대위에게 의견을 묻자 그는 정일권을 추천했다. 이승만은 국방 분야의 인사권을 하 대위에게 넘긴 것이나 다름없었다. 비록 하 대위가 정하고 결정하였지만 공식 문서에서는 이승만 대통령이 재가하고 승인한 사항일 뿐이었다. 하 대위는 1948년 정부수립 이후 이승만대통령, 국방장관, 육군참모총장, 로버츠 고문단장 등이 참가하는 군사안전위원회에 배석하였다. 미군철수에 앞서 임시 군사사절단에서 고문단장과 한국군 참모총장 사이 연락 임무를 맡았고 이승만과 만날 일도 점점 잦아졌다.

"군대에서 당신의 말을 듣지 않는 자를 내게 알려 달라. 그를 교체하겠노라. 그리고 군대의 제반 문제에 대해 그때그때 보고서를 올려줄 수 있겠소? 어려운 부탁이오만."

하 대위는 한국군에서 일어나는 모든 사항과 모든 작전에 책임을 지고 있었다. 군사령관 임명 및 감독, 부대배치 등 모든 군사에 관련된 일을 하 대위가 맡아 처리했고 심지어 공비 토벌작전에서 빨치산을 몇 명이나 사살했는지, 몇 명이나 생포했는지, 부상자는 몇 명인지 챙기는 것도 하 대위의 일이었다. 하 대위는 결국 이승만의 양해 하에 한국군을 지휘하고 있었다. 전남도당의 빨치산을 토벌중인 백선엽 부대를 시찰하러 하 대위는 정일권과 간 적이 있다. 정일권이 예정대로 가자고 하자 하 대위가 고집을 피웠다.

"이 보세요. 정, 당신은 부참모총장이고 나는 참모총장의 고문인 걸 잊지 마세요. 명령합니다. 이쪽으로 갑시다."

바람은 보이지 않으나 태풍처럼 위력이 있을 때도 있고 미풍이 되어 사람들 마음을 휘어잡을 때도 있고 진짜 보이지 않게 숨을 때도 있던 것이었다. 그러나 볼 수 없는 바람은 단지 촉감으로만 느낄 수 있다.

1948년 8월 24일 이승만과 하지 사이에 체결된 협정에 따라 한국군, 다시 말하면 남조선국방경비대의 지휘권은 여전히 미군에게 쥐어져 있었다. 결론부터 말하면 나치독일이 유태인을 학살했듯이 독일계 미국인의 아들인 하 대위는 미군정 때와 한국전쟁 동안 벌어진 양민학살에 깊이 관여되었다. 나치독일의 유태인학살과 하 대위가 지휘한 양민학살은 거울의 양면이다. 하대위는 그가 사라져야 한다고 믿는 공산주의자들을 조금 한반도에서 청소한 것뿐이었다.

1948년 초의 미군정의 이슈는 단연 남한만의 단독정부 수립이었다. 이를 위해 제헌국회를 열 국회의원을 선출하는 것이었다. 하 대위는 혼자 중얼거렸다.

─구크들은 미국의 뜻이 무엇인지 몰라. 보라고. 앞으로 미국의 뜻대로 될 테니. 민주주의? 전시작전권? 두고 보라고.

하 대위는 한국 사람을 비하하여 말할 때 gook라고 했다. 5·10 총선에 앞서 남북한에서 여러 집단이 남한단독정부 수립에 반대하였다. 5·10 선거반대, 남한단독정부 반대운동은 전국으로 퍼졌고 시위를 진압하기 위해 서북청년단 등 우익테러집단이 개입하기 시작했다.

"서북청년단들을 경찰로 임명하시오. 그리고 그들에게 폭동진압의 권한과 경우에 따라서는 비합법적이지만 살인 면허에 가까운 것도 행사할 수 있게 하시오."

제주 4·3은 남한단독정부 반대 운동을 하면 어찌 되는지 본보기로 양민 학살과 부녀자 겁탈들 반인륜범죄가 자행되었다. 사건들은 좌익과 우익의 싸움으로 몰아가라고 하면 그리 하는 수밖에 없었다. 제주학살 사건이 점점 알 수 없는 국면으로 바뀌고 있을 때 무초대사가 하 대위를 찾아왔다.

"양민 20명을 그냥 학살하라 명한 사람이 당신이오?"

무초대사의 질문에 하 대위는 담담하게 대답했다.

"대사님, 오버하지 마십시오. 전에 200명 학살하라 명령을 내린 적도 있습니다. 그때는 누구도 입도 뻥끗하지 않았습니다. 그리고 여기 방첩대 CIC 일은 미국 연방정부 정보기관과 직접 연계가 되지 대사님과는 아무 관계가 없습니다."

그 날 어느 곳에선

．．．．．．．．．

하 대위는 말이 어눌하다는 핀잔을 받았지만 계획을 세우고 그를 수행해 나가는 능력은 가히 천재라고 보면 옳았다. 1950년 6월 25일 새벽 인민군이 포격하여 38도선이 무너졌다는 말을 듣자 하 대위는 도쿄의 맥아더 사령부와 미국정보국에 무선전신전문을 보냈다. 전쟁이 난 아침 이승만도 아침을 맞았다.

"프란체스카, 오늘 치과에 몇 시에 가시오?"

"네. 아홉시에 경무대를 출발하려 합니다."

"잘 다녀오시오."

이승만은 아침식사를 마치고 경회루에 낚시하러 직원과 나섰다. 10시에 경무대로부터 사람이 달려왔다.

"각하, 신성모 국방장관이 경무대에 와 있습니다."

10시 30분, 대통령은 국방장관과 마주 앉았다.

"각하, 개성이 함락되었습니다. 전면전인지 국지전인지 아직 파악이 안 되고 있습니다."

신 국방도 이승만도 전쟁이 어찌 진행되고 있는지 사태의 심각성조차 느끼지 못하고 있는 것 같았다. 이승만이 사태의 심각성을 깨달은 건 그날 밤. 고민 끝에 6월 26일 새벽 도쿄의 맥아더 사령부에 전화를 걸었다. 전속부관이 받았다.

"각하, 지금 곤히 주무시는 때라 장군을 깨울 수 없습니다. 날이 밝으면 다시 전화를 걸어주십시오."

"좋소. 그 사이 한국에 있는 미국 시민 한사람, 한사람씩 죽어갈 터이니 그리 아시고 장군을 곤히 주무시게 하시오."

"각하, 알았습니다. 곧 장군을 깨우도록 하겠습니다."

맥아더와 통화가 끝나자 워싱턴의 장면 주미대사에게 전화를 걸었다.

"장 대사, 대한민국은 지금 국난에 처했습니다. 공산비적들이 우리 대한민국을 쳐들어왔습니다. 대사께서는 각별히 노력하여 미국에 긴급 원조를 촉구하세요."

대통령은 육군본부와 치안국 상황실을 방문했다. 일흔여섯의 대통령에게 참으로 긴 하루였다. 6월 27일 새벽 신성모장관이 경무대에 왔다.

"각하, 이 나라를 위해 피신하셔야 합니다."

"신 국방, 지금 무슨 말을 하시는 거요. 나는 그리 못 하오."

"여사님, 각하를 피신시켜야 할 것 같습니다."

"승만, 당신은 이 나라 대통령이기 전에 내 남편입니다. 나와 함께 떠납시다. 그렇지 않으면 난 당신을 용서치 않을 겁니다."

"당신은 그렇게 하시오. 나는 그리는 못합니다."

한 시간 동안 옥신각신하다가 네 시에 서울역에서 특별 열차를 타고 피난을 갔다. 잠을 자고 일어난 이승만이 물었다.

"여기가 어디요?"

"대구역입니다."

시계를 보니 오전 11시가 넘었다.

"신 국방, 열차를 돌리시오."

열차는 방향을 바꾸어 대전으로 향했다. 이승만은 넋이 빠져 부인을 빤히 쳐다보았다.

"프란체스카, 내 평생 일생일대 판단을 크게 잘못 했어. 여기까지 오는 게 아니었는데."

대한민국을 미국의 51번째 주로 만들어야 한다는 저 이승만 박사의 박사학위 논문의 결론을 보면 대한민국 국민이라면 아연실색할 터인데 모르는 게 약인 듯 모르는 게 무한한 상상력을 심어주듯 무지가 종교를 낳고 종교가 멸망을 낳고 있었다. 저 날 이승만이 낚시질한 곳은 경회루가 아닌 창경궁이라는 주장도 있다. 1950년 6월 27일, 일본에 6만 명 규모의 망명을 요청했다고도 하였다. 이승만은 정말 전쟁에 대해 무슨 준비를 했을까? 전쟁과 재난에 무슨 대비를 했을까? 백성을 버리고 몽진을 택한 선조의 모습이 중첩된다.

그 날 저쪽에선

....

하 대위는 맥아더 사령부로부터 다음과 같은 회신을 받았다.

─ 매운 양념 뿌리지 말고 공포를 조금 시즈닝하여 맛있게 요리할 것. 장애물은 미연에 제거하여 아군의 피해를 최소화할 것.

앞의 지시사항은 이승만을 심리적으로 움직여 어찌 하란 말인 듯했고 뒤의 지시사항은 미군의 피해를 최소화하기 위해 한국 국민이 장애가 되면 가차 없이 제거하란 말인 듯도 했다. 소련과 회담에서 가까스로 한반도 반을 차지했는데 그나마 빼앗긴다면 미국의 체면이 말이 아니었다. 아침 일찍 하 대위는 급히 경무대로 갔다. 하 대위는 이승만을 만나지 못하고 CIC 사무실이 있는 조선호텔에 왔다. 점심을 먹고 하 대위는 다시 경무대로 갔다. 내각이 모였다.

"이 채병덕이 한 말씀 올리겠습니다. 적의 공격은 전면남침이 아니라 서대문 형무소에 갇혀있는 공산주의자 이주하와 김삼룡을 살려내기 위한 책략 같습니다. 우리 군을 즉시 출동시켜 침략자들을 일거에 격퇴하겠습니다."

전날 육군본부 장교클럽 낙성식에서 인사불성이 되도록 취해

자다가 일어난 채병덕의 말이었다. 이승만은 신성모를 다그쳤다.

"전쟁이 나면 점심은 평양에서, 저녁은 신의주에서 먹겠다고 호언장담했잖소?"

국무회의에서 논의된 사항은 김창룡을 통해 하 대위에게 꼬박꼬박 보고가 되었다. 한심한 대한민국 국무위원들의 수준을 보고 앞으로 벌어질 전쟁 상황에 대해 하 대위는 매우 크게 걱정이 되었다. 아니 전쟁에 대한 개념도 없고 지휘해 본 경험이 없는 나라에서 자신이 역량을 크게 발휘할 기회를 얻었다는 것이 그의 입안에 공기압을 높이고 볼 살을 부풀리는 원동력이 되었다. 6월 26일 이승만이 맥아더와 통화하고 이튿날 새벽 특별열차로 몰래 피난을 가고 있다는 사실을 간파한 하 대위는 회심의 미소를 지었다. 이승만은 7월 27일 대전에서 내각과 김창룡이 참가한 국무회의를 개최했다. 비밀전화로 김창룡은 하 대위와 통화하였다.

"창룡, 내 생각인데요. 각하가 계신 대전 지역의 부랑아, 범죄자들을 처리해야 하지 않을까요? 우선 범죄자들과 공산주의자들을 처리할 공간을 물색하고 내일부터 내가 교육한 대로 쥐도 새도 모르게 처리하도록 하세요. 인민군이 쳐 내려오면 저들은 아마도 인민군 편에 붙어 총을 들고 우리에게 달려올지 모르니 깨끗이 처리해 주시기 바라오."

형무소 재소자를 그는 손님이 들이닥치는 집의 안방에 있는 똥

기저귀 정도를 취급하고 있었다. 충성심이 강한 창룡이었다.

"지금 대한민국의 육군은 초창기라 인원도 적고 선투훈련도 미흡하여 전투자원으로 보기엔 아직 요원합니다. 곧 미군이 들어올 테니 미군과 협력하여 이 전쟁을 치러내는 수밖에 달리 도리가 없소."

6월 28일 자정이 지나자 인민군은 경기도 문산, 파주와 서울 홍릉을 돌파, 서울로 진입했다. 이승만이 대전에서 전국으로 보낸 방송을 녹음해둔 선무방송이 수십 번 라디오를 통해 전해졌다.

—동포 여러분, 정부는 평상시와 같이 중앙청에서 집무하고 국회도 수도서울을 사수키로 결정했습니다. 서울 시민 여러분, 우리 정부는 끝까지 서울을 사수할겁니다. 우리 국군은 잘 싸워 오늘 아침 의정부를 탈환하고 적을 추격중입니다. 국민 여러분, 조금도 동요하지 마시고 가만히 계시길 바라는 바입니다.

총사령관이었던 채병덕은 당시 경기도 시흥으로 물러나 있었다. 그리고 새벽 3시에 한강철교가 폭파되었다. 순식간에 500여 명, 아니 800여 명의 사람들이 죽었다. 한강을 건너서 그 폭파장면을 바라보던 사람이 있었다. 하 대위였다. 그가 한강을 건너 지프차를 세우자 곧 한강이 폭파되었다. 한강 폭파명령을 채병덕이 했다고 뒤집어 씌웠지만 결국 하 대위 작품이었다.

민주지산 유격대

이틀간 내가 정리한 글을 읽고 희선 씨는 조금 만족해하는 듯했다. 아침식사는 집에서 했지만 점심, 저녁은 집에서 해먹자던 소리도 이젠 없고 가까운 식당에 가서 사먹는 게 더 싸다는 걸 그녀도 깨달은 모양이었다. 목요일 아침식사를 하고 그녀는 자신의 차에 시동을 걸었다. 그 차에 등산 장비가 다 있을 터였다. 나는 그에 맞추어 배낭, 등산복과 등산화, 등산지팡이를 미리 챙겨놓고 대기하고 있었다. 희선 씨는 차를 몰아 상촌면 물한리 물한계곡으로 갔다. 그녀는 미리 도상훈련이라도 한 듯이 황룡사 절 주차장에 차를 세웠다. 희선 씨가 건네준 배낭은 내가 가져온 배낭보다 크고 내용물도 꽉 차있었다. 아마도 며칠 묵을 속셈인 것 같았다. 바로 옆으로 산 능선을 따라 난 등산로를 좇아 산을 올랐다. 옥소폭포 못미처에서 오른쪽으로 길을 잡았다. 주차장에서 두 시간 남짓 걸었을까 했는데 민주지산 정상에 도착했다. 희선 씨가 내 얼굴에 흐르는 땀을 씻어주었다. 그녀도 온몸의 살에서 땀이 비 오듯 했다. 그녀는 태어나서 처음으로 등산이란 걸 해본다고 했다. 생각건대 나보다 더 들이대 정신이 있는 그녀라고 생각하니 기운

만으로는 그녀를 위로 모셔야겠다는 생각이 들었다. 어디선가 무슨 영화를 찍는 소리가 들렸다.

배낭을 벗어놓고 물을 한 모금 마신 뒤 가 보니 이동식 감독이 영화를 찍고 있었다. 가만히 보고 있으니 영화 촬영하는 장면이 참으로 재미있었다. 이동식 감독은 유신의 선택, 휘파람 새 등의 영화로 유명하다. 그가 지금 찍는 영화 제목은 삼도봉 유격대. 조금 낯선 제목이라는 생각이 들었지만 재미있는 장면을 놓치고 싶진 않았다. 한 남자 출연자가 대사를 했다.

"나는 사람 살리는 혁명을 원하며 사람 죽이는 혁명은 혁명이 아니라고 생각하오. 간악한 일제의 탄압 속에서도 노동자와 농민의 권리를 지키기 위해 투쟁한 것은 그것이 공산주의이기 때문이 아니라 약탈자 일제로부터 선량한 조선 인민을 구하는 것이기 때문이었소."

정말 연기 잘한다, 하고 옆에 온 희선 씨가 내 귀에 대고 속삭였다. 여자 출연자가 말했다.

"동지는 혁명을 감상적으로 생각하는 경향이 있소. 우리의 투쟁은 피를 뿌리지 않으면 성취할 수 없는 과정임을 깨달아야 하오."

다른 출연자가 말했다.

"극단주의는 혁명을 실패로 몰아갔소. 모두가 꿈꾸는 그런 혁명은 조금 늦을 지도 모르나 꼭 오는 그런 혁명이어야 한다고 나는 믿소."

또 다른 출연자가 대사를 했다.

"우리가 꼭 산에서 무장투쟁을 이끌어가야 할 이유는 없소. 내려가 인민들과 함께 하는 운동도 함께 해야 할 것이라고 나는 생각하오. 높은 산보다 도시 가까이 있는 낮은 산에서 투쟁해야 우린 오래 투쟁할 수 있소."

감독이 컷을 외쳤다. 흡족한 모양이었다. 꼭 아줌마 같이 생긴 이동식 감독이 온 몸을 흔들며 하는 동작은 보는 재미를 더해 주었다. 그를 광화문에서 몇 번 만난 적이 있다. 막간을 이용하여 아는 척을 하고 인사를 했다. 사람들이 많은 게 꺼려졌든지 희선 씨는 삼도봉 방향으로 가자고 했다. 삼도봉이야말로 중선 유격대의 본부가 있던 곳이었으니 따라야 하겠다고 생각했다. 이동식 감독에게 수고하라고 하고 우리는 우리의 길을 갔다. 점심때가 다 되어 능선 조금 아래에 야삽으로 텐트 칠 자리를 마련했다. 나도 그녀가 하는 대로 따라 보조노릇을 했다. 그녀는 참으로 거짓말을 잘 하는 것 같았다. 하는 일마다 처음 해본다고 하는데 무슨 전문가처럼 일을 마무리 하였다. 잘 정돈된 땅 위에 금방 텐트가 쳐지고 그 입구에서 버너에 불을 붙이고 라면을 끓였다. 산위에서 먹는 라면 맛은 어떨까? 라면이라면 모름지기 몇 년 전 변산 고사포 가까운 바다에서 배 주인이 배타고 끓여준 쭈꾸미라면이 최고라고 나는 생각한다.

라면에 파가 송송 얹히고 달걀이 들어가는 걸 보니 다 끓인 모양이었다. 이런 재주를 가진 여성이 그간 음지에서 고통을 받고 찌들려 살았을 걸 생각하니 나는 가슴이 먹먹해왔고 한편으로 이제라도 제대로 자기 목소리를 내며 맨땅에 헤딩하듯 헤쳐 나가는 저 모습에 가슴이 뻥 뚫리기도 했다. 맛있는 라면을 먹었다. 물을 끓여 커피도 마셨다. 희선 씨가 내 배낭을 달라고 했다. 에어매트에 바람을 불어넣고 깔았다. 그리고 침낭을 꺼냈다. 하나뿐이었다. 그녀가 잠을 자려고 포즈를 취했다. 나보고 옆에 와 자라고 했다. 옳거니 그녀의 전략은 바로 가까이 나를 두려는 속셈이었다는 걸 깨달았다. 야호 하고 속으로 외치며 그녀 곁으로 가서 잠을 청했다. 그녀의 품은 마치 엄마의 품 같아서 푸근히 잘 잤다. 한참 자다가 일어나니 해는 서산 아래로 가라앉고 있었다. 희선 씨를 깨웠다. 그녀가 나를 끌어당겼다. 그리고 그녀의 긴 혀를 내 입안에 넣어 분노와 불신과 불충의 검불들을 다 빨아내고 있었다. 그녀가 혀를 빼더니 입맛을 다셨다. 그리고 버너를 꺼내 식사준비를 했다. 오늘 내려가기는 그른 것 같았다.

삼도봉은 충청도, 전라도, 경상도가 만나는 지점이었다. 삼도봉 밑에 연 씨 성을 가진 형제가 있었다는 전설에 흥부와 놀부가 등장하기도 한다. 나는 삼도봉 중선 유격대 대원들이 1950년 밤은 형을 다시 살폈다.

— 이영식(21): 사형

— 홍재부(27): 무기징역

— 장기정(21), 장세진(39), 김동설(30), 박우하(30): 징역
15년

— 임봉준(34), 구복재(31): 징역 12년

— 김기탁(26), 김기열(30): 징역 5년

— 유병호(33): 징역 4년

— 김태호(25): 징역 3년

— 김영진(25): 징역 2년

　　장혁과 김막실의 아들에 장세진이 있고 장세진은 유격대에 참
가하여 체포되었다. 장혁은 인민군들이 내려왔을 때 영동군위원
장을 조금하고 김태수에게 자리를 내어주었다. 이필영과 최삼식
이 가명이라고 한다면 위 사람들 가운데 누가 이들에 해당될까?
이영식이 이필영일까? 저리 스물한 살짜리를 사령관에 임명했을
까? 장세진이 가장 연장자이고 두 번째가 임봉준이었다. 이영식
이나 홍재부가 이필영과 최삼식일 가능성이 있으나 도주했을 수
도 있었다. 가명들을 하도 즐겨 써서 누가 누군지 세월이 지나서
는 알 수조차 없게 되었다. 5·10선거를 방해할 목적으로 중선유

격대는 양강면 부면장과 용화면 선거위원장을 습격했고 영동농교에 방화하는 등 강도와 약탈을 했다. 이로 5월 21일부터 교통을 통제하고 이필영과 최삼식, 공산당 간부 40명과 폭도 300명을 검거했다고 발표했다. 1948년 7월 13일 조병옥 경무부장이 발표한 영동 중선구국유격대 소탕 결과는 다음과 같았다.

　　—폭도체포 25명

　　—폭도사망 4명

　　—경찰측 피해 부상 1명

　　—무기제조 및 수리공장 발견(康津 九井峰에서)

　　—압수총류 13정

　　—압수실탄 약 200발

　　—엽총용 뇌관 3,000개

　　—99식 및 엽총탄피 1가마

　　—38식 장총 제조기구 10여점

　　—화약 1승

　　—박격포 제조기계 1조

　　—수류탄 2개

　　—다이너마이트 10개

　　—일본도 5

　　—피복류 35점

―기타 취사용구 지령문서 식량 등 다수 압수

1950년 실형을 받은 사람들은 체포된 폭도 25명 가운데에 있을 것이고 사망한 폭도 4명과 체포된 25명을 제외한 나머지는 어디에 있었을까? 다음은 이들로부터 경찰이 압수한 물품은 다음과 같았다.

―아지트 발견 16소

―천막 1매

―편의용 의류 60점

―모포 4매

―전투모 및 군화 6점

―미제 우의 8매

―수통 5개

―륙색 4개

―세밀 지도 5매

―취사용 도구 鍋(노구솥/냄비) 외 수십 점

―주사바늘 1개

―99식 장총 2정

―화약 물 44개

―다이너마이트 390개

— 도화선 2천 미터

— 革製彈箱(가죽 탄약상자) 1개

— 軍用圓匙(삽) 2개

— 포제 실탄케이스 1개

— 목검 1본

— 인민정치학교 졸업자명부 및 동 사진 각 1책

— 약품 1상자

— 작전용 신호기 3매

— 금전출납부 1책

— 요살해자 명부 4책

— 좌익계열 명부 1책

— 비품대장 1책

— 기타 일용품 다수

이들 물품은 340여 명이 썼던 장비가 아닌 그 10%가 썼던 장비에 해당될 것으로 보이며 이들 장비에 미제 우의(판초우의?)와 일제 때부터 쓰던 99식 소총도 포함되어 있었다. 휴대전화에서 소리가 났다. 희선 씨에게 온 문자메시지였다. 메시지를 읽고 눈물이 살짝 비친 희선 씨가 아마도 내려가야 하겠다며 철수준비를 하라고 했다. 무슨 일이 생긴 모양이었다. 나야 갑이 하자는 대로 할 뿐 어떤 상황인지 알 수도 없고 물어도 안 되는 상황이었다. 갑자기 무슨 좋은 일이라도 있을까 했던 기대는 삼도봉 저 멀리까지 퍼진 저녁노을과 함께 흩뿌려지고 있었다. 컴컴해 오자 희선 씨가 플래시를 켰다. 그녀는 진짜 집에만 있던 사람 맞을까 의아해졌다. 욕실에서 나올 때 내게 보여준 살들이 모두 근육이었다는 걸 다시 한 번 확인시켜주고 있었다. 민주지산으로 다시 길을 들었다. 그 사이 이동식 감독은 야간 촬영을 준비하는 모양이었다. 방해되지 않게 살짝 고개인사만 하고 물한계곡으로 내려왔다. 그리고 집까지 와서 그녀는 옷부터 갈아입고 나섰다. 따라가느냐고 눈짓으로 물어 보았으나 그녀는 고개를 가로저었다.

장혁이 저 중선 유격대에 가담했을까 생각해 보면 서른일곱 살이던 그의 아들이 가담하고 그는 1948년 당시 54세라는 점을 감안할 때 산 사람이 되지 않았을 것 같았다. 1948년 당시 서른한 살이던 이민혁은 아마도 유격대에 가담했을 수도 있고 토벌군을 피해 마니산 등으로 피신했거나 서대산 빨치산부대에 합류했을 수도 있었다.

문향헌에서 하루

금요일 오후 나는 즐거운 마음으로 친구를 맞으러 대전역 동광장으로 향했다. 옥천나들목을 지나 판암나들목을 지나 열심히 달린 내 지프차는 대전역 동광장에 도착했다. 20여분을 배회해도 주차할 공간이 없었다. 조금 떨어진 하천가 주차장에 차를 부리고 부리나케 역으로 갔다. 대전역의 상징이기도 한 성심당을 막 지나가려는데 저쪽에서 진윤태가 반갑게 손을 흔들며 나오고 있었다. 윤태의 가방 하나를 빼앗아 들자 윤태가 내게 춘추민속관에 대해 물었다. 내가 그 주인과 형님동생한고 하자 그는 잘 됐다고 하였다. 둘은 한참을 걸어 개울가 주차장까지 와 지프차에 올랐다. 그리고 판암나들목을 지나 옥천톨게이트를 빠져나와 사거리에서 신호를 기다렸다.

직진하면 동이, 오른쪽으로 가면 옥천 읍내, 왼쪽으로 가면 옥천 구읍, 정지용생가 등이 나왔다. 세상에서 내가 제일 좋아하는 신호가 떨어졌다. 직진도, 좌회전도, 우회전도 허락되는 신호였다. 기껏 좌회전하려면 비보호 딱지나 붙이는 신호는 이와 비교를 할 수가 없었다. 좌회전을 하자 정지용생가, 육영수생가 등등 표

지팡이 길거리 삐끼처럼 오라고 보채고 있었다. 구읍 골목으로 들
어서기 전 신호를 기다리려 멈춰 섰다. 내가 정 관장에게 전화를
했다. 그리고 식사도 되고 예약도 된다는 걸 확인했다. 내가 수십
년간 사회생활을 하며 터득한 것 가운데 금방 가더라도 식당은 예
약하고 간다는 것이다. 윤태는 돌담이 많은 골목을 신기해했다.
한참 가니 문향헌이라는 안내표지가 있고 대문이 열려있었다. 맞
배지붕 아래 춘추민속관이라고 쓰인 현판이 있었다. 내가 안으로
들어갔다. 부엌문을 열고 개량한복을 곱게 차려입은 정 관장이 나
왔다. 반가이 맞았다. 누군가 방에서 나왔다. 그리고 말했다.

"윤태 샘. 형진 샘."

그녀는 선가영이었다. 가영에 이어 두 사람이 더 나왔다. 한 사
람은 장승환이고 다른 한 사람은 김수천이라고 하였다. 인사를 하
고 나는 윤태와 가영을 데리고 문향헌이라는 건물 옆 회화나무가
있는 무대로 안내했다. 여기서 해마다 5월에서 10월 사이 매달 공
연이 있었다. 완전 동네 예술무대라고 할 수 있는데 사물놀이, 동
네 어르신의 하모니카 연주, 무술, 양반춤. 여기 정 관장님이 양반
춤 전수자였다. 좌우간 대단했다. 하루는 나보고 시낭송을 해달라
고 해서 청중들에게 말하믄 무어더, 를 후렴으로 해달라고 주문했
다. 내가 뭐라믄 말하믄 무어더, 그러는 거였다. 꼬맹이들까지 있
었는데 참으로 열심히 후렴을 매겼다. 이 얘기를 하니 가영이 그

게 진짜 예술 아니냐고 거들었다. 윤태가 예술을 한 사람이 광내는 자리, 다시 말하면 한 사람이 소유하고 독점하는 구조가 아니라 공유하고 공감하는 공연이 최고의 예술 아니겠느냐고 하였다.

윤태가 두 사람을 정식으로 나에게 소개했다. 장승환 박사는 오랫동안 한국전쟁을 공부해온 사람이고 지도교수가 6·25를 연구한 성대 서 교수였다. 윤태가 성대 출강했을 때 강의를 들었다고 했다. 김수천 박사는 서울대 국사학과 출신 후배. 해방 전후사로 박사학위를 한 사람이라고 소개했다. 나는 진 박사가 부러웠다. 생일잔치를 이리 해주는 걸 보니 나도 제자를 둘 걸 그랬다는 생각이 들었다.

다들 비슷한 과의 사람들이라 잘 어울릴 거라고 가영이 말하자 정 관장 부인이 생일 케이크를 준비해 상 가운데에 놓았다. 촛불을 켰다. 굵은 초 다섯 개, 가는 초 일곱 개. 삼년이 지나면 윤태나 나 또한 예순이 될 것이었다. 촛불을 붙이고 예의 생일 축하 노래와 촛불 끄기가 있었다. 그리고 식사 후 먹기로 하고 생일 케이크는 다른 상으로 옮겨 두었다. 정 관장이 술동이를 들고 들어왔다. 그리고 잔에 전통주를 따랐다. 그러자 김수천 박사가 나더러 진 교수의 친구로 건배를 해달라고 청했다. 내가 건배사를 하자 모두는 웃으며 건배를 재청했다. 그리고 정 관장이 이어서 건배사를 하자 위하여, 하고 모두는 외쳤다. 이렇게 다섯 명의 건배가 있었다. 윤태가 감사의 인사를 했다.

김수천 박사에게 내가 고향이 어디냐고 물었더니 그는 동이면 평산리라고 대답했다. 내가 아는 여성 한 분과 옥천 군립 묘지에 갔다가 김형철이란 이름이 자기 할아버지 이름이라고 하더라고 말했더니 김 박사가 눈이 휘둥그레졌다.

"진짜요? 저희 할아버님도 그러신대. 할아버지 시신은 아직 찾지 못했고요. 군립 묘지 어느 주인의 이름과 같았던 게지요."

내가 그녀 아버지의 이름이 김승규 선생으로, 70년대 술병으로 일찍 돌아가셨다고 했더니 그는 그가 아마도 그의 작은아버지 맞는 것 같다고 했다. 그의 할아버지가 보도연맹원으로 몰려 돌아가신 뒤 가족들은 뿔뿔이 흩어져 도망가 살았고 그의 선친이 김 득자 규자, 작은아버지가 김 승자 규자. 아버지가 서른여섯 살 때 그가 태어났다고 했다. 위로 누나 셋이 있다고 했다. 윤태가 시신은 제대로 수습했느냐고 물었다.

"1997년 홍수로 사태가 나면서 그 집단 학살 무덤이 유실되었는데 학살 때 생존자였던 동네 어르신이 거기서 뼈 200점을 수습하였다고 합니다. 그 이상의 발굴도 없었고 유전자 검사로 조상을 찾으려는 시도 또한 없었지요."

국군유해는 끝까지 발굴하면서, 하고 가영이 말끝을 잇지 못하자 내가 말했다. 그래도 진실화해위원회 같은 게 있어서 이만큼이라도 진전이 있었던 것 같다. 정권이 바뀌자 언제 그랬느냐 하지만. 동네 어르신들께 여쭈어 보았더니 아주 상세하게 설명해주셨다. 몇 년 살며 신뢰를 쌓았기 망정이지 그렇지 않았다면 절대 불가능한 일일 거다. 어르신 한분은 보도연맹 학살을 남쪽의 헌병과 순경이 벌린 것이 아니라 인민군이 저지른 일로 믿기도 했다고 소개했다. 묵묵히 있던 장승환 박사가 입을 뗐다.

"전쟁이 터지자마자 일어난 일이니 저리 생각할 수도 있을 거예요. 사실 대전 산내 곤령골 학살사건은 자세히 챙겨봐야 하는게 있습니다. 4·3사건 연루자들이 곤령골에서 많이 죽었습니다. 희생자의 아들이었던 이도영 박사가 미국에서 살면서 비밀해제된 사진들을 찾아냈어요. 국내에 소개하면서 당시 어떤 일이있었는가를 보여주었거든요. 사진을 보면 학살에 가담한 사람들은 헌병과 순경입니다. 헌데 미국 비밀 해제된 문서에는 CIC와한국군 헌병이 주도하고 경찰이 보조했다는 문구가 있습니다."

CIC는 미군정 당시 방첩부대를 그리 불렀다. 영어로 카운터인텔리전스 코어. 그걸 약자로 CIC라고 한 거였다. 장승환 박사가대전학살의 원흉에 대해 의견을 피력했다.

"대전 학살, 누가 이런 일을 벌였을까요? 미군정의 방첩부대를 CIC라고 불렀는데 이 출신들이 이승만 정권에서도 똑같은 이름으로 활동합니다. 1949년 6월 29일 미군이 철수하고도 미 군사

고문단이란 이름으로 남아 활동합니다. CIC 요원으로 드러난 사람에 백범을 암살한 안두희가 있습니다. 미군이 철수하기 사흘 전인 6월 26일의 일입니다. 6월 5일 보도연맹 창설, 6월 6일에 반민특위가 습격을 받는데 모두 미군철수 직전에 일어난 사건들입니다. 위닝턴 기자가 말했듯이 학살 현장에는 늘 미군 CIC가 어른댑니다. 한국전쟁이 터지고 영국 기자로 앨런 위닝턴이란 사람이 취재차 한국에 옵니다. 50년 9월인가 낸 그의 현장보고를 보면 학살의 주체가 누군가 알 수 있는 문구가 있어요. 미군 장교가 '괴뢰군' 장교와 함께 매일 지프차를 타고 현장에 와서 학살을 어찌 하면 되나 자문을 했다는 겁니다."

"그 괴뢰군은 국군여요? 인민군여요?"

하고 가영이 묻자 장 박사는 문맥상 한국군인 것 같다고 말했다. 그는 더 소개했다.

"그 학살 현장에서 도랑으로 파기도 하고 5개의 구덩이도 팠다고 합니다. 현장에 도착해보니 학살당한 이들의 신체 일부가 흙속에서 나와 있어 사진으로 보여주고 있습니다. 현장에 있던 사람들에게 물어보니 지프차가 어디에 있었고 미군 장교는 어디에 서있었는지 모두다 똑같이 일러줬다고 합니다. 그 기자는 현장에 미제 담배 빈값들이 버려져 있었다고 르포에 썼죠."

김수천 박사가 이도영박사가 찾은 사진은 애버트라는 미군 소령이 찍었다고 말했다. 내가 미군정 때 일어난 4·3 사건에서 서북청년단, 대한청년단 등의 집단이 나서 학살을 주도하는데 무언가 냄새가 나지 않느냐고 물으니 장 박사는

"미군정의 CIC가 서북청년단에 자금을 댔거든요. 이들과 이들을 따라 만들어진 우익테러집단인 대한청년단 등이 일으킨 사건이 제주 4·3 사건 아닙니까? 맥아더의 포고령 1조는 북위 38도선 이남의 조선 영토와 조선 인민에 대한 통치 권한은 당분간 본관의 권한 하에서 시행한다고 했어요. 미군정 치하의 학살사건입니다."

하고 말했다.

김수천 박사가 말했다. 미군의 공중 폭격은 혀를 내둘 정도입니다. 7월 14일 대청댐 서쪽 금강을 건너던 피난민과 국군에게 네이팜탄 투하와 기총소사로 100여 명이 죽었습니다. 그런가 하면 영동에서는 7월 23일 미군이 주곡리와 임계리에 사는 사람들을 모이라 명령합니다. 다음 날 보니까 미군이 사라진 거예요. 일부는 집으로 돌아가고 일부는 철길 따라 황간 방향으로 피난을 했죠. 철길 따라 가는 이들에게 미군이 폭격을 하여 100여 명이 죽었다고 합니다. 이날이 7월 25일. 피난을 가던 이들이 노근리 쌍굴 다리 안에 들어가 피했는데 7월 27일부터 29일 사이 그 굴다리 안에도 맹폭격을 합니다. 그래서 300여 명이 사망합니다. 이게 다가

아닙니다. 미군 24사단이 북진하여 9월 27일 옥천에 입성하게 됩니다. 청산에서는 동네사람들이 군인들이 수고했는데 밥이라도 한 끼 해주자 누구네 집에 있다는 장작을 지고 오는데 사람들에게 네이팜탄을 투하하고 기총소사를 가합니다. 그래서 50여 명이 죽었다고 합니다.

정 관장이 "말로만 듣던 그 노근리 사건이구먼. 아니 청산은 또 왜 그랬대? 정말. 이해가 안 돼."
하고 말했다.

"지금이야 미군의 노근리 양민학살 사건이 인정이 되지만 그간 미군이나 한국군은 딱 잡아뗐습니다. 1950년 7월 24일 기병사단 통신문 등의 미 국방부 비밀 해제된 문서 등을 검토한 결과 2005년 한국 정부는 미군의 학살사건이라는 것을 처음 밝히게 되었죠."

"미군이 한반도를 점령한 것부터 이해하기 어렵죠. 한국은 전범국가인 일본 대신 분단되었고 미군정에 의해 치밀하게 계획된 좌익세력 청소를 통해 죄 없는 한국 국민이 학살당하는 것 아녔겠어요?"하고 윤태가 말했다. 밤이 늦도록 한 진윤태 생일잔치는 이상하게 흘러갔다. 케이크를 나누어 먹으며 이야기는 계속되었다. 어렵게 정 관장이 이야기를 시작했다.

"문향헌이 사실은 인민군들이 쳐들어왔을 때 무슨 본부로 쓰였다고 전해지기도 해요. 그때 일하던 분의 말에 따르면 딘 소장 있잖아요. 그를 잡은 부대가 그 부대였다더군."

장 박사가 "딘 소장은 미군정의 2대 군정장관 러치가 죽자 군정장관에 임명됐죠. 미군 철수 때 귀환했다가 한국전쟁이 발발하자 다시 투입됩니다. 24사단장이었는데 대전전투를 지휘했어요. 1950년 7월 21일인가 34연대에게 철수명령을 내리고 도주하다가 인민군의 매복에 걸려 차를 버리고 후퇴해 혼자가 되었지요. 이 기사를 보면 미군은 옥천이나 영동에서 양민학살이 끝날 즈음 대전에 도착하고 대전전투가 있었던 것 같습니다."

하고 대꾸했다. 윤태가 장 박사에게 혹시 양민학살에 대한 수치가 나온 게 있느냐고 물었다. 그는 그의 지도교수인 서 교수는 10만 명이 넘지 않을 것으로 보았고 강정구 교수는 20~25만 명으로 추정하고 있다고 말했다.

윤태가 나에게 "최 박사야, 니 지질학자 식으로 보모 한 100만은 죽은 것 같지 않나? 우예 생각하노?"

하고 물어 내가 대답했다. 가장 정확한 것은 유골을 다 발굴해서 몇 사람의 유해인지, 유전자 감식을 통해 어떤 집안사람인지도 밝혀내야 하지 않을까? 어서실에서 300명이 죽었다고 하는데 밝혀진 게 없었다. 공포와 두려움만 남았다. 10만이나 단 300명이 학살된 거나 별반 차이가 없는 것 같았다. 내 얘기는 숫자와 상관없이 반인류 범죄이고 헌법을 비롯한 제반 법을 위반한 초법적인 사건? 어느 법에 의해서 주어지지 않은 권한을 행사한 사람들을 범법자, 반인류범죄자, 학살자라고 해야 하는 것 아닐까 생각한다고 말했다. 전쟁 때마다 전술적으로 이런 학살을 한다? 도대체 한국 민족이 남아나겠느냐고 내가 분노를 토했다. 윤태의 갑작스런 질문에 신들린 듯이 그간 생각해 보지 않았던 말들이 술술 나왔다.

윤태가 한 50만 이상이 희생 됐을 것으로 보느냐고 내게 묻기에 내가 대꾸했다. 옥천이나 영동에 수도 없이 많은 학살지가 있고 수많은 희생자가 있어서 우리나라 전체로 따진다면 희생자 규모는 작아도 백만 명은 될 것도 같았다. 그 정도의 학살은 동족이라면 적어도 불가능하다고 난 본다고 말했다. 70대 노인네가 혼자 벌인 일 같지가 않았다. 내 말에 김수천 박사가 하우스만이란 사람에 대해 설파했다. 제임스 해리 하우스만. 미군정 때부터 있다가 6·25 전에 군사사절단이란 이름으로 한국에 머물며 국군 창설에 큰 도움을 준 사람. 이승만은 모든 군사적인 업무에 대해 그에게서 자문을 받았다. 심지어 누굴 국방장관으로 임명할까 하는 데에도 그가 개입했다고 한다. 내가 여운형의 건국준비위원회와 군, 면 인민위원회를 미군정이 빨갱이로 몰지 않았는지 궁금해 하자 장 박사가 설명했다. 1945년 9월 6일 조선인민공화국이 선포되었다. 주석 이승만, 부주석 여운형, 내무부장 김구 등으로 구성되었는데 실제는 여운형이 중심이 된 조직이었다. 1945년 9월 8일 진주한 재조선 미육군사령부 군정청의 통치가 시작되기 며칠 전이었다. 미군정 때 지역에 따라서는 대한민국의 공식 정부기구로 역할하기도 했고 특히 옥천군, 영동군 인민위원회의 활동은 다른 지역에 비해 활발했다. 아무튼 여운형의 조선인민공화국과 차별화하기 위해 인민군은 조선민주주의인민공화국이라 한 모양이었다.

서대산 빨치산이 삼청리에서 열차를 폭파시켰다고 하던데, 하고 내가 말하자 고개를 끄덕이며 김수천 박사가 말했다. 그 열차 폭파사건은 1951년 1월 12일에 일어났다. 또 부역자 문제는 또 다른 국면을 연출했다. 옥천 지역이 수복이 되고 1·4후퇴 즈음 부역자 100여 명이 옥천읍 장야리에서 처단되기도 했다. 이는 한 국군에 의한 또 다른 학살이었다.

장 박사가 국민방위군에 대해 소개했다. 1950년 겨울 중공군과 인민군이 다시 남하하자 남아있는 젊은 사람들을 국민방위군 소집을 하였다. 적군의 전력으로 편입되는 걸 미연에 막기 위해. 이때 50만 명이 서울에 집결하는데 이들을 이동시키고 먹이고 입히는 게 큰 문제였다. 군 수뇌부가 착복하면서 보급이 제대로 되지 않아 100일 동안 얼어 죽고 굶어죽는 사람들이 5만 정도였다. 10%가 희생되었다.

사실 고통스런 상황이 반복될 때 소소한 일상이 얼마나 큰 가치를 갖고 있나 알게 된다. 헌데 어떤 트라우마나 고통에 시달리면 소소한 일상의 고마움을 절대 못 느끼고 그러다 보면 삶의 만족도나 행복감도 줄고 공격적으로 바뀌는 것 같다. 사실 옥천에 살면서 이 일대가 온통 학살이 일어난 곳이란 생각을 갖다 보니 이건 엄청난 고통인 것 같다. 실제 학살 현장을 본 어르신들은 평생 그리 살아오셨을 텐데 정말 잘 버티어 왔다는 게 정말이지 대단한 것 같았다.

가영이 말했다.

"아픈 현장을 보거나 가까운 가족이 그런 고통을 당하는 걸 본 사람들은 사실 치료를 받아야 할 것 같아요. 이를테면 지금 대통령도 부모가 다 총탄에 맞아 죽었잖아요. 그런 경험이 있기에 치료를 받아야 하는데 그런 적이 없다는 게 걱정입니다."

그리고 보니 곳곳에 아픈 사람들이 있었다. 그들의 고통과 공포를 직간접 나누어 가진 사람들까지도 정도차이는 있겠지만 치료 받아야 할 것 같았다. 정 관장이 나에게 옥천 사람들이 국내에서 우울감 경험율이 가장 높다는 옥천신문 기사에 대해 말했다. 김수천 박사가 말했다.

"우울감은 상대적인 경우가 많아서 잠재적인 트라우마로부터 왔다고만 돌리기에는 어려울 것 같습니다. 대전 가까이 있으며 무의식적인 상실감 같은 의식이 우울감을 더해 주는 것 아닐까요?"

내가 뜬금없이 김 박사에게 혹시 고모할머니 성함을 아느냐고 물었다.

"한번 아버지한테 들은 적이 있습니다. 김막실. 여장부셨대요. 청년운동 한다고 하다가 두 살 아래인 분과 결혼하셨다고 들었습니다."

장승환 박사가 진짜냐며 그의 할머니 이름하고 똑같다고 말했다. 내가 이제 무언가 알 듯도 하다. 결국 우리 의뢰인이 낸 문제를 푼 것도 같다. 장 박사님 할아버지 성함이 혹시 장혁 선생 아니냐고 묻자 놀라워했다. 그동안 계속 공부해오다 알게 되었다고 말했다. 장세진이란 아드님은 중선 유격대 활동을 하다 잡혀간 얘기도 했다.

장 박사가 그의 부친이 장희진이고 장혁 선생의 둘째 아들이라고 했다. 이제 김 박사 할아버지가 왜 보도연맹 맹원이 되었는지 알 것도 같았다. 장혁 선생이나 김막실 여사 같이 일제 때부터 함께 독립운동을 한 사람들이니 그 친척은 당연히 좌익과 친한 사람으로 보도연맹에 가입하게 되어있었다. 진짜 좌익은 정작 빨치산을 하거나 북으로 가고, 이도 저도 아닌 사람들이 대개 보도연맹 맹원이 되어 이슬처럼 사라진 거였다. 토론도 술도 할 만큼 했다고 생각이 들었는지 자리를 뜨기 시작했다. 나도 밖으로 나왔다.

회화나무 아래 무대에 앉았다. 가영이 왔다. 김수천 박사도 와서 앉았다. 아까 내가 말한 그 분과 통화 한번 할 수 있겠느냐고 물었다. 아참, 하고 나는 휴대폰을 꺼내 희선 씨의 전화번호를 찾아 통화를 눌렀다. 희선 씨는 전화를 받지 않았다. 몇 번 시도했다. 아쉬움을 안고 모두는 하늘을 쳐다보았다. 갑자기 무슨 공연 생각이 났는지 나는 청사초롱에 불 밝힌 회화나무 아래 무대에 섰다. 그리고 프랑스어로 노래했다. 미셸 사르두의 노래. 사랑의 병, 말라디 다무르. 한글 가사로 노래를 부르자 듣던 정 관장이 박수치며 다가왔다.

"대단히아. 말하믄 무어뎌, 맞지? 그 시 낭송할 적 생각나는구먼. 오늘은 요만큼만 히아. 동네서 시끄럽다고 할 테니께. 헌데 노래가 참 좋아. 치유 능력이 있어. 최 박사님도 가수 한번 해 보시지? 장사익 선생은 50대에, 최 박사하고 비슷한 또래에 데뷔했는데. 그간 시집도 여러 권 냈잖아."

모두는 한옥에서 잠자리를 두고 잠을 청했다. 나는 윤태와 번갈아 코를 골며 번갈아 서로의 소리에 잠을 깨며 잠을 자고는 아침을 맞았다.

곤령골에 가다

....

    토요일 일어나 보니 열 시 반이 넘었다. 그 사이 김수천 박사와 선가영 씨는 김 박사 차로 서울에 올라갔고 장승환 박사와 셋만 남았다. 지금 좀 이르긴 한데 가면 11시 쯤 될 테니 군서면 사양리 가서 능이버섯찌개에 밥 먹자고 내가 윤태와 장 박사에게 제안했다. 세 사람은 정 관장과 부인에게 인사를 하고 내 지프차를 타고 나섰다. 옥천 시가지 지나 역 앞에서 오른쪽으로 틀어 다시 신호 대기를 했다. 좌회전하면 군서, 금산 방면이라고 되어 있는 신호를 기다리고 있었다. 금방 군서의 군립 묘지가 있는 것을 보고

    "보아하니 그 보이지 않는 트라우마를 헤어나기가 쉽지 않겠군요. 6·25 당시 149개 시군 가운데 119개라고 했지요? 119개 지역에서 학살이 있었다고 합니다. 결국 대한민국 전체가 그런 셈이었죠."

하고 장승환 박사가 말했다. 월전리를 지나 오른쪽으로 접어드니 왕복 4차선 큰 도로가 나왔다. 한참을 가서 오른쪽으로 빠진 뒤 내내 산길을 따라 갔다.

    사양리에는 토시골이라는 식당이 있었다. 옥천 이원에 이사 오

기 전 집을 보러 다닐 때마다 가족들과 함께 꼭 들르던 식당이었다. 식당 안으로 들어서자 바깥주인이 나를 보고 쫓아 들어와 인사를 했다. 주문하고 앉아있자 주인이 아침에 만든 두부라며 두부한 모를 잘라 내왔다. 양념장과 함께 맛있게 윤태가 빈속을 채웠다. 식당 바깥주인은 동동주와 버섯무침을 들고 왔다. 셋은 시키지도 않은 술, 아니 시키는 걸 잊어먹은 술이 오자 반가워 얼른 각자의 잔에 받았다. 바깥주인도 오랜만에 지기를 만난 듯 편히 앉아 함께 대작을 했다. 술병을 들어 사장이 나에게 술을 따르려 했다. 내가 운전해야 한다고 사양하자 윤태와 장 박사에게 술을 따랐다. 자연산 능이버섯 찌개가 나오고 그 곁에 묵은지, 생절이, 총각김치, 깻잎무침, 땅콩 등이 나왔다. 동동주와 함께 찌개와 밥을 먹었다. 자연에서 채취한 버섯은 또 다른 향이 있었다. 흐뭇한 식사를 하고 셋은 일어났다. 윤태가 밖으로 나왔다.

"저쪽으로 가면 어디고?"

저 넘어가 바로 산내 곤령골이라고 장승환 박사가 말했다. 나는 한 모금 마신 동동주마저 쫙 깨 옴을 느꼈다. 뭐라고? 자주 왔었는데. 맞다. 몇 번 간 것 같기도 하였다. 내가 진 박사에게 대전역에서 케이티엑스 타고 서울 가야하지 않느냐? 장 박사는 어찌 할거냐 물으니 윤태는 두 시표 끊어 놓았다고 했고 장 박사도 비슷한 시간의 표를 끊어 놓았다고 했다. 셋은 터널을 지나 대전역 방향으로 가기로 했다. 곤룡터널을 지나 골짜기를 따라 내리막길은 지프차에 중력가속도의 동력을 추가하여 큰 속도가 되게 하였다. 한참을 내려가자 장 박사가 말했다.

"저기 교회 보이시죠? 저 일대가 학살지입니다."

차를 조금 더 몰고 가 개고기 도매상이 있는 건물 앞에 공터가 있어 거기에 주차를 하고 셋은 다시 길을 갔다. 교회 옆 길가에 표지판이 있었다. '이곳은 대전형무소 보도연맹 산내 학살 현장입니다.' 셋은 가슴이 철렁 내려앉았다. 누가 먼저랄 것도 없이 빈 터를 향해 걸어갔다. 무언가 흔적이라도 남아있을 것 같아 걷고 또 걸었다. 장 박사가 소리쳤다.

"이거 가슴뼈? 아니 갈비뼈 조각 아닌가요?"

윤태가 비닐 안에 물러터진 종이 가운데에 붉은 원이 그려져 있는 담배 갑 흔적을 찾았다. 럭키 스트라이크였다. 나는 주머니에서 루페를 꺼냈다. 흐려진 글씨를 읽어내고야 말았다.

"장 박사, 좀 보세요. 여기 K & B라고 씌어 있지요?"

"형진아, Kill and Bury. 죽여. 그리고 묻어. 이런 말 아닐까?"

나도 그의 해석에 동의하기 시작했다. 장박사가 스마트폰을 꺼내 검색하기 시작했다. K & B가 미국 뉴 오린지에 주소를 둔 약국 체인점이라고 했다. 또 뭔 짓들을 한 것일까? 알 길이 없었다. 그리고 또 가다 보니 뼛조각들이 눈에 띄었다. 장 박사가 나에게 무언가를 보여주며 카멜 담배 갑 아니냐고 물었다. 종이가 많이 썩고 흐물흐물하지만 카멜 담배 갑 맞는 거 같았다.

"장 박사님, 그렇다면 위닝턴인가 하는 기자가 말한 대로 저 담배 갑 얘기는 적어도 맞았다는 거고. 저렇게 남아있을 정도로 담배 갑이 있다면 담배를 다 피고 빈 갑을 버린 사람들도 엄청 많았다는 거 아녀요?"

윤태가 단호하게 말했다.

"두 사람. 하나는 럭키 스트라이크, 하나는 카멜 피는."

둘은 가자는 내 말에 손을 털고 지프차가 있는 곳으로 갔다. 그리고 무거운 침묵이 흘렀다. 대전역 동광장 부근 하상주차장에 차를 세우고 대전역 대합실 안으로 들어갔다. 늘 북적거리는 대전역 대합실이다. 윤태가 나더러 대합실에 있는 사람이 몇 사람이나 되겠냐고 묻기에 2천 명쯤 아니겠냐고 하니 장 박사는 천 명도 안 될 것 같다고 했다.

"그래 좋아. 천 명이라고 치자고. 이 만큼의 사람들이 일곱 번 죽었다는 거 아이가? 끔찍하다 못해 난 용서가 안 된다."

"저희 지도교수님께서 이런 말씀을 했어요. 이런 극한의 공포와 두려움이 극우반공독재를 가능케 했던 가장 강력한 기초원동력이다. 서울수복이 되고 부역자들을 처단하고 좌익세력이 씨가 말라가자 빨갱이가 없으면 빨갱이를 만들면 된다고 김창룡은 많은 빨갱이 조작사건을 일으키기도 합니다. 부산정치파동 때 형무소에 있던 사람들은 인민군으로 위장하여 석방한 뒤 사살하고 빨갱이가 부산에도 쳐들어 왔다고 계엄을 선포하고 국회의원이 탄 버스를 통째로 크레인으로 납치해 이승만은 재집권에 성공합니다. 그게 사사오입 개헌입니다."

"그래서 이승만이 장기집권에 성공했다? 내가 보기엔 제 무덤을 파고 결국 학생들까지 죽이다가 쫓겨난 거잖아? 최 박사 안 그러나? 국부 이승만? 개나 주라고 그래."

"이 엄청난 학살 현장들을 구덩이 파고 흙으로 덮어 숨길 수 있는 일이 더 이상 아닌 것 같습니다. 시간이 지나며 모두 다 알게 되지 않았습니까? 어제 최 박사님이 소개한 어떤 분의 말처럼 인민군이 빨리 쳐들어오자 보도연맹원 학살이 저들에 의해서 자행된 것으로도 호도되었지만 지금 그리 아는 사람은 거의 없을 겁니다. 김창룡은 서른아홉 살에 자신의 옛 부하였던 허태영 대령에게 암살당합니다. 김창룡은 늘 개인의 영달을 위해 공산당 1명에 무고한 양민 10명꼴로 만들어 죄 없는 사람들을 죽였다고 했죠. 개인의 영달을 위해 오버했다는 말, 치가 떨리지 않으세요? 제2차 세계대전이 끝나갈 즈음 일제는 한반도에 전선이 형성될 것에 대비하여 비상사태에 따른 조치를 마련했다고 합니다. 연합군이 상륙하면 공산주의, 민족주의자 등 요시찰인을 예비검속한다. 전선이 경찰서에 가까워지면 예비검속자를 후방으로 옮긴다. 그럴 시간이 없으면 적당한 방법으로 처치한다. 전국의 경찰서장에게 암호문으로 전달했다고도 저희 지도교수님 논문에서 읽은 적이 있습니다."

내가 성심당에서 사온 두 쇼핑백의 빵을 건넸다. 대전역에 왔으니 성심당 빵은 먹어보라며 윤태에게 제수씨한테 갖다 드리라고, 한 봉지 장 박사에게 반가웠다고 한 봉지 주었다. 둘은 나에게 고맙다는 인사를 하고 케이티엑스 승강장으로 들어갔다. 나에게 고생했다며 얼른 집에 가라고 손을 흔들었다. 나는 아까 온 길을 거슬러 가보기로 했다. 대전역에서 산내로, 남대전나들목 들어가기 전에 좌회전해서 곤룡터널을 지나 군서로 해서 옥천읍에 도착했다. 오늘은 누군가라도 붙잡고 가슴에 귀신처럼 도사려 있는 응얼을 풀어내야겠다는 생각이 들었다. 그리고 시가지 길가 주차장에 차를 부려놓고 시장 골목을 헤집고 어느 식당 안으로 쑥 들어갔다. 그곳은 내가 엄마 삼은 분이 하는 식당이었다. 어르신들을 모시고 와서 보리밥도 먹고 집에서 해가지고 온 순두부도 먹고 막걸리도 마시고 그래 봐야 보리밥 3천 원, 순두부 천원, 막걸리 한 되에 천 원이었다. 2만 원이면 서넛이 푸짐하게 먹고 갈 수 있었다.

나는 군서 어머님처럼 푸짐하게 생긴 분이 좋았다. 왜인지는 나는 모르나 희선 씨의 경우에도 마찬가지이다. 왜 그런 이미지에 쏠려있을까? 나는 알지 못하였다. 그분이 아낌없이 베풀어주는 것이 그렇게도 고맙고 편안하고 몸에 자양분이 되는 것 같이 나는 느껴졌다. 나는 11년 전 돌아가신 어머니가 보고 싶어졌다. 군서식당 엄니에게 그 못한 어리광을 부리고 싶어졌다. 그러나 비좁은 공간에서 엄니를 잠깐 보고 전날이라면 5일장 순두부를 먹을 수 있었으련만 순두부도 없었다. 보리밥을 먹고 막걸리 한 대 시켜 나 한잔 마시고 엄니 한잔하라고 하면 좋을 것이었다. 오랜만에 가니 그 엄니는 예전처럼 엄니로 나를 아들처럼 살갑게 대해주지 않았다. 많은 사람들을 접하며 사는 생활인인지라 어느새 그의 기억 속에서 나는 이미 지워진 존재였을 뿐이었다. 보리밥에 고추장을 풀어 되게 맵게 비볐다. 호호 불며 열무김치가 입안을 찌르고 난리를 펴는 속에서 비빈 보리밥을 우겨넣었다. 땀이 쪼록 흘렀다.

갑자기 눈에서도 굵은 땀이 흘렀다. 눈물인지 땀인지 아무도 모르는 사이 나는 울고 있었다. 배도 부르고 취기가 올라 식당 밖으로 나왔다. 그리고서 동네 한 바퀴를 돌았다. 제이마트 건너편 삼성대리점 또 건너편에 옥천서점이 있었다. 수많은 책들이 있었다. 책을 몇 권 고른 뒤 주인에게 돈을 지불하려 하니 세 권에 3천원을 내라고 하였다. 땡 잡았다고 생각되었다. 비닐봉지에 책을 들고 나와 보니 옆집은 빵집이었다. 하얀 풍차 빵집. 이름이 참으로 정

겨웠다. 가게 안으로 들어가 여러 종류의 빵을 보다 거짓말 조금
보태면 아기 이불만한 납작빵이 있었다. 하나를 사서 넷으로 잘라
달래서는 지프차에 화물을 싣고 집으로 돌아왔다.

짧은 여행

:::::::

　내가 까맣게 잊고 있던 일이 생각났다. 어르신들이 일주일 내내 기다리고 있다는 생각을 못 하고 있었다. 화들짝 놀라 집으로 향했다. 이미 어르신들은 우리 집 앞에 서성이고 있었다. 어디 다녀 오느라고 좀 늦었다고 말하며 출발하자고 말했다. 산내를 다녀오며, 그간 가졌던 우울감은 나를 기다리며 늦는 게 무엇 때문에 늦는지 궁금해 하고 걱정해주는 어르신들을 만나며 가슴을 찌르던 고체로 아프게 하던 것이 기체의 에스테르처럼 승화되어 하늘로 올라갔다.

　어르신들에게 하얀 풍차 빵집에서 사서 넷으로 나눈 납작빵을 하나씩 드렸다. 기뻐하며 떼어 드시는 걸 보고 나는 약간은 위로가 되었다. 오늘의 유사는 진관 어르신이었다. 옥천 한우타운에 가서 육회 두 개를 시키고 밥 넷과 된장찌개 둘을 주문했다. 겉보기는 어설프나 몸이 가뿐해지는 느낌을 주니 괜찮은 요리였다. 나이 들면 퇴행성 척추염이나 관절염을 달고 살아야 한다. 그에 효과가 있다는 게 느껴지니 좋은 음식임이 틀림없었다. 집에 오는 길에 장찬리 호반의 소나무갤러리에 들러 미인 미술가 이장님이 내려주는 커피를 마시고 수다 떨다 왔다. 일주일에 한번 모시는 이 짧은 여행은 여든, 아흔이 다 된 어르신들이 가끔 인생에 비유하기도 한다.

　―산다는 게 짧지만 이렇게 즐거운 여행 아니냐고.

여자의 비밀

목욕탕에 불이 나면 여자는 얼굴을 가리고 나오고 남자는 아랫배를 가리고 나온다는 말이 있다. 벌써 남자와 여자는 태생부터 유전자 코드가 다른 모양이었다. 목요일 저녁, 갑자기 어디론가 간 희선 씨는 금요일에도 연락이 없었다. 토요일에도 돌아오지 않았다. 일요일, 이원에 가서 저녁식사를 하고 집에 돌아온 뒤 여섯 시가 되었을 즈음 그녀가 나타났다. 희선 씨의 머리에는 검은 리본이 있었다. 무슨 일이 있었는지 물었으나 그녀에게 아무런 답변도 들을 수가 없었다. 정말 독한 여자다. 정말 죽여주는 여자였다. 검은 리본을 했다는 건 누군가 가까운 사람이 세상을 떴다는 말이고 나흘 만에 나타났으니 적어도 사흘장을 치르고 온 것이라고 할 수 있었다. 그녀의 엄마는 분명 아닐 것 같았다. 누구일까? 혹시 그 임영환 선생? 아, 그랬겠구나. 혹시 저녁마다 이를테면 노인요양원에 묵고 있는 수양아버지를 만나고 온 게 아닐까 하는 생각이 났다.

그럼 저녁마다 희선 씨 옷에 묻은 피의 주인은 임영환 선생이 아니었나 싶기도 했다. 진짜라고 한다면 내가 그동안 그녀를 킬러로 넘겨짚었던 것도 또 오류였던 거다. 그간의 모습을 생각건대 임 선생은 결국 고통스럽게 삶의 마지막을 보낸 듯도 했다. 나를 따돌리기 위해 그녀는 옥천의 여러 곳에 차를 세워달라고 했는지도 모르겠다. 생각해 보니 큰사랑요양병원 부근에서 그녀는 늘 내려달라고 했다. 맞다. 내가 정말 모자라다는 생각이 퍼뜩 뒤통수를 쳤다. 그를 알리지 않으려고 나보고 꼼짝 말고 가만히 있으라고 했던 것 같기도 했다.

나는 이 결론을 확정하고 싶진 않았다. 피가 줄줄 흐르는 살코기를 토막 내 먹던 모습을 잊지 못하기 때문이다. 늘 또 틀릴 준비를 해야 했고 가차 없이 수정을 해야 했기 때문이기도 하다. 저런 일반화 과정에서 그녀가 진짜 킬러 노릇을 했을 수 있는 것까지 도매금으로 넘겨버리는 오류를 또 저지를 수 있기 때문이기도 했다.

그녀는 그동안 내가 무엇을 했는지 궁금해 했다. 그녀에게 사건을 정리한 파일을 2층 컴퓨터에 심어주었다. 그리고 문서파일을 열어 그녀가 쉬이 볼 수 있도록 해놓았다. 이는 갑에 대한 을의 기본자세라 생각되었다. 웃음기가 얼굴에서 사라진 그녀가 조용히 컴퓨터 책상에 앉아 글을 읽었다. 그녀가 놀란 목소리로 나를 불렀다. 장승환 박사와 김수천 박사를 만날 수 있느냐고 물었다. 그녀가 내게 메모를 전했다.

— 장혁 : 김막실＝여성독립운동가

— 장혁＋김막실 → 장세진, 장희진

— 장희진 → 장승환

— 김형철의 사촌누이 : 김막실

— 김형철 → 김득규, 김승규

— 김승규 → 김수천, 김희선

나는 놀라 자빠졌다. 내가 눈치 채지 못한 사이 희선 씨의 혈육
들이 스쳐간 것이었다. 김수천 박사가 희선 씨가 찾는 친오빠였
다. 나는 당장 김수천 박사에게 전화를 걸었다. 한참 만에 연결된
전화통화음 뒤로 그는 전화를 받지 않았다. 몇 번을 시도해도 마
찬가지였다. 더 이상 어찌 하는 게 지나치다 생각되었다. 김수천
박사와 희선 사이에 무슨 일이 있구나 싶었지만 나는 아무 말도
꺼내지 않았다.

가족처럼 가구처럼

⋮

    그녀와의 계약은 끝났다. 그녀가 나와 매우 친밀한 관계를 원한 적이 있었다는 생각도 들었지만 갑에 대한 극진한 예의를 지키느라 나는 그녀의 순수한 애정을 받아들일 준비가 된 적이 없었다. 그러나 함께 밥을 먹고 같은 건물 안에서 각자의 자리에서 자고 그야말로 가족이 된 기분이었다. 누군가 말했다. 가족끼리는 연애하는 게 아니라고. 도종환 시인은 가구라는 시에서 본래 가구들끼리는 말을 하지 않는다고 했다. 그녀와 이제 할 말도 없는 가구의 모습으로 데면데면 바라보아야 할 것이었다. 아쉽지만 그녀와의 계약은 끝났다. 문자 메시지가 왔다. 1,600만 원이 내 통장에 입금되었다는 것이다. 그녀는 짐을 챙겨 나섰다. 시원하지만 서운하기도 했다. 나에게 보름동안―정확히는 15.5일 동안―고용한 비용으로 그렇게 거금을 내놓고 그녀는 아깝지 않았을까? 이를테면 프랑스 국비 장학생으로 공부를 하면서 한 달에 4,300프랑씩 주며 무얼 얻으려 저리 할까 하는 생각을 한 적이 있었다. 한국 사람이라면 도저히 아까워 주지 못할 돈이다. 공동체에서 많이 버는 사람이 돈을 더 내서 적게 버는 사람에게도 혜택이 가서 함께 잘 살아야 한다는 생각이 애초에 없으니, 아니 전쟁 나고 피난 다니며 나부터 살아야 한다는 생각에 그런 박애정신은 이미 풍화되고 침식된 상태라고 나는 생각했다. 이는 우파 정신의 심각한 훼손이라고 나는 생각한다. 그녀가 말했다. 우리는 이제 밥을 함께 먹는 식구라고. 라틴어 꿈빠네cumpane는 꿈cum은 함께, 라는 말이고 빠네pane는 빵. 이로부터 프랑스어 꽁빠뇽companion, 영어 컴퍼니company가 유래되었다. 컴퍼니는 회사라는 뜻으로 쓰는데 실은 밥을 함께 먹는 식구란 뜻이 강했다. 그래 나도 식구 하나 늘었다. 그녀가 내 새가슴을 부여잡고 깊게 포옹을 해왔다. 그리고 요리조리 피하는 내 입을 고정시키고 긴 혀를 내 입안에 넣고 온갖 더러운 상념을 씻어내어 공포와 두려움만 입안에 남게 하였다. 그녀에게 묻고 싶은 게 참 많았으나 아무 것도 묻지 않았다.

수다스런 고양이

:::::::

그날 저녁 일찍 나는 잠을 청했다. 쿨쿨 잠을 잤다. 큰 그림자 하나가 나타나 부산 어묵 하나를 들고 집 뒤로 갔다. 그를 따라 갔다. 그는 정화조 위 시멘트 바닥에 어묵을 놓고 먹으라고 하고 갔다. 그 그림자가 사라지고 나는 어묵을 물고 거실 앞 데크 햇볕 잘 드는 곳에 가져다 놓고 먹기 시작했다. 여기서 먹어야 대접 받는 것 같아 굳이 물고 와 먹었던 것이다. 냉동 어묵이라 침을 발라가 며 녹여가며 조금씩 물어뜯어 먹어야 했다. 아, 차갑지만 맛있는 식사는 마치 차갑지만 따스한 저 그림자와 닮아 있었다. 어묵을 다 먹자 큰 그림자는 나에게 손짓하며 밭으로 따라오라고 했다. 콘크리트 난간을 지나 밭을 한 바퀴 돌자 집 건물 뒤로 갔다. 그를 따라 갔다. 그렇게 한 바퀴 돌고 거실 앞 데크 위 의자에 앉았다. 나는 그의 큰 다리를 감싼 천에 볼을 비비며 몇 바퀴를 돌았다.

나와 또 다른 나가 모두 나이기에 공존할 수 없는 시공간도 있 었다. 그래서 또 다른 나는 허울에 쌘 큰 그림자였다. 큰 그림자는 달이 뜬 한밤중에 쿨렁거리는 쇠붙이를 타고 오는 날도 있었다. 내가 야옹거리면 그 그림자는 기다리라고 말을 하고는 거실문을 열며 어묵을 던져주었다. 나는 이 장면이 마음에 들지 않았다. 공손히 놓아도 될 것을 저리 하는 것이 싫었다. 그럼에도 침을 발라 녹이고 모서리부터 살살 야금야금 먹기 시작했다. 참으로 맛있는 야참이었다.

"그 큰 그림자는 우리 형제를 노냥이, 깜냥이, 똥냥이라고 불러. 나는 노랗다나? 그래서 노냥이, 여동생은 검정색이라고 깜냥이, 막내는 눈이 똥그랗다고 똥냥이라는 거지. 헌데 우리는 본디 히탄 Khitan/契丹 — 거란 — 이라는 사막에서 왔어. 그래서 지금도 히탄 말로 이름을 짓거든. 내 이름은 첫째라 마수후, 둘째는 호열이, 셋째는 고랍이. 한국 사람들은 첫 거래를 마수걸이라 하지. 셋째 고랍이는 꼬래비가 아니야. 꼬랑지에 있는 사람으로 이해하는 거 같기도 해. 헌데 아니야. 히탄 말로는 셋이란 말이지."

나는 수다스런 고양이가 됐다는 생각이 썩 들었다. 무언가 마구 지껄이고 마구 떠들고. 그런데 장면이 바뀌었다. 내가 보니 큰 그림자는 치마 입은 다른 큰 그림자와 다투는 것 같다. 종교가 무언지 모르는데 두 그림자는 어느 날은 종교라는 것으로 싸우고 어느 때에는 죽은 사람인 김문기라는 사람 제사에 가냐 마냐 거기 음식을 먹느냐 마느냐 갖고 싸운다. 고양이의 눈으로 보고 고양이의 마음으로 생각하고 고양이 머리로 생각해 보아도 전혀 이해가 되지 않아 이건 마치 눈감고 하늘 보며 하는 혼자싸움만 같았다. 그

암컷 그림자에게 대고 말했다.

"기껏 오랜만에 와서 말도 되도 않는 것을 가지고 다툴 거면 뭐라 왔어? 다신 오지 마."

그러자 그 암컷 그림자가 말했다.

"이 고양이 야옹야옹 오늘따라 수다스럽네."

야옹, 하고 나는 대답했다. 다시 장면은 바뀌어 안개가 낀 날이었다. 쥐 한 마리를 잡아다 그 큰 그림자가 먹을 수 있게 가져다 놓았다. 쥐의 특이한 냄새가 내 코를 찔렀다. 화들짝 놀라 잠자리에서 일어난 나는 그게 꿈이었다는 걸 알았다. 그리고 일어나 보니 열어놓은 거실문으로 노냥이가 와서 편안히 안락의자에 앉아 자고 있었다. 나는 다가가 노냥이 머리를 쓰다듬어 주었다. 어쩌면 외로운 나를 늘 위로해주던 고양이. 어찌 보면 강아지이지 고양이냐 싶을 정도인 동물. 지질조사를 하러 다니는 사람이 아니라면 저 가족 같은 고양이를 집안에 들여 살고도 싶었다. 몇 번인가 쥐나 들쥐, 아니면 두더지를 잡아다 사료 밥그릇 옆에다 가지런히 갖다 놓곤 하였다.

쓰다듬는 손길을 즐기던 노냥이도 죽 배를 깔고 자던 자세에서 일어나 안락의자에 엉덩이를 대고 앉았다. 무언가 생각이 난 듯 야옹거렸다. 그럴 때마다 나는 아이를 어르듯 말을 하고 노냥이를 쓰다듬으며 야옹, 야옹 거렸다. 노냥이가 일어나 밖으로 향했다.

그 사이 다른 고양이가 와서 먹었는지 사료 밥그릇이 비어있었다. 나는 일어나 사료를 밥그릇에 쏟아주었다. 노냥이가 먹기 시작하는 걸 보고 옆의 물그릇을 들고 와 두어 번 물로 부시고 물을 담아다 밥그릇 옆에 놓아주었다.

노냥이가 밤참을 먹고 어디론가 떠나는 걸 보고 나는 거실문을 닫았다. 무슨 생각이 나서 나는 문을 다시 열었다. 의자에 앉았다. 저기 한 줄기처럼 흐르는 구름이 달을 가린 사이 별들이 수북하게 반짝이고 있었다. 사람들과만 의사소통이 되는 게 아니란 걸 오래전부터 알아왔던 나는 갑자기 별들과도 말이 통할 수 있을까 하는 생각이 들었다. 누군가는 사람이 죽어 별이 된다고 했고 영혼이 어느 별에선가 영원히 살기도 한다는 말도 어느 책에선가 읽은 터였기 때문이다. 삼월의 밤바람이 옷섶 안으로 파고들자 나는 자리에서 일어나 방안으로 들어 왔다. 그리고 방해받은 잠을 물리고 새 잠을 다시 청했다.

휴가 또는 결석 이후

$\vdots$

보름 만에 사무실에 출근했다. 장기 휴가 또는 결석?, 궐석에도 조직은 나 없이도 잘 돌아갔다. 중국 내몽골이나 몽골에 한 달 이상 다녀와도 그랬다. 이럴 때 참 배신감이 느껴지곤 한다. 그리고 봄이 되어 밀린 일들로, 다녀왔어야 할 출장을 다녀온 그 다음 주 월요일, 사무실에 출근하자마자 김 박사를 찾았다. 둘은 다시 원로 두 분을 뵙고 출장이 어떠냐고 김 박사가 물었다. 전지영 박사가 꼭 가야 한다는 말을 했다.

"저번 주, 나 없이 가서 재미있게 일하고 왔단 말이야? 당연히 이번 주 가야지."

지난주에 이어 곧바로 가는 일은 적으나 목포 하당 드럼통식당의 토시살을 셋은 잊지 못하고 있었다. 김 박사가 월요일부터 목요일까지 출장을 가자고 했다. 전지영 박사가 금요일까지 하자고 제안하자 내가 말했다.

"이원풍물단 단원인데 이틀을 빠지긴 힘들고 목요일 연습에는 참여해야 할 것 같아서요. 그래서 제가 팀장님에게 부탁했습니다."

급하게 지난 주 출장복명과 이번 주 출장승인 서류를 인트라

넷으로 올렸다. 그리고 나는 김 박사가 모는 지프차에 황 박사와 타고 유성으로 갔다. 한참을 기다리니 출장가방과 배낭을 지고 전 박사가 나와 합류했다. 황 박사가 군산도폭 조사할 때 오며가 며 나와 육회비빔밥을 자주 먹던 식당이 있다고 하자 모두 가자 고 했다.

지프차는 강경 지나 용안을 지나가고 있었다. 다시 성당면을 지 나 함라면 경계를 넘었다. 여기부터는 좀 천천히 가라고 황 박사 가 신신당부를 했다. 나와 황 박사가 이곳을 찾을 때마다 늘 길을 놓쳤었다. 사거리에서 오른쪽으로 가니 천혜한우라는 간판이 대 전에서 오신 여러 손님을 기다리고 있었다.

"다 왔어요. 이 집에 들어가기 전에 봐야 할 게 있어요. 여긴가? 저기. 돌을 잘라 의자로 만들어 놓았는데 한번 보세요."

하고 내가 말하자 전 박사가 한 마디 했다.

"와, 이거 박물관에 비치해야겠는데. 퇴적물이 쌓이는 과정이 며 사층리, 깎고 메우기 구조, 불꽃구조 별게 다 있네."

대단하다고 하며 김 박사가 식당 안으로 들어가자고 하였다. 잘 차려입은 종업원의 안내로 네 명은 좌석에 앉았다. 그리고 모두 육회비빔밥을 주문했다. 도착한 놋그릇에 담긴 내용물을 비비기 시작했다. 육회비빔밥을 먹으며 복분자주 한잔씩 하였다. 전 박사 가 건배를 청했다. 저번에 나 빼놓고 자기들끼리만 드럼통인가 어디 가서 맛있는 토시살을 먹었다고? 그건 절대 용서 못해. 맛있는 건 이렇게 나눠 먹어야지. 건배. 모두는 웃으며 건배를 외쳤다. 점심을 마치고 지프차는 군산나들목으로 서해고속도로를 타고 목포로 향했다. 목포에 도착할 즈음 황 박사가 말했다.

"전 박사, 목포대교 못 가봤지? 유달산 서쪽을 공중으로 날아 허사도까지 간다고."

"허사도? 그래? 그럼 한번 가봐야지."

모두는 웃으며 허사도까지 갔다. 신항으로 개발된 듯 넓은 항구엔 자동차들이 빼곡하였다. 안으로 들어갈 수 있는 곳까지 가니 무언가를 찾은 듯 전 박사가 외쳤다. 거 보라고. 맞아. 대단한 화석산지야.

"오자마자 한 건 했네. 오늘 저녁에 술은 내가 살게."

옥신각신하다가 팀장이 사는 걸로 했다. 발견은, 큰 발견은 무언가 기쁨으로 찾아가서 공부하다 덜컥 걸리는 경우가 파다했다. 2013년 군산공단 지역에서 공룡발자국 화석을 발견할 때가 그러했다. 모두는 즐거운 마음으로 목포대교를 타고 뭍으로 왔다.

"엄청 변했네. 목포가 이리 변했어?"

넷은 비행기를 타고 낮게 날아 유달산 서쪽을 지나고 있었다고 하는 게 옳았다. 김 박사가 모는 지프차는 다시 북에서 남으로 방향을 바꾸어 해안도로를 따라 저공비행하듯 유달산을 우러르며 지나갔다. 다시 여객터미널을 지나 목포항 도로를 따라 많은 횟집들의 사열을 받으며 갓바위로 해서 하당의 평화공원 부근 발리모텔로 가고 있었다. 저기가 자연사박물관이지? 몇 년 전에 와본 적이 있다고 전 박사가 말했다. 발리모텔에 도착하자 미리 예약해놓은 네 방의 열쇠를 주인이 내놓았다. 딱 눈에 띄는 방이 있어 나는 207호 열쇠를 잡았다. 며칠 만에 온 방. 평화광장은 나를 음악으로 환영하고 있었다. 늘 하던 대로 씻고 쉬었다가 여섯 시에 모여 식사하러 갔다. 늘 했던 대로 저녁식사는 너무 자랑을 많이 했던 터라 토시살구이를 먹으러 드럼통 식당에 갔다.

습관처럼 일상을 산다는 건 어떤 문법으로 짠 하루의 일과에 동의한 사람들이 그 틀에서 움직이고 또 땀 흘리는 것일 게다. 특히 식사시간에는 무거운 주제는 다루지 않고 가벼운 이야기들로 채워 너와 나 사이 끈끈한 관계임을 확인해주는 접착제로서만이 허용될 것이다. 그런 분위기에 모래를 뿌리고 재를 뿌리는 일은 테러임에 분명하였다. 프랑스에서처럼 저녁 식사를 하면서 와인도 한잔씩 마시면서 정치얘기, 사회얘기 또는 신변잡기를 재미있게 설명하고―그에 동의하거나 동의하지 않는 사람들의 이야기가 오고갈지라도―상대에게 상처를 주고 죽고 싶게 만드는 일은 벌어지지 않는다고 할 수 있었다. 만약에 그런 일을 벌인다면 그 또한 테러임에 분명하였다.

어느 틈엔가 다양한 구성원이 있는 직장에서 뜬금없이 만나 이야기를 하다보면 상대의 이야기에 내가 상처를 받을 수가 종종 있다. 생각해 보면 경우에 따라서는 그 꾸짖는 목소리에서 그의 엄마가 대신 꾸짖을 때도 있었다. 이를 테면 그렇게 해서 너는 뭐 될래? 뭐 되려고 그러니? 그렇게 열심히 해봤자 누가 알아준대? 별 대단한 일도 아니면서 왜 설쳐? 혼자 다 일해? 대단한 학자, 세계적인 학자 나셨네, 등등. 말도 안 되는 말로 상대를 찌르고 황당하게 만드는 상황은 사람을 아프게 하는 것뿐만 아니라 하던 일마저 김새 더 이상 하지 않고 포기하게 만들기도 하며 이는 언어폭력이면서 범죄고, 테러라고 나는 늘 생각해왔다.

목포에 오니 그런 언어폭력이 존재하지 않았다. 서로를 아껴주고 지켜주고 힘을 북돋아주고 상대의 의견이 비록 떨어지는 것이라도 존중해주는 그런 해방구가 목포에선 보였다. 화요일과 수요일 야외답사를 하며 화원반도의 지질도를 세밀하게 그려나가기 시작했다. 목요일 오전 유달산 일대를 돌고 일하다 노적봉에 세워두었던 지프차를 타고 시내로 내려왔다. 표지판에 목포근대역사관이라고 되어 있었다. 궁금하면 직접 가보고 머릿속의 궁금 벌레를 쫓아내는 게 숙면을 위해 좋았다. 건물 부근에 도착하자 주차장도 있었다. 주차장에 차를 세우고 역사관 주변을 살폈다. 표지판엔 동양척식회사가 있던 자리이고 1980년 5·18 때에는 목포

3해역사령부 헌병대가 있던 자리였다고 했다. 갑자기 일제 식민지 약탈과 5·18이 무슨 관계가 있을까 생각이 들었나. 건물 안으로 들어가 보니 은행처럼 금고도 있었다. 보아하니 저 쪽은 은행원들이 죽 앉아있고, 이쪽은 사람들이 돈을 넣거나 빼는 곳이었을 법하였다. 八紘一宇팔굉일우라고 쓰인 비석이 있었다. 팔굉일우가 무슨 뜻이냐고 내가 물으니 황 박사가 대답했다.

"왜놈들 구호지. 뭐. 전 세계가 한 집이다. 뭐 이런 뜻이고."

"어, 저 구호는 저희 집 구호와 비슷하네요. 10년 안에 전 세계가 우리 가족이 될 것이다. 하하. 중국에도 가족이 있고 몽골에도 가족이 있고, 알제리에도 딸, 터키에 아들, 프랑스에 아들, 이란에 딸. 이렇게 하다보면 전 세계에 우리 가족이 곳곳에 있게 된다는 말인데, 저 사람들의 말과는 조금 다르죠. 저희는 제국주의자는 아니니까요."

이곳이 5·18유적이라는 건 참으로 아이러니가 아닐 수 없었다. 여기서 목포역 쪽으로 가서 거기서부터 동쪽으로 나타나는 네거리들을 1호 광장, 2호 광장, 3호 광장이라 부르는 것은 5·18민주항쟁 때 자취인데 그로부터 멀지 않은 곳에 헌병대가 주둔했다는 사실이었다. 셋이 2층으로 올라갔다. 나는 무릎을 아낀다고 밖으로 나왔다. 그윽이 첼로소리가 내 가슴을 후벼 파며 나를 잡아끌었다. 어느 가정집인 듯하여 그 집 앞까지 가서는 더 이상 들어가지 않고 다른 사람들이 나오길 기다리며 나는 그 음악을 듣고 있었다. 집 마당엔 커다란 나무가 있었다. 내가 궁금함을 꾹꾹 참고 음악에 취해 있는데 역사관에서 나온 사람들이 건물 밖으로 나와 마치 누에가 고개를 들고 좌우로 흔들 듯 둘렛둘렛 나를 찾고 있었다. 내가 일어나 손을 흔들며 이리 와 보라고 했다.

"브람스가 저를 첼로로 여기서 붙잡고 있는데 여기가 뭐 하는 데인지 함께 보실래요?"

모두는 수긍한 듯이 마당 안으로, 다시 마루간 안으로 들어갔다. 마치 오래전 병원 건물 같이 약장도 있고 환자용 수건들이 차곡차곡 유리장 안에 쌓여 있었다. 아무 기척이 없자 넷은 안으로 더 들어갔다. 부엌인 모양이었다. 바게트 빵을 잘라 생크림과 버무린 것도 보이고 빵을 샐러드와 섞은 것도 보이고 상차림 이전의 모습이었다. 여기는 무얼 하는 데인가 하고 내가 묻자 한 여성이 나와 정중히 맞으며 말했다.

"어서 오십시오. 여기는 커피점이에요. 지금 점심 준비 중입니다."

저 많은 빵과 샐러드는, 저 음식은 우리의 것이 아니란 생각에 슬퍼졌다. 어쨌든 커피점이라 하니 커피를 시켰다. 세 사람이 시키고 나자 나는 특이한 억양으로 주문했다.

"에스프레소 도삐오 주세요."

나는 까딱했으면 주세요, 대신에 뻬르 파보레per favore라고 할 뻔했다. 이탈리아를 다녀온 사람처럼 말해 종업원에게 허름한 그냥 노동자가 아니라 배움이 있는 지식노동자임을 과시하고 싶었다. 웃으며 종업원이 갔다. 넷은 주변에 놓인 소품들, 이를테면 가죽 여행 가방이라든지 식탁 곁의 약장이라든지 다양한 소품에 대해 말하며 그 곳이 병원이었을 것이라고 결론을 내렸다. 커피가 일단 도착했다. 되게 비싼 커피인데, 다른 데보다 두 배 비싼 커피인데 하며 가져온 커피 잔 안에 고개를 숙이고 가치를 눈으로 재고 코로 따지는 순간 종업원이 요리 세 접시를 가져와서 말했다.

"빵 좋아하세요. 아까 손님들께 드리려고 준비한 거예요."

와, 하고 탄성이 터졌다. 전 박사가 말했다.

"이게 무슨 횡재야. 이거 먹으면 오늘 점심 끝이다."

"누구여? 여기 오자고 한 사람. 좌우간 잘 먹겠습니다."

"흐흐, 저는 아닌 것 같은데요."

내가 아니라고 하니 김 박사가 마지막 순번을 탔다.

"그럼 누구겠어요. 저예요. 제가 죽일 놈이에요. 하하."

세 접시의 빵과 삶은 달걀이 든 음식을 비우고 맛있는 커피를 마시며 넷은 똑같은 말을 했다. 맛있게 식사를 마칠 즈음 곱게 차린 주인인 듯한 이가 와서 인사를 했다. 여기가 병원일 거라 추정했는데 실제는 무슨 건물이냐고 물었다.

"이 건물은 동양척식회사 관사였습니다."

넷은 집 궁둥이도 가보고 2층도 올라가 보았다. 지금이라도 이런 구조로 집을 져도 좋을 법하였다. 특히 2층의 발코니가 달린 공간은 참으로 쓸모가 있어 보였다. 나는 이제 어서 가자고 했다. 팀장도 어떤 직책도 갖지 않은 내 말에 지프차에 서둘러 올랐다. 물론 내가 저녁에 풍물연습에 늦지 않으려고 서두른다는 건 다 알고 있지만 굳이 그 말을 꺼내는 사람은 없었다.

자동차는 순간 이동하듯 목포에서 고창선운사나들목을 나와 다시 고창나들목으로 해서 논산 지나 대전유성으로 해서 연구원에 도착했다. 중간에 산타고 바닷가를 헤매고 인상을 쓰며 지질도를 지우개로 지우고 고치며 동료들과 토론하며 또 지질도 고친 기억은 유성나들목을 지나면서 다른 기억창고나 기록관으로 전송된 듯 기본 기억에서는 집단으로 사라지고 갔다, 왔다, 맛있는 것 먹었다, 또 가야겠다, 는 키워드만 남았다. 그나마 그런 인식도 연구원 정문을 지나며 잘 다녀왔구나, 라는 안도의 한숨을 쉬자마자 모두 지워져 버렸다. 안방에 가서 무언가를 가져와야지 생각하고 안방 문지방을 넘자마자 내가 뭐 가지러왔지 잊어버리는 심리, 뇌는 분명 무언가를 명령했음에도 문지방을 넘자마자 완료했다며 명령어를 지워버리는 것과 같이. 희선 씨가 회초리를 들며 내 머릿속에 주입했던 것들을 내가 1,600만 원 받는 순간 고통과 함께 싹 잊어버린 것같이.

용산·용화 가는 길

．
．
．
．
．
．

　희선 씨를 못 본 지 한 달이 되어가던 2014년 4월 13일 일요일,
아침 늦게 요기를 하고 거실 앞에 앉아있는데 살짝 분 바람에 풍
경이 쟁쟁 울었다. 전북 남원옛 실상사 발굴현장에 들렀다가 고생
하는 사람들에게 돼지바 하나씩 사주고 오는 길, 내 눈에, 내 손에
소리 좋은 풍경 하나 들려와 사당골 우리 집 처마에 달렸다. 나는
정호승 시인의 풍경을 달다, 라는 시가 생각났다. 먼데서 바람 불
어와 / 풍경소리 들리면 / 보고 싶은 내 마음이 / 찾아간 줄 알아
라. 바람처럼 마을 어귀에 빨간 차 한 대가 들어오는 게 보였다.
희선 씨일까? 반가워 일어났다 앉았다 되풀이하는 사이 그 차가
우리 주차장에서 섰다. 멋진 차림의 여성이 내렸다. 희선 씨였다.
어서 오라고 반겼다. 그녀가 무슨 일로 차를 바꾸었는지 궁금하여
물었더니 저번 차가 너무 기름도 많이 먹고 속도감도 없어 스포츠
카로 바꾸었다고 했다. 뻐기는 그녀에게 주눅이 들기보다 용산으
로 해서 월류봉으로 해서 반야사로 드라이브 다녀오자고 제안했
다. 희선 씨가 그건 됐고 하는 투로 나를 쳐다보았다.

　"니 이제 교회 안 가나?"

어, 저런 투로 말하는 사람이 있었는데. 내가 고개를 흔들자 희선 씨는 픽 웃으며 손을 잡고 어딘지 모르지만 함께 가보자고 했다. 페라리를 난생 처음 타보았다. 옆자리에 앉아 가면서 나는 제발 과속운전, 난폭운전 좀 하지 마라, 했지만 그녀는 거의 듣지 않았다. 내가 점심을 먹자고 하니 희선 씨는 용산면 시가지에 차를 세웠다. 차를 내리다가 나는 대호식당 주인아주머니를 만났다. 반가이 인사를 하고 왜 가게를 닫았는지 물어보았다. 그동안 일이 생겨 장사를 그만두었다고 했다. 내가 그 분 손을 잡고 함께 가서 식사하자며 단골식당으로 모셨다. 올뱅이 국밥을 주문했다. 올뱅이란 말은 이원, 황간, 용산에서 쓰이는 말로 이웃 고장에서는 올갱이로 더 불렸다. 그분이 왜 그만두게 되었는지 나는 더 이상 묻지 않았다. 식당 바깥주인이 그녀에게 물었다.

"그 양조장 하던 아주머니 아직 생존해 계시죠?"

"김춘옥 여사 말인가요? 잘 몰라요. 영동에 나가 장사하다 보니."

"그런 분들은 참 나라에서 안 해주면 동네에서라도 잘 해주어야 하는데 좀 미안해요."

"무슨 일이 있습니까?"

하고 내가 물으니 식당 주인이 말했다.

"다른 동네에선 보도연맹이다 뭐다 해서 다 잡아다 죽였는데 여긴 그렇지 않았어요."

귀가 번쩍해서 고개를 앞으로 빼며 내가 궁금해 하자 그녀가 이 야기보따리를 끌렀다. 여기 양조상 하는 부부가 있었어요. 사실 보도연맹이다 빨갱이다 뭐 그러는데 사실 진짜 좌익은 몇이 없었 어요. 다 토지개혁 때 땅을 준다, 어찌 한다 하며 경찰이 보도연맹 에 가입하라, 그리만 하면 그리 해주겠다고 한 거였대요. 여기는 전쟁 나고 7월 5일인가 며칠인가 진짜 좌익이라고 생각되는 사람 들 끌어다 저기 청산가는 날맹이, 거 무슨 고개라고 하지? 맞아. 샘티재에 끌고 가 다섯 명인가 여섯 명인가 그때 죽였거든. 그리 고 더 잡아 놓으라 하니까 지서장이 보도연맹 교육이 있다며 모이 라고 한 거예요. 거 왜 있잖아요. 가마니 창고에다 이 사람들을 가 뒀어요. 그때 7월 18일인가 영동 어디서 보도연맹을 처형했다고 했거든요. 가만히 두면 저들 다 죽일 것 같다는 걸 알고 양조장 주 인이 특무대며 헌병이며 경찰이며 술대접한다고 데려다가 닭 잡 고. 열 몇 마리라고 하죠?

"그 사모님이 열아홉 마리, 그 집 닭 싹 잡았대요."

그 사이 안주인이 가져온 올뱅이국밥을 셋은 먹기 시작했다. 그 렇게 닭 잡아 술 먹여 잡으러 온 사람들, 내일 사람들 싣고 가 죽이 려고 하는 사람들을 술에 떡이 되게 만든 거지요. 밤에 몰래 이분 아저씨가 가서 창고 문 자물통을 드라이버로 따고 사람들 다 나오 라고 한 다음에 창고 문 자물통을 다시 못 박아놓고 도망친 거죠.

안에 있던 사람들이 뚫고 어디로 도망친 거같이 보이게 하려고. 그 바람에 쉰 명이 목숨을 건진 거고요. 나중 얘기를 들어보니 지서장이 저 양반, 김노헌 어르신이 미리 한 말을 듣고 모른 척했다고도 하더구먼요.

내가 나라에서 하는 일에 거역을 했다고 말하자 대호식당 아주머니가 대답했다.

"겉으로는 빨갱이 도와줬다 뭐라고 하는데 동네에선 엄청 존경하고 그리 지냈어요. 나야 그때 아홉 살밖에 안 됐지만. 여기 사장님은 열세 살쯤 되셨지요?"

희선 씨가 나랏일에 대드는 것도 가능하다는 걸 아셨느냐고 물었다.

"나라의 간섭이 심해지는 거죠. 뭐 하나 제대로 해먹지 못하게. 뭐 이런 얘기 나오면 거기가 용화죠? 거기하고 늘 함께 얘기돼요."

내가 학살에 반대한 고장이 또 있었냐고 식당주인에게 되물었다.

"아주머니, 용화에서는 지서주임이 나서서 그랬다지요?"

식사를 거의 마친 터라 식당에서 제공하는 커피를 4잔 따라다 앞앞이 놓고 나는 다시 식당주인의 말에 경청했다.

"그 동네 가면 비석도 세우고 그랬어요. 아마 경찰을 기리는 비석은 처음이지. 아마?"

"앞으로 뭘 하실 거예요? 하긴 부자신데."

하고 내가 대호식당 아주머니에게 묻자 그녀가 말했다.

"사실 저의 서방님이 얼마 전에 돌아가셨어요. 그리고 옆심이 빠져 그만 하고 쉬려고요."

고개를 끄덕이고 나와 희선 씨는 일어났다.

"그러셨군요. 건강하시고요. 또 봬요."

2년간 단골이었던 관계는 식당 주인의 사정으로 더 이상 유지되지 못했다. 내가 희선 씨에게 말했다.

"황간의 월류봉에 가봤어요?"

희선 씨가 고개를 저었다.

"그럼 우리 거기 가 볼래요?"

"거기 갔다가 저 용화라는 데 한번 가 봐요."

차에 오르자 희선 씨가 곡예를 하듯 차를 몰았다.

"형진 씨, 지서장 해먹기 참 힘들었겠어요. 저들한테 동조했다가는 빨갱이 취급 당할 테고, 뻔히 잘못 된 것 아는데 하자니 그렇고."

"옥천 일대에서 경찰이 하는 얘기를 보면 마을에 와서 사람들을 일단 잡아가긴 해요. 가다가 어디 갔다 올 테니 기다리라고 했다는 거야."

"도망가라고 한 거죠? 잡아오다 놓쳤다고 말하면 일단 명령거부, 업무 거부는 아니니까. 참 머리 좀 썼어요. 그렇죠?"

"조직에 속한 사람들이 해야 하는 업무 방식 아니겠어요? 용산은 지서장이 묵인한 거고. 용화는 대놓고 지서장이 무슨 마음으로 풀어줬을까? 내가 보기엔 무슨 꼼수를 써서 풀어줬을 거야. 가서 알아보자고요."

희선 씨의 운전 솜씨는 금방 월류봉 주차장에 도착하게 하는 무공을 발휘했다. 과속운전, 난폭운전을 하지 말라고 해도 이젠 힘들어 그냥 두고 보았다. 암반을 지나는 하천이 깎아 만든 풍경은 매일 보면 저절로 공부가 될 법하였다. 일단 스마트폰으로 검색하니 한천정사가 나타났다. 돌아보니 바로 뒤에 있었다. 아, 여기도 우암의 손길이 닿은 곳이었다. 옛날식 학교에서 계단을 따라 내려와 느티나무 밑에 만들어진 좌석에 둘이 앉았다. 와, 저 물소리, 지질학의 온갖 요소가 참여하여 만든 절경을 감상하는 게 나는 너무 행복했다. 갑자기 물살이 우는 소리가 들렸다. 무슨 슬픈 사연이라도 어디에 있는지 궁금했다.

작년에 갔던 반야사. 고려시대 김준장군이 이끄는 군대가 원나라 몽골군대를 유인하여 대승을 거둔 곳으로 전해지는 곳이 월류봉에서 멀지 않았다. 희선 씨는 내비게이터로 용화를 검색하고 안내를 부탁했다. 황간면에서 상촌면을 지났다. 나도 처음 와보는 곳이었다. 하도대리 마을 자랑비가 지나갔다. 그리고 상도대리를 지나 고자리로 갈 즈음 표지판 하나가 눈에 띄었다. 희선 씨가 자동차의 속도를 늦추었다.

"세상에 여기도 학살지에요? 말도 안 돼."

내가 스마트폰으로 상도대리를 검색하니 영동대가 있는 석쟁이재, 상도대리와 고자리지역에서 300명 희생되었다는 기사로 안내되었다. 혀를 내두르자 희선 씨가 뭐가 있냐고 물었다.

"조 아래 하도대리에서는 좌익이 아닌 청년방위군도 끌려가 경산코발트 광산에서 죽었다고 하네요."

"코발트 광산 광부로 끌려가서요?"

"좌익으로 취급당해서."

"말도 안 돼. 이건 경찰이 숫자 채우려고 멀쩡한 사람들을 끌어다 죽인 것 같아요. 나라에서 까라고 하면 까야 하는 게 국가폭력을 분양받은 경찰의 몫이 아니었겠어요?"

엄청 똑똑해진 희선 씨가 나는 존경스럽다고 해야 할까? 대견스러웠다고 해야 할까? 내가 알지도 못한 것을 가르쳐 준 그녀에게 그런 존경심이 그 사이 생겼다. 둔전리를 지나 꼬불꼬불한 길을 지나 고개 넘어 민주지산이 왼쪽에 보였다. 안정리, 월전리를 지나 내비에 찍힌 용화면사무소에 다 와갔다. 가겟집 옆에 차를 세우고 이것저것 물어보려고 손님 가고 차례가 되길 기다렸다. 나가던 사람이 말했다.

"저분 치매라 기억을 잘 못해요. 다른 데 가서 물어보세요."

그래도 내가 물으려 하니 그는 쌍심지를 켜고 막았다. 도대체 저 할머니가 치매인지 아닌지 본인이 알아볼 기회를 빼앗고 저 할머니와의 만남 자체를 막고 서 있는 저 사내가 갑자기 미워졌다. 지가 뭔데? 남의 일에 낄까? 옷 사러 가게에 가면 마치 자기가 엄마나 되는 양 요즘은 이런 게 좋다느니, 색깔은 이런 게 좋다느니 하면서 손님이 무슨 상품이 있나, 무슨 상품을 사야할까 하고 생각할 짬을 안 주는 옷가게 아줌마와 꼭 닮아있었다. 허나 다툼은 필요 없어 가게를 나와 담장 밖으로 고개를 내밀고 있는 분께 지서장 비석이 어디 있는지 내가 물었다.

"저기 있지요? 저기. 저기서 좌회전해서 다리 바로 지나 둥구나무 있는 데에 묵은 비석이 하나 있을 거요. 한번 가 보세요."

그가 대충 보고가라는 느낌의 어색한 만남을 뒤로 하고 조금 가서 좌회전하니 진짜 다리가 있고 비석이 몇이 있었다. 가운데 있는 비석을 보니 지서주임 이섭진 영세 불망비, 라고 한자로 씌어 있고 작은 글씨로 그의 공덕을 칭송하고 있을 텐데 이끼에 가려 보이진 않았다.

"형진 씨, 단기 4285년이면 몇 년이야? 1952년, 맞나요? 전쟁 중에 세운 비석이네요. 이걸 은혜를 입은 사람들이 세운 거란 말이죠? 풀어준 사람도 대단하고 그를 기려 비석을 세운 분들도 대단하고."

스마트폰으로 무언가 검색하던 나에게 희선 씨가 물었다.

"이 양반, 나중에 직장 생활 고통을 받은 거 아녀요? 직장에서 일하기 힘들었을지도 모르는데. 이분이 제1호 내부고발자네요."

"검색해 보니끼 이랬네. 보도연맹 맹원 50여 명을 소집하여 교육이 있다고 하며 매일 창고에서 재웠는데 부인이 이 죄 없는 사람들 죽게 둘 거냐고 간절하게 말하는 걸 듣고 풀어 줬네. 다른 글도 있는데 눈이 나빠 안 보이니 희선 씨가 좀 읽어줘요."

— 이섭진 지서장은 부인 박청자와 상의 후에 자기 목숨을 걸고서라도 보도연맹원을 살려 주어야겠다는 결심을 합니다. 7월 19일 오후, 보도연맹원 한 사람을 데리고 창고로 갔습니다. 창고는 일제 때 지은 것으로 나무판자를 엮어 흙을 바른 목조 건물이었습니다. 낡고 허름했지만 30여 명은 수용할 수 있는 곳이었습니다. 이섭진은 널빤지를 구해다 허술하게 봉창을 막았습니다. 그리고 철사나 끈을 자를 수 있는 칼과 가위를 하나씩 창고 안에 넣어두었습니다. 지서로 돌아오는 길에 이섭진은 동행한 보도연맹원에게 은밀히 당부했습니다. 무슨 일이 생기면 아까 막아둔 봉창으로 빠져 나와 사람들을 안전한 곳으로 대피시키게. 이유는 묻지 말고. 그리고 지금 내가 한 말을 절대 사람들에게 얘기하면 안 되네. 이 이야기에 눈치를 차린 보도연맹원들은 그날 밤 모두 탈출을 했습니다. 단 한명의 희생자도 없었습니다.

"와, 감동이다. 누가 이런 기사를 썼대요?"

"충북역사문화연대의 박만순 선생. 와, 한번 뵙고 싶네요. 참 우리 오빠하고 통화 한번 해요."

희선 씨가 원해 나는 김수천 박사에게 또 전화를 걸었다. 전화에서는 지금 거신 번호는 없는 번호이니 확인하고 다시 걸어달라고 말했다. 내가 입을 뗐다.

"사진 좀 찍고 갑시다. 근데 7월 19일 날 풀어줬댔잖아. 어서실에서 학살이 7월 18일부터 20일까지 있었는데. 다음날 실어 날랐으면 아마도 저기 어서실에서 죽었겠지."

희선 씨는 고개를 끄덕이며 듣고 있었다. 꼬불꼬불한 길을 고생하며 온 보람이 있었다고 둘은 생각했다. 김수천 박사와 희선 씨 사이에 무슨 일이 있구나 싶었지만 나는 아무 말도 꺼내지 않았다. 사당골로 다시 길을 잡았다. 양강면을 지나 영동을 지나 길이 안내되었다. 집에 도착했다. 용산과 용화를 가서 본 이야기는 아직도 두 사람을 울렁이게 하였다.

둘은 집에 오자마자 당연하다는 듯이 집안으로 들어갔다. 나는 집에 들어가자마자 쏟아지는 잠을 재우려 안방 침대로 갔다. 희선 씨도 마치 자신의 집에 온 것처럼 2층에 올라갔다. 코를 골며 나와 희선 씨는 잠을 잤다. 한참을 자다가 희선 씨가 몸부림치고 있었다. 무언가에 놀라 큰 소리로 떠드는 희선 씨의 소리에 나는 깨어 일어났다.

내가 무슨 일인가 하고 2층에 올라갔다. 빨간 의자에 앉은 희선 씨가 내 목을 감싸더니 괴로워했다.

"어딘지 모르겠어요. 사람 해골과 뼈들이 갑자기 나타나 차갑고 물이 흥건한 데에다 자신을 이리 두지 말고 뼈를 가지런히 챙겨 묻어달라며 뼈들이 사람 모양으로 모여 몰려 와서 나한테 말했어요."

"개꿈이네요. 나는 서해안엣 섬을 배를 빌려 지질조사를 하는데 갑자기 몰려온 안개에 배가 갈팡질팡하다 뒤집혀 밖으로 못 나오고 숨이 막혀 계속 꼬르륵거리고 있었어요. 누구도 구해주지 않고 그냥 가만히 있으라는 소리만 들렸어요."

"형진 씨 꿈이야말로 개꿈이네요. 그런 일이 어디 있어요. 그런데 왜 해골이 제게 뭐라고 하는데 되게 친근하게 느껴지죠? 혹시 우리 할아버지가 아직 수습되지 않은 상태로 있으니 꺼내달라는 말이었을까요? 삐삐선으로 묶인 두 손을 쳐들며 마치 풀어달라고 하는 것 같았어요."

우파라고 주장하는 사람들 가운데 역사는 붓끝으로 수정할 수 있고 우격다짐으로 진실을 덮을 수 있다고 생각하는 이도 있는 것 같다. 심지어 여론도 조작할 수 있다고 생각하는 부류도 있다. 거짓이 진실의 자리를 분명 차지하고 있었는데 허깨비들의 장난이고 있을 수 없다며 논리의 칼을 들어 진실을 베어버리는 수도 있었다. 헌데 누군가 빨간 의자에 앉을 때처럼 그 진실이 계속 반복하여 꿈에 나타나게 된다면 입으로 말하는 거짓말을 되풀이할 수 있을까? 사체를 보고 싶어 하지 않는 인간의 공포 때문에 휘발유로 태우고 깊이 파묻고 경우에 따라 공중 폭격을 한 그 곳이 사람의 뜻에 상관없이 어느 날 산사태로 갈라지고 뼈들이 밖으로 나오지 않을까? 비밀연한이 해제된 어느 나라 국가기록문서에 사진과 함께 나타나지 않을까? 진실은 시간의 함수이지 붓끝이나 우격다짐으로 유지될 수 있는 건 하나도 없다. 그걸 이제야 깨달았으니 나는 진짜 우파가 되어야겠다. 이 나라 민중이 진짜로 주인이 되는 민주공화국 만세.

희선 씨가 가겠다고 말했다. 내가 일어나 잘 가라고 인사를 했다. 그때 갑자기 내가 무언가 울컥 솟아오르는 게 느껴졌다. 밖으로 나가려는 희선 씨를 뒤에서 안았다. 적등강 이원대교도 아닌데. 그녀는 긴 혀를 내밀어 내 귀를, 입으로 내 얼굴이 붉어지도록 얼굴을 씻어주었다. 그리고 그녀는 떠났다. 보름동안 나를 고용하고 그 거액을 거리낌 없이 내 은행계좌로 입금한 그녀가 등을 보이고 떠났다. 가끔은 내가 너무 속 좁은 사람이 아닌지 너무 고집불통은 아닌지, 그러면서 나 자신이 무슨 국민운동을 하고 있다고 자기기만에 빠진 건 아닌지 생각해 보았다. 내 세계관에서 희선 씨를 이해할, 이해시켜줄 것은 아무 것도 없었다. 내 고집으로 그녀가 내게 전하고자 했을 많은 손짓들을 나는 하나도 알아차리지 못했던 것도 같았다.

에필로그

:

    4월 14일 월요일 출장준비를 해가지고 옥천에서 대전에 있는 연구소 사무실로 출근하였다. 아직 출장신청을 하진 않았으나 혹시 몰라 출장 장비와 옷 보따리를 들고 출근한 것이었다. 대부도와 영흥도를 공부하며 암석의 지질시대를 알 필요가 있었다. 팀장이 아침에 나의 연구실로 와 언제까지 분석시료를 준비하여 지르콘을 분리하고 그것을 분석할 수 있도록 마운트 작업까지 하라는 것이었다. 샘플링 하러 월요일부터 수요일까지 2박 3일 대부도로 출장신청을 냈다.

    직장에서 점심을 먹고 나는 대부도로 향했다. 예전 같으면 서너 시간은 족히 걸릴 법한데 고속도로가 새로 건설이 되어 송산면까지 고속도로로 갈 수 있으니 대부도 방아머리까지 두 시간 반이면 족히 갈 수 있게 되었다. 가깝다고 볼 수 있는 안면도보다 대부도가 내가 일하는 대전에서 시간상 더 가까이에 있었다.

    방아머리에 도착하기 전에 대부도 시가지에 가서 차를 세웠다. 내가 예전부터 대부도에 오면 늘 하는 의식이었다. 내가 간 다방은 2층에 있었다. 얼굴에 주름이 지고 곱상한 분이 나를 맞았다. 나는 그녀의 경기도 토박이말이 그리도 듣기가 좋았다. 군대 가기 전 나는 지금의 직장이 서울 가리봉동에 있을 때 임시직으로 일한 바가 있었다. 방을 구하려 나는 실험을 했다. 가리봉역에서 내려 직장까지는 걸을 만한 거리에 있었기 때문에 수원 방향으로 길을 잡았다. 그리고 서울이란 도시가 끝나는 곳이 어딘가를 찾았다. 그곳은 수원 위 부곡역이었다. 지금의 의왕역인가 보다. 아침에 출근할 때면 주인 할머니가 말했다. 아치개는 드셨수? 아침식사를 했느냐는 경기도말. 아, 이 한마디에 나는 마음이 푸근해져 출근을 했다. 또다시 격조 있고 예의 바르고 무언가 대접해주는 그 말투를 나는 이 다방에서 일하는 어르신에게서 찾고 있었다. 그녀가 말했다.

"그래, 이번도 일하러 또 오셨수? 여기 종업원 붙여줄 테니 혼자 밥 먹지 말고 함께 드우."

커피를 마시고 나는 방아머리 부근의 예약한 모텔로 향했다. 그녀의 격조 있는 말을 들었으니 일이 잘 될 게 뻔했다. 내가 시집을 몇 권 냈다고 하니 후배들이 가끔 어찌 하면 인문학에 대한 소양을 키울 수 있는지 질문을 쏟아놓곤 하였다. 그럴 때마다 나는 이런 이야기를 해주었다. 출장 중 산길을 가는 데 본인은 바위와 돌만 봐야 하지 길가에 핀 꽃을 보거나 그게 예쁘다고 사진을 찍거나 멀리 바다가 보인다고 쳐다보거나 하면 불법이다. 헌데 그 불법이 단순하고 되풀이되고 소소하지만 어쩌면 짜증 날 수도 있는 일을 즐겁게 하고 내일은 또 무슨 일이 있을까 궁금해 하게 하는 매개물이 된다고 말하곤 하였다. 그러다 보니 곳곳의 지역어를 저절로 배워 현지인처럼 그 동네 말을 하게도 되었다.

돈지섬 숙소에 짐을 풀고 샘플링 위치를 도면에 대충 표시한 뒤 쉬었다가 6시에 방아머리로 걸어갔다. 좀 멀지만 걸으면서 앞서 그 분께 전화를 해서 낙지탕을 함께 드실 수 있는 분을 모셔다 달랬다. 내가 배터지는 집에 도착하자 이 여사는 이미 도착해 있었다. 그리고 한 여성을 소개했다. 그녀는 중국에서 온 듯도 하였다. 내가 말했다. 사장님, 이따 한 시간 되면 또 와주세요. 아셨죠? 아니다. 두 시간. 나는 고쳐 말하고 온 분을 안으로 모셨다. 주인은 나를 반가이 맞고는 나의 지정석 자리로 안내했다. 그리고 친절한 그녀가 주문을 받으러 왔다.

"낙지지 뭐. 그리고 쏘주하고."

함께 온 여성을 보며 참 곱고 키 큰 분이시네. 맛있게 준비해드리겠다며 주방으로 들어갔다. 내가 온 여성을 앞에 앉히고

"워 스 네이멍 동승더. 니너?"

나는 내몽고 동승사람인데 당신은? ─내가 자주 하는 중국어 거짓말이다─ 하고 중국말로 했다. 그러자 그 여성이 조용조용 말을 했다. 북한에서 왔고요 이제 탈북해서 남한에 정착한지 6년 됐습다. 옛날 같으면 나는 북한사람을 만났으니 저절로 빨갱이가 된

것이었다. 살기 위해서는 얼른 경찰에 자수해야 했다. 그랬음에도 빨갱이라고 한다면 나라의 처분에 맡겨야 할 일이었다. 하나도 티를 내지 않고 움찔하지도 않고 나는 무언가 실례를 했다는 생각이 들었다. 내가 얼른 화제를 바꾸려 고향이 어디냐고 물었다.

"함경북도 경성입니다."

이념이 다르다는 이유로 지금도 서로 못 만난다는 건, 허락받아야 한다는 건 정말 슬픈 일이다. 고향이 함경도라고 하니 늘 궁금한 게 있었는데 물어보겠다고 하자 그녀가 다소곳이 고개를 끄덕였다.

"대학 때부터 북한 출신 교수님들 덕에 함경도 말을 좀 들었는데 어느 땐 밥으르 먹었슴메? 어느 땐 밥으르 먹었슴둥? 밥으르 먹어 에이 하디까디 누시깔이 들어 가지비 에이오, 이러는 데 왜 그러는 건가요?"

뭘 저런 걸 다 묻나 나를 빤히 보던 그녀가 말했다.

"함경도도 지역에 따라 말이 달라요. 슴메, 하는 말은 경성에서 두만강 사이, 슴둥, 하는 말은 김책, 했지비, 하는 말은 북청에서 써요."

나는 머리가 맑아지는 듯했다. 함경도도 방언권이 또 나뉜다는 사실이었다. 낙지가 바가지에 담겨 오고 있었다. 개고기를 먹지 말아야 하는 이유에 동물에 가혹행위를 하였기 때문이기도 하다.

나는 낙지에게 물었다. 가혹행위를 당한 적 있는가? 없는가? 물으니 낙지는 말이 없었다. 그 사이 끓는 탕 그릇에 낙지가 첨부덩 떨어져 들어갔다. 저건 가혹행위인데 하며 눈을 찡그리고 애도를 했다. 나는 경성 아짐에게 소주 한잔 권하며 잔을 채웠다. 6년이 됐으면 많이 적응되었겠다고 하니 손사래 치며 그녀가 말했다.

"참으로 정신이 없어요. 가만히 있으면 코를 베갈 것 같고 무서워요. 자본주의 사회라는 게 조금만 잘못해도 쫓겨나는 곳이잖아요."

한 달에 얼마나 저축을 하느냐고 물으니 그녀가 말을 안 했다. 내가 다시 함께 온 가족에 대해 물었다.

"함께 다 못 오고, 저하고 남편만 왔어요. 부모님들은 아직 북에 계셔요. 가끔 블로커를 통해 송금을 해요."

처음 만나 이런 얘기를 막 하다니 놀라웠다. 송금을 한단다.

"요즘은 공공연히 해요. 나라에서도 다 알아요."

낙지가 익었다고 주인이 와서 가위로 잘라주고 갔다. 소주 한잔과 먹는 낙지로 몸에 불끈불끈 힘이 솟는 듯했다. 더 이상 포로 심문하는 것처럼 그녀에게 심경이 복잡한 얘기를 물으면 안 되겠다고 생각했다. 조용히 마시고 먹고를 되풀이하였다. 아, 그랬구나. 정부 차원의 남북협력이 점점 줄어가는 사이 이런 비공식 루트를 통해 송금이 되어 가난한 북한 동포들이 조금이라도 먹고 살기도 하는구나 하는 생각이 들었다. 갑자기 휴대전화가 울렸다. 희선 씨였다.

"지금 밥 먹어."

"누구랑? 혼자. 된장찌개."

"그래 있다가 전화할게."

숙녀 앞에서 다른 여인의 전화를 받는 게 어색했고, 저 귀신이 어떤 여성과 식사를 하는 걸 느낌으로 알아채고 있었는지도 모를 일이었다. 내가 다방에 다시 연락했다. 한 시간만 있을 테니 와서 모셔가 달라고 했다. 그녀에게 숙소에 가서 할 일이 생겨 오늘은 얼른 낙지 탕만 먹고 일어나야겠네요. 죄송해요, 라고 말했다. 뭐 이런 사내가 있나 싶었겠지만 그녀는 아무 말도 하지 않았다. 10분이 안 되어 다방의 카맨이 그녀를 모시러 왔다. 그리고 그 어설픈 조우도 끝났다. 나는 아직도 희선 씨의 손아귀에서 살고 있다는 생각이 들었다. 일거수일투족 모든 행동을 그녀가 내다보고 살피고 있다는 생각이 퍼뜩 들었다. 고맙다며 인사를 하고 나는 모텔까지 걸어서 왔다. 조금 멀기는 해도 바닷바람과 풀냄새가 어우러진 방아머리 돈지섬의 내음은 나를 매우 행복하게 했다. 모텔에 들어가자마자 희선 씨에게 전화를 했다. 그녀는 받지 않았다. 약간 취기가 있어 침대에 누워 잠을 청했다.

쿨쿨 잠에 들었다. 나는 여자 아기가 되어 있었다. 동네잔치가 열린 솔밭으로 나는 오빠 등에 업혀 갔다. 한 아주머니가 어깨에 장구를 메고 장단을 치면 그에 맞추어 사람들이 노래를 하고 춤을 추웠다. 옛날 버전 노래방이었다. 오빠가 나를 내려놓고 어디론가 갔다. 그때 동네 오빠 하나가 이리 와 보라며 긴신히 걷는 여자아기의 잠지를 만져보자고 손이 들어왔다. 그리고 그는 도망갔다. 딸내미를 본 엄마가 밑을 닦아주며 아무 말도 하지 않았다. 나는 아파 울었다. 아, 이건 아니다, 생각하고 있는 사이 화면이 바뀌었다. 여자 중학생이 된 내가 동네 슈퍼 할아버지가 과자 준다고 오라는 손길에 또 이끌리어 갔다. 손에 들려준 백 원짜리 두 개를 들고 할아버지가 하자는 대로 가만히 있었다. 아픈 통증을 참고 가만히 있었다. 가만히 있지 않으면 엄마한테 이른다는 할아버지 말에 여자아이가 된 나는 울면서 눈을 감고 가만히 있었다. 모든 사람이 다 알고 있는 것 같아 모두가 무서웠다. 그리고 학교에 가기가 싫어졌다. 자다가 못이나 무엇엔가 찔린 듯 나는 화들짝 놀라 깨었다.

나는 잠에서 깨어 텔레비전을 틀고 뉴스를 보았다. 손석희 앵커가 오늘의 뉴스를 소개하고 있었다. 역시 뉴스는 저렇게 해야 하는데 싶었다. 말똥말똥해져 나는 모텔 방바닥에 도면을 모두 펴놓고 그 동안 지질조사 했던 지점들을 찍어가며 노두들을 연상해 보고 있었다. 샘플링 할 지점은 명확했다. 대부도 고랫부리 일대 태안층 노두 2점, 선재도와 십리포의 십리포층 2점, 영흥도 장경리층 2점, 이 정도면 될 것 같았다.

꿈에 보았던 한 여자아이가 당한 성적인 학대에 나는 온몸이 부들부들 떨렸다. 마치 내 자신이 가해자인 양 또 마치 내 자신이 피해자인 양 느껴지는 저 야릇하게 전해진 상황을 가능하다면 머리에서 지우고 싶었다. 만약에 희선 씨가 저러한 고초를 겪었다고 한다면 보다 그녀를 따뜻하게 대해주고 보듬어 주었어야 했었다는 생각이 들었다. 갑자기 고통스러워하는 한 영혼이 내 몸속에 들어와 몸부림치는 게 느껴졌다. 자다 깨다를 되풀이하며 열두 시가 되었을 즈음 나는 다시 희선 씨에게 전화통화를 시도했다. 신호가 갔다. 한참을 기다리니 전화를 받았다. 내가 말하자 낯선 목소리가 말했다.

"희선이가 지금 자고 있어요. 내일 다시 하세요."

마치 잘 아는 사람이 전화를 받는 듯했다. 가만히 들어보니 희선 씨의 어머니임에 틀림없었다. 내가 말했다.

"예, 내일 다시 전화 하겠습니다. 안녕히 계세요."

이튿날 아침식사를 하고 짐을 싸고 선재도 북쪽 바닷가로 갔다. 바닷물이 들어오고 있었다. 한발 디디면 물이 들어오고 한발 뒤로 디디면 물이 빠지고, 석회암과 이암이 섞여 있는 지층 가운데 사암층이 두껍게 있었다. 망치로 여러 번 두드리자 옜다, 가져가라고 주먹만 한 돌이 떨어졌다. 모래를 털고 그를 잘 닦아 샘플 주머니에 넣고 번호를 매겼다. 한참을 들고 지프차까지 와서 잘 챙겨놓고 차를 몰고 영흥도로 달렸다. 영흥도 십리포 해변에 도착했다. 해변

동쪽에서 열심히 바위를 두드리고 있는데 휴대전화가 울렸다.

"희선 씨, 별 일 없는 거죠? 별 거 아닌 거죠?"

오늘 어디서 자는지 묻기에 아직 정하지 않았으나 정해지면 알려주겠다고 했다. 영흥도에 여러 명이 오면 먹을 게 참 많은데 혼자 다니면 먹을 게 마땅치 않았다. 나는 그게 늘 불만이었다. 나는 샘플을 챙기고 장경리 해변으로 길을 틀었다. 작년 말에 알게 된 커피점인데 중요한 것은 주인이 화가이면서 빵을 구워 손님들에게 대접한다는 사실이었다. 전화번호를 찾아 전화를 했다. 마침 가게에 주인이 있단다. 내가 점심을 얻어먹을 것 같은 마음에 지프차는 달려 해랑 카페 앞 주차장에서 멈추었다. 화가인 안주인이 매우 반갑게 맞았다. 저쪽에 계신 분이 바깥주인인 것 같아 악수를 청하며 말을 붙였다.

나는 이 화백과 부군에게 어떤 커피를 마시겠냐고 물었다. 결국 아메리카노 3잔을 주문했다. 바다가 보이는 자리에 앉아 있으려니 이 화백이 1시간 전에 구운 빵이라며 가져다주었다. 식사를 하지 않았다고 하니 샐러드와 간단히 먹을 수 있는 음식 등을 커피와 함께 이 화백이 가져다주었다. 나는 카페 주인과 즐거이 점심 식사를 하였다.

"영흥도는 어떤 곳입니까? 왜 익령군이 자주 등장하죠?"

이 화백의 부군이 설명해 주었다. 영흥도를 설명하는 두 키워드

가운데 하나가 익령군이고 다른 하나가 인천상륙작전입니다. 고려가 망해가자 왕족 한 사람이 사람들을 이끌고 무작정 배를 타고 가다 도착한 곳이 이곳이었대요. 그 왕기란 분이 땅을 일구고 사람이 살 수 있게 했다는 거죠. 전하는 말에 의하면 삼별초가 70일 동안 머물기도 했다고 해요. 인천상륙작전의 전초기지가 어디였을 것 같아요? 바로 여기 영흥도입니다. 인천상륙작전이 9월 15일 아닙니까? 영흥도는 8월 20일 이미 점령하고 대기하고 있었다고 그래요. 십리포에서 월미도가 보이잖아요.

"사실 2008년부터 대부도, 영흥도 일대의 지질을 공부했는데 이런 얘기는 처음 듣습니다. 큰 공부가 되었습니다."

"십리포 소사나무 숲 안에, 영흥면 사무소 부근에 기념비들이 있을 겁니다. 시간 되시면 한번 가보세요."

배우고 또 배워도 배움은 나에게 끝이 없는 것 같았다. 지질도 엄청 다른데다가 이런 비밀들이 있다는 건 적잖이 충격을 주었다. 커피를 밖에서 마실 수 있는 잔에 부어달라고 하고 나는 일어났다. 값을 치르고 나는 밖으로 나왔다. 장경리 해변 남과 북엣 장경리층 노두에서 샘플을 큼직하게 따서 길을 나섰다. 고개를 넘어 영흥도 동쪽으로 가면서 영흥면 사무소 부근 바닷가로 길을 잡았다. 늘 지나쳤던 영흥 해군 전적비에 올라갔다. 그리고 용담이해수욕장 방향으로 길을 잡았다. 무작정 가는 길 저 멀리 바닷가에 노두가 있었다. 규암이었다. 변성암인 규암 사이에 검은 층이 있었다. 끝까지 쫓아가도 나타나는 이 층은 응회암층일 지도 몰라 시료를 여유 있게 따서 광목주머니에 넣었다. 생각지도 않은 노두이었다. 그때 휴대전화가 울렸다. 희선 씨였다.

"지금 출발하겠다고? 일단 대부도를 찍고 출발해. 숙소가 정해지면 다시 연락할게. 그래. 오케이. 나도."

시계는 벌써 다섯 시가 다 돼 갔다. 노가리 마을 바닷가 노두까지 걸어갔던 게 힘들었던 모양이었다. 나는 대부도로 길을 떠났다. 선재도를 지날 때 이 섬이 자꾸 눈길을 끌었다. 그간 숙소는 대부도 아니면 영흥도였다. 헌데 이런 끌림은 아침에 선재도 북쪽 해안에 가며 본 모텔들 때문이기도 했다. 큰 도로에서 선재도 능선으로 난 길로 올랐다. 죽 가다 주차장이 넓은 호텔이 있어 전화로 숙박비를 물어보니 4만 원이란다. 오늘은 깨끗한 호텔에서 자보기로 했다. 출장 중 처음으로 자보는 호텔이란 곳이었다. 그동안 모텔이라고 되어 있는 곳에서만 잤다. 주인이 밖으로 나와 지프차에서 짐을 들고 오는 나를 보고 어서 오라며 인사를 했다. 방하나 달랬다. 영수증을 챙기고 승강기 앞에 섰다. 호텔 사장은 대부도 방향으로 가다 보면 식당이 많다며 둘 이상이면 바람의 마을 식당도 괜찮은데 혼자라 어떨지 모르겠다고 말했다. 알았다고 말하고 방으로 와서 가볍게 씻고 희선 씨에게 전화를 걸었다.

"어. 여기. 선재도 레스테호텔."

방안에서 기다렸다. 아까 통화한 게 다섯 시이니 그녀는 일곱 시 반 쯤 도착할 것이었다. 시간이 있다 싶어 침대에 기대 눈을 붙이고 있었다. 코를 골며 자고 있는데 휴대전화가 울렸다.

"레스테호텔 주차장이라고? 엉 602호. 올라왔다 가."

시계를 보니 여섯시가 조금 넘었다. 두 시간 반 걸려야 오는 거리를 한 시간 반도 안 걸려 왔다는 말이었다. 문을 두드리는 소리에 문을 열었다. 희선 씨였다. 내가 좌우간 대단해. 여성에게도 이런 열정이 발휘될 때가 있나? 고맙고, 라고 했으나 희선 씨는 말이 필요 없었다. 둘은 입을 조금 벌려 서로 대고 대전 공기와 선재도 공기를 한참동안 섞었다.

"이젠 나도 내 마음대로 하고 살 거야. 그만큼 했으면 내 인생도 나를 위해 쓸 때가 됐어. 어때 내 모습?"

"그렇다고 씽 한 시간 반 만에 이렇게 오는 건 쫌 아닌 거 같은데. 안 그래? 얘. 오늘은 니가 쫌 과했어. 얘."

내 말투를 따라 희선 씨도 그리 말했다.

"그건 그렇다고 해. 얘. 저녁은 뭐 먹을 거니? 혼자 출장 다니면 먹을 게 된장찌개 아니면 김치찌개 밖에 더 있니? 오늘은 내가 살테니 한번 맛있는 거 먹어보자. 얘"

내가 호텔 객실 커튼을 걷었다. 환기시키려 창문을 열었다. 바댓물이 밀려들어오고 있었다. 와, 소리를 저절로 지르고 희선 씨가 말했다.

"형진 씨, 맨날 이런 데서 자고 일해요? 이건 뭐 최고네. 이럴 줄 알았으면 나도 지질학자가 될 걸."

내가 욕실에 가서 손을 씻었다. 그리고 둘은 호텔 밖으로 나왔다. 희선 씨는 선선히 자신의 페라리에 시동을 걸었다. 나는 희선 씨와 선재대교 방향으로 많은 식당들의 사열을 받으며 갔다. 아하, 저 버섯처럼 생긴 곳이 바람의 마을. 그냥 정한 듯이 둘은 들어갔다. 희선 씨가 무언가 사줄 거라 했기에 가만히 있었다. 희선 씨가 종업원을 불러 주문했다. 굴밥 정식 둘. 에게, 나는 이건 아닌데 생각했지만 그냥 먹기로 했다. 저녁을 먹고 오는 길에 마트에 들러 소주와 안주를 사서 숙소로 돌아왔다. 희선 씨는 술을 마시지 않았다.

어디 밤바다 구경할 수 있는 곳을 가자고 했다. 나는 선재도 북쪽 주차장을 넓게 해놓은 펜션 촌에 가보자고 했다. 약간 연무가 끼어 전망은 별로였다. 희선 씨가 자리를 바꿔 본다며 페라리 좌석을 뒤로 제켰다. 나는 약간 겁에 질린 망아지처럼 순순히 몸을 맡겼다. 여차하면 채찍으로 한 대 맞을 참이었다. 좌석을 제키니 참으로 푸근했다. 소파 같았다. 이런 느낌 처음이었다. 이 공중에 붕 뜬 느낌의 이 기분. 나는 희선 씨의 팔뚝을 베개 삼아 밤바다를 보았다.

그간 보여준 희선 씨의 사고방식은 누군가와 타협하거나 누군가의 말에 수긍하거나 그러기보다는 자신이 말하지 않으면 안 될 거라 믿는 걸 그냥 내지르는 편이었다. 그리고 생각하니 한국사람 가운데 하나인 나 자신도 분노조절장애 환자라는 사실을 저절로 알았다. 희선 씨가 나를 보는 관점은 바보랄까 자신이 얻고자 하는 것을 마음껏 뜯어낼 수 있고 어떤 조건이 주어지면 마음껏 누릴 권리를 그녀는 하늘로부터 부여받은 것으로 생각하는 듯도 했다. 쫀쫀한 남자 취급을 받을까봐 나는 가만히 있었다. 옷매무새를 고치고 뜬금없이 희선 씨가 말했다.

"여기, 그, 십리포가 어디죠?"

갑자기 허를 찔린 듯 나는 묵묵부답이었다. 희선 씨가 말을 이었다.

"1950년 8월 20일 한국해군과 미군이 영흥도를 점령했어요. 물때와 날씨 조류를 보고 9월 15일 인천상륙작전이 가능했대요. 연합군 해군이 출발한 데가 바로 십리포구요."

놀라워 입이 떡 벌어져 있는데 그녀가 입을 뗐다.

"빠세 꽁뽀제 알아요? 프랑스에서 공부했잖아요?"

점점 갈수록 어안이 벙벙해졌다. 정신을 차리고 눈을 크게 뜨고 내가 말했다. 알죠, 복합과거. 나는 무언가 달라진 희선 씨의 말을 거역하지 못하고 있었다.

"거기 호텔 예약할 테니 그리 알아요."

어느 안전이라고 말을 거역하리오만은 도대체 적응이 안 되는 상황에서 그녀의 말을 따르자니 그렇고, 안 따르자니 그렇고. 레스테호텔도 좋은데 십리포에 무슨 호텔이 있다고 거기를 예약하는지 제 정신으로 이해할 수가 없었다. 불확실할 때는 주어지는 상황을 그대로 즐기는 게 낫듯이 그를 거역하고 머리를 파먹거나 돌출행동을 하는 건 이 상황에선 별로 소득이 없었다. 짐을 챙겨 지프차에 싣고 희선 씨의 차를 따라갔다. 그녀의 과속운전을 따라가기가 힘들었고 순간 증속도 안 되어 일단 십리포까지 가서 그녀와 만나면 될 것으로 생각하고 열심히 운전을 했다. 영흥대교를 지나 바로 오른쪽으로 돌아 달렸다. 저 앞에 희선 씨의 차가 달리는 게 보였다. 드디어 십리포 해변. 조금 눈을 돌리다 보니 저기에 허름한 듯한 곳에 빠세 꽁뽀제라고 로마자로 써 있었다. 가까이에 차를 세우고 들어갔다. 그동안 대충 찻집일 거로만 알았던 곳은 호텔이었다. 먼저 와 있던 희선 씨가 나를 이끌고 가면서 말했다.

"여기 수영장도 있고 그런데 한번 구경할래요?"

내가 고개를 끄덕이자 종업원이 앞장서서 위층으로 올라갔다.

"팬트 하우스는 100평이고요 수영장이 딸렸습니다. 요즘은 비성수기라 하루에 90만 원, 성수기엔 120만 원도 합니다."

그녀가 예약한 것은 비틀즈의 집이라고 했다. 호텔방의 레벨에 따라 붙인 이름인가보다 하고 나는 생각했다. 하루에 40만 원짜리 방이었다. 나는 어리둥절해졌다. 마치 맥아더에게 인천상륙작전으로 허를 찔린 인민군이 그러하지 않았을까? 이제까지 인생을 속아 살아온 것만 같았다. 이러한 기분은 1988년 처음으로 목포에 갔을 때의 충격에 버금갔다. 시골에 살 때 한해에 소금 한 독과 새우젓만 있으면 겨울을 보냈고 가끔 아버지가 나뭇짐을 지고 장에 가 아지 — 전갱이 — 한 손 사오시면 이레는 먹었는데 목포에 오니 사람들은 엄청 잘 먹었다. 그래서 사람들이 직사각형으로 보였다. 그러한 사내를 사람들이 호남형이라 부르는 거랬다. 그때 내게 일어난 인지부조화는 탈북자가 말하는 그 문화격차에서 오는 충격과 맞먹었다. 나는 지금 함께 있는 여자가 희선 씨가 맞을까 엄청 궁금해졌다. 아니 내가 이제까지 내 자신의 세계관으로 그녀를 제대로 보고 그녀의 행동을 제대로 판단해왔는지 모르겠다는 생각이 들었다. 결국 나는 그녀가 하자는 대로 고분고분, 이전보다 더 고분고분 말을 들어야 하는 종이 되어 있었다. 오늘은 더 이상 거부하거나 이탈하거나 어떤 상황도 나에게 주어지지 않을 것 같았다. 객실로 들어갔다.

"놀라지 마. 얘. 너는 이런 데서도 한번은 자 봐도 돼. 얘. 당신은 내게 소중한 사람이니까. 당신은 이제까지 열심히 일한 과학자니까. 마땅히 누려도 될 권리야. 그러니 마음 푹 놓고 오늘 밤을 즐기자고. 알았지? 영화도 보고. 말 좀 해라. 얘."

여기에 온 적이 없을 것 같은데 올 일도 없었을 것 같은데 마치 자주 온 듯 행동하는 저 희선 씨 속의 인격은 누굴까 궁금해졌다. 내가 말했다.

"일단 밤바다부터 구경하고 옵시다. 짐도 가져와야 하고."

"도망가면 안 돼요."

하고 희선 씨가 말했다. 누가 도망가, 하고 생각했지만 적응되지 않는 상황에서 도망가려고 하는 이는 바로 나 자신이란 생각이 들었다. 잔머리 굴리지 말고 그녀가 하자는 대로 따를 생각도 났다. 승강기에 타고 그녀가 혼잣말처럼 말했다. 중얼거리듯 하는 저 알아들을 수 없는 말은 도대체 뭘까? 나는 갑자기 소름이 돋았다. 몸을 돌려 입구 쪽을 바라보았다. 곧 1층에 도착하여 문이 열렸다. 밖으로 나갔다. 나는 내 자신이 잘 알고 있는 백사장과 십리포층 노두가 있는 그 사이로 길을 잡았다. 하루에 40만 원 하는 호텔 방을 잡아? 나는 도대체 그것부터 용납이 안 됐다.

"희선 씨, 잠깐 여기 계세요. 화장실 좀 다녀올 게요."

"예, 다녀오세요."

내가 전혀 예상치 못한 대답이었다. 나는 지프차 운전석에 앉아 시동을 걸었다. 그리고 레스테호텔을 향해 달렸다. 아닌 건 아닌

거다. 인격이 같지 않으면 같은 외모라도 같은 사람이 아닌 거다,
중얼거리며 나는 선재도에 도착했다. 짐을 챙겨 다시 가니 602호
는 나갔다며 다른 방 열쇠를 주었다. 503호 열쇠를 받아가지고 올
라갔다. 그녀의 그림자는 더 이상 없었다. 나는 아무런 방해를 받
지 않고 편히 잠을 잤다. 꿈도 꾸지 않았고 무언가 빨려나간 느낌
도 없고 푸근하고 몸이 가벼워진 느낌으로 일어났다. 아침에 일어
나니 목이 그렇게 편할 수가 없었다. 샤워를 하고 아침마다 하는
안약 세 개를 넣고 짐을 챙겨 나오며 사장에게 베개를 하나 팔라
고 부탁했다. 이제까지 베개 높이가 안 맞아, 내 두상이 특이하게
생겨 뒹굴며 자다 보면 늘 목이 뻣뻣하고 만져보면 아프고 목 디
스크를 절로 달고 살았는데 그리 편할 수가 없었다. 57년 만에 나
는 나의 목에 맞는 베개를 찾았다고 생각이 들었다. 짐을 챙겨 지
프차에 싣고 시동을 걸었다. 휴대전화가 울렸다. 희선 씨였다.

"아침식사? 글쎄. 영흥도 엄마손 식당 가볼까 하는데. 올래?"

"영흥면사무소 근처. 고개 정상에 있으니 잘 찾아와."

부리나케 갔더니 희선 씨는 벌써 와 있었다. 차를 대놓고 밖에
서 기다리던 희선 씨가 나를 보자 반가워하며 팔짱을 끼었다. 그
리고 안으로 들어갔다. 빈자리에 마주앉은 뒤 내가 매운 굴 찌개
를 먹자고 제안했다. 고개를 끄덕이자 엄마처럼 푸짐하게 생긴 여
주인에게 주문을 했다.

"요즘 나문재 무침을 먹을 수 있어요?"

"조금 있어야 나요. 요새 무릎이 아파서 어딜 통 못 나갔어요."

"나문재가 뭐야?"

하고 희선 씨가 묻자 내가 말했다.

"청산별곡 알아? 거기에도 나오는 바닷가에서 나는 나물."

"오지랖도 참 넓어요. 이런 사람 알면 맛있는 건 늘 어디서나 먹을 수 있어 좋겠어. 근데 왜 어제 도망간 거예요? 혼자 무슨 혁명하는 사람인 양 왜 맨날 그래요? 불편하게. 같이 있자고 하면 그냥 있어주면 되지. 무안하게. 형진 씨는 혼자 잘 난 척하지 내가 보기엔 별로인 거 같아요."

"솔직히 없이 살다 보니 그에 적응이 돼서 내 몸에 안 맞는 일이 벌어지면 불편해. 겁이 나. 이해해줘요."

"그런 눈으로 역사를 제대로 볼 수 있겠어요? 세상은 엄청 바뀌고 그를 주무르고 있는 사람들의 생각도 퍽 바뀌고 있는데."

이게 무슨 소린가 싶어 내가 말했다.

"언제 이런 공부를 했대?"

"저절로 알게 되는 거 아녀요? 뭐 굳이 책에만 있나요? 인터넷도 있고 무슨 모임에 가입하면 저절로 배우게 되는 거지."

매운 굴 찌개와 밥이 나왔다.

"이 집 식당은 밥이 정말 맛있어. 식당은 밥부터 맛있어야 하는

데 안 그래? 그리고 밥을 많이 주셔."

"맛있겠는데요. 오늘 스케줄은 어찌 되나요?"

"대부도 쪽으로 가요."

희선 씨가 말했다.

"호박 된장찌개가 참 맛있네요."

"오자고 잘 했죠? 이 집에 오면 다 맛있어요."

식사를 마치고 돈을 지불하고 나는 밖으로 나왔다. 나는 지프차를 몰았다. 희선 씨가 내 뒤를 따랐다. 다시 영흥대교를 건너 선재도를 지나 선재대교, 대부도로 길을 들어섰다. 4월 16일 아침 9시, 안개가 짙게 몰려왔다.

한국전쟁 때 16개 나라에서 참전하여 대한민국을 지키기 위해 싸웠다. 정말 순수한 희생들이다. 참전하여 대한민국을 위해 목숨을 바치고 몸이 상한 분들에게 고개 숙여 감사해야하고 그 나라들과 형제처럼 우애롭게 지내야 한다. 그러나 비정상적인 관계는 서로 원치 않는 것일 게다. 우리가 너희를 지켜줬으니 그 은혜를 배반하지 마라며 틈틈이 자국의 이익을 취하기 위해 협박한다든지 국가를 쥐고 흔들려는 행위는 없어야 할 것이다. 왜냐하면 유엔 회원국으로서 세계평화를 위해 대한민국도 그들이 한 것처럼 이제 나섰고 앞으로도 나설 것이며 헌신은 숭고한 것이지 사고팔고 흥정할 대상이 아니기 때문이다.

내가 생각건대 어제의 희선 씨가 빠쎄 꽁뽀제 호텔에서 보자고 한 영화는 아마도 인천상륙작전 때 미군의 희생만을 부각해보여줄 공산이 컸다. 여기에 함께 상륙한 한국 해군의 역할은 미미하게 그려졌을 법했다. 그게 아니라 한국군의 역할을 부각시킨거라면 그 보이지 않던 큰 손에 대드는 획기적인 사변이 될 것이었다. 허나 그런 영화가 있지도 않을 것이며 기껏해야 그들을 선전하는 교육영화 정도를 그녀가 틀어줬을 수도 있었다. 빠쎄 꽁뽀제가 복합과거. 그녀가 머릿속에 심어주고 싶었던 복합과거도나에겐 거부해야 할 대상일 뿐이었다. 영어로는 현재완료이니까. 인천상륙작전으로 대구-부산만 남겨놓았던 전쟁 판세는 역전이되었고 공산권이 직접 일본열도와 코를 맞대는 상황도 벌어지지않았다. 그리고 미 24사단이 1950년 9월 26일 영동, 27일 옥천을 거쳐 28일 대전에 입성했다. 같은 날 국군과 유엔군은 서울에입성하였다.

《《٢

몇 주가 지난 5월 어느 일요일이었다. 휴대전화가 울렸다. 희선씨가 우리 집 앞에서 한 시간 동안 문을 두드리고 있었단다. 나는정신을 차리고 세수를 했다. 그리고 출입문을 열어주었다. 희선씨가 꽃 한 다발을 들고 와 나에게 주었다. 집안으로 들어오자 희선 씨는 식탁에 앉았다.

"어느 나라인지 몰라도 한 시간 이상 아이를 혼자 두는 것은 아동학대라 법의 처벌을 받는댔어요. 나도 전적으로 동의해. 형진 씨도 늘 열 살이니 혼자 두면 안 된다는 걸 알았어. 그것도 학대니까. 왕따란 결국 공간을 격리시켜 지속적으로 하루 이상 혼자 두는 학대인 거지."

무슨 말을 하려고 저런 뚱딴지같은 말을 하나 나는 희선 씨의 눈을 가끔 맞추며 가끔은 흘끔거리며 그녀의 말을 듣고 있었다.

"세월호가 어찌 기울었든 사고 맞아요. 사람을 구할 수 있는 시간이 두 시간 이상 있었는데 한 시간 이상 방치한 건 학대요, 인명으로 보면 학살 맞습니다. 사고가 나고 일곱 시간 만에 나타난 대통령에게 따지겠지? 대들겠지? 저 여자는 이제 다 끝났다는 걸 모르고 멍청히 서있겠지?"

희선 씨가 무언가 접신이 되어 혼자 지껄이는 말투에 그간 익숙해져 나는 가만히 있었다.

"내가 곰곰이 생각해보니 김수천이란 사람, 우리 친오빠 맞는 것 같아. 내가 여덟 살일 때 오빠가 내 몸에 손을 댄 적이 있거든. 아버지 돌아가시고, 엄마가 어디 가고. 아무도 없을 때. 그리고 오빠는 어디론가 갔어. 사라졌어. 어릴 때라 큰집에 딸이 내리 셋만 있어 양자로 간다는 소리도 있었고 누군가를 따라 미국 간다는 소리도 있었어. 난 이제까지 미국 간다는 소릴 더 믿고 있었어요. 거기는 한국에서 머니까. 그 무서웠던 오빠를 다시는 만나지 않아도 될 거라 믿었으니까."

나는 그녀를 포근히 안아주며 말했다.

"난 과속 난폭 살인운전 하는 당신보다 교통법규를 지키는 당신이 더 좋아. 세상이 서로 지켜야 하는 규칙을 어기고 살다 마치 미쳐 304여 명의 사람들을, 생때같은 누군가의 자식들을 빨갱이인 양 기관총으로 쏴 학살한 거나 진배없잖아. 그리고 그걸 합법인 양 착각하고 있잖아? 이전의 잘못된 시스템을 아무 일도 없던 것처럼 리셋하려고 하고 있잖아. 그것도 늘 보아온 거잖아."

둘은 부둥켜안고 울었다. 내가 안락의자에 앉아 희선 씨를 내 무릎에 앉혔다. 밖에 나가보자고 희선 씨가 말했다.

"예, 내가 왜 달이산을 기억하고 있는지 알아봐야겠어요."

하고 희선 씨가 말하자 내가 고개를 끄덕였다. 둘은 옷을 입고 밖으로 나왔다. 걸어서 사당골, 오룡골, 흔업을 다니려고 그럴까 하고 생각했다. 나는 생각을 바꾸어 희선 씨가 가자는 대로 지프차를 몰았다. 천천히 아주 천천히. 대관 어르신 댁 지나 골목길이 나오자 차를 세웠다. 승헌 어르신 댁 뒤로 난 길이 있었다. 한참을 가다가 고개를 절래절래 흔들고 나와 지프차에 올랐다. 자동차는 오룡골로 향했다. 논 사이로 난 길을 따라 가다 마을의 집들을 하나씩 하나씩 살피다가 희선 씨가 아니라고 고개를 가로저었다. 백지리 경로당을 지나 흔업으로 갔다. 희선 씨가 고개를 또 저었다. 어딜까? 나는 차를 오백거리 쪽으로 몰았다. 그리고 강둑을 따라 갔다. 희선 씨가 혼자 중얼거렸다.

"여기 다리 있기 전에 강 건너 저 마을 어딘가에 찬샘이라고 하는 데가 있었다고 했는데. 지금은 어디가 어딘지 모르겠네."

그녀가 무슨 생각이 났는지 이야기를 꺼냈다.

"아버지는 내가 여덟 살 때 돌아가셨어요. 어릴 때 가끔 찬샘에 대한 얘기를 해주곤 했어요. 큰 샘이 있기 때문에 국군이든 인민군이든 지나가며 거기서 밥을 해먹고 쉬고 그랬다고 해요. 그때 인민군들이 미군이 올 걸 알고 매복하고 있었는데 탱크를 열고 몸을 내놓고 오던 미군을 인민군들이 총으로 쐈대요. 그리고 그 피부가 검은 미군이 전사하자 나머지 병사는 도망쳤고. 어느 날 가보니까 흑인 병사가 시계를 차고 있는데 그 시계가 탐이 나서 시신을 끄집어 내리고 그 시계를 아버지가 차고 다녔대요."

아, 저게 후퇴하던 1950년 7월 22일쯤일까? 북상하던 9월 27일쯤일까? 미 24사단에 속한 탱크 병이 옥천을 지나가며 전사한 장면이겠구나하고 나는 생각했다. 그녀가 말을 계속했다.

"할아버지가 돌아가시는 현장을 누구도 못 본 거라 무섭거나 한 그런 건 사실 없었나 봐요. 크면서 보니 나라에서 빨갱이 가족이라고 온갖 설움을 주고 그제야 우리 집안이 빨갱이 가족이구나,

가슴에 새기고 살게 된 거죠. 나중에 어머니가 말해줬어요. 할아버지는 그냥 붙잡혀갔대요. 똑똑한 고모할머니 때문에 그냥 강제로 보도연맹에 가입하게 됐다는 걸 형진 씨 덕에 알게 됐죠. 참으로 억울하죠."

내 눈시울이 붉어졌다.

"그러니까 희선 씨는 이 어디 쯤 산 게 맞네. 더 가보자고."

차를 돌려 지탄 방면으로 갔다. 비닐하우스가 즐비한 곳. 2중, 3중 비닐하우스까지 설비한 시설 포도로 유명한 곳이었다. 저번에 혼자 여길 지나간 적이 있는데 여긴 아닌 것 같다고 했다.

"혹시 집 근처에 말 못하는 사람 없어요?"

나는 퍼뜩 흔업과 사당골 사이 마을에 사는 형님 생각이 났다. 분덕골을 안 가 봤는데 한번 가보자고 했다. 나는 지프차를 백지리 마을회관 쪽으로 가다가 꺾어 들어가 주차하고 이쪽으로 와보라고 그녀에게 말했다. 갑자기 무엇이 생각났는지 희선 씨는 마구 뛰었다. 그녀의 눈에 눈물이 맺혔다. 앞에 산이 있고 골짜기임에도 달이산이 눈 안에 들어왔다. 아, 이 외딴 곳에 희선 씨의 가족이 살았구나 하는 생각이 들자 나는 갑자기 목이 메어왔다. 그 때 키 크고 건장한 사람이 지나갔다. 내가 고개를 숙이며 반갑게 인사했다. 그는 나보다 다섯 살 많았다. 고개만 끄덕였다.

"희관 아저씨 아니세요?"

희선 씨를 알아본 희관이 옹얼거리며 반가워하였다. 희선 씨가 희관의 두 손을 꼭 잡고 울먹였다. 이희관은 어릴 때 열병을 심하게 앓은 뒤에 귀도 안 들리고 말도 못하게 되었다. 희관도 안 나는 소리를 내며 엉엉 울었다. 희관은 두 사람의 손을 꼭 잡고 자기 집 안으로 데리고 들어갔다. 희선 씨에게 보라며 벽을 꽉 채운 상장들을 보여주었다. 내가 보니 장애인 볼링 대회에서 1등 아니면 적어도 3등을 했다. 또 눈에 띄게 많이 봉사상을 받았다. 희선 씨는 희관을 만난 것이 인생에서 가장 큰 기쁨이었다. 그녀는 세상 사람들에게 말하고 싶었을 것이다. 더도 말고 덜도 말고 우리 희관 아저씨처럼 열심히 살면 세상은 저절로 좋아질 거라고. 그 속에 사는 사람들은 저절로 행복해질 것이라고. 오랜만에 만나 이룬 저 애틋한 만남을 뒤로 하고 나는 희선 씨를 차에 태워 흰고개를 넘어 집으로 데려왔다. 식탁에 앉아 희선 씨가 나를 바라보았다.

"어릴 때 거기 분덕골이랬죠? 거기서 살았어요. 어디 다니지도 않고 거의 집에서만 숨어살다시피 했고요. 그리고 여덟 살이 되던 해 1977년이었죠. 그때 아버지 죽고 오빠는 어디로 갔고 나는 엄마 따라 대전으로 이사해서 살았던 것 같아요. 악착같이 살았죠. 그러다 외동딸이었던 엄마가 외할아버지 돌아가시며 유산을 받아 그걸 계속 움직여 지금처럼 원룸 건물 세 개와 3층짜리 삼성동 집을 갖게 되었죠."

내가 희선 씨의 손을 꼭 잡았다.

"세상이 무슨 사건을 만들어 당신과 나를 갈라놓을지도 모르지만 나는 언제나 당신 편에 설 거예요. 무슨 상황이더라도. 세상 일어찌 될지 내일을 알 수가 없어요. 나 또는 희선 씨를 우리 아닌다른 사람이 덫을 만들어 놓아 애꿎게 사람들을 갈라놓는 일을 우린 보았잖아요. 희선 씨도 저처럼 해주세요. 알았죠?"

희선 씨는 고개를 끄덕였다. 무언가 자신의 기억과 자신의 존재를 찾은 희선 씨는 나에게 아무것도 구하지도 않았다. 당당하게서있어서 아름다운 여성이 되었다. 그녀에게 중형차, 페라리, 소울 가운데 어떤 차가 제일 좋으냐고 내가 물으니 그녀가 내게 되물었다.

"중형차를 보면 중앙정보부나 검찰에서 나를 잡으러 오는 게아닌가 생각되고, 페라리를 보면 까칠한 애인의 성질을 내가 건드렸나 생각이 날 것 같고, 소울을 타고 오면 아무 소리라도 해주고싶을 것 같다. 이를테면 자기야, 내 알 낳아도."

희선 씨가 나를 쿡쿡 찌르다 눈을 흘겼다. 나는 냉장고에 남은빵 반죽이 얼마나 되나 살폈다. 납작빵 하나 정도는 만들 수 있겠다 싶었다. 안반에 반죽을 치대고 접고 누르기를 여러 번 반복한뒤 빵 트레이에 네모진 반죽을 얹었다. 이번에는 나무 숟가락 뒤를 닦고 곳곳에 구멍을 냈다. 로즈마리를 뿌리고 굵은 소금을 손가락으로 비벼가며 홈에 넣었다. 전기오븐에 넣고 타이머를 맞추었다. 둘은 서로 보며 이마를 맞댔다. 세상은 온통 파도처럼 세월호 학살, 선거부정, 미국 무기 구입, 북한 핵실험 등 온갖 격랑에 휩싸여 매일 사람들을 편 가르고 줄 세워놓고 빨갱이 종북 좌파는 죽이라며 학살을 하였지만 나와 희선 씨는 모든 문을 걸어 잠그고 우리만의 세상에 서 있었다.

내가 스마트폰에서 내가 좋아하는 아름답고 푸른 도나우 왈츠를 꺼내 틀었다. 희선 씨는 나의 억지 스텝에 맞춰 주며 춤을 추웠다. 땀이 흥건히 흐르도록 춤을 추었다. 요한 슈트라우스를 알게 해준 레너드 번스타인은 내가 고등학교 때 매주 조그마한 상자 안에서 음악회를 열어 주었다. 레너드 번스타인의 지휘에 맞추어 전기오븐의 빵이 로즈마리 향을 밖으로 내보내고 있었다. 음악이 끝났어도 둘은 그 여운을 들으며 춤을 계속 추었다. 그 때 타이머가 땡하고 소리를 냈다. 둘은 누가 먼저랄 것도 없이 전기오븐에게 달려가 납작빵을 달라고 했다.

내가 꿀단지에서 종지에 꿀을 따라 찍어먹었다. 희선 씨도 따라 똑같이 꿀을 찍어먹었다. 희선 씨는 행복했다. 납작빵 한 조각을 들고 빨간 의자에 앉았다. 음미하며 맛있게 납작빵을 먹었다. 갑자기 로즈마리 향이 방안에 가득 더 진하게 배어났다.

그때 누군가 문을 두드렸다. 분덕골 사는 희관이었다. 감자를

삶아 가지고 즐거운 기분을 안고 희관은 왔다. 그를 보고 무슨 일
인가 경로당에 있던 대관, 진관, 승헌 어르신도 우리 집으로 왔다.
감자와 음료수를 함께 먹었다. 그리고 납작빵을 한쪽씩 나누어 꿀
을 찍어먹었다. 아픈 과거들이, 아프게 하는 과거 기억들이 천정
으로부터 기둥처럼 모두 새겨졌다. 희선, 나, 동네어르신들의 기
억들. 가시처럼 돋은 고통들과 세월들이 시간함수로 바뀌며 움직
였다. 그에 대해 세월이 가면 정부나 사회로부터 위로와 보상이
이루어지겠지만 이제 이 작은 마을 사람들로부터라도 사랑과 행
복을 나누고 누구도 줄 세워 놓고 학살하는 테러는 절대 일어나지
않을 것이라고 믿고 또 기원했다.

　지질학에서도 보이는 시간의 함수는 어떤 사건을 과거에만 두지 않고 공간이동을 통해 현재 또는 미래, 먼 미래에 일어나도록 설정될 수 있다. 과거의 사건으로 지금까지도 순간순간 계속 현재의 사건으로 뼈에 새기며 경험해야 했던 사람들이 있다. 이 소설은 주인공을 통해 그런 일면을 다루고자 하였다. 이데올로기로부터 면역된 사회보다 그렇지 않은 사회에서 이념에 대한 태도는 천부인권을 논하기에 앞서 생사를 정하기도 하였다.

　이 소설에 소개된 한국전쟁 전후 양민 학살문제에 관련하여 참고한 문건에는 신문기사 — 특히 『옥천신문』, 『충북일보』, 『오마이뉴스』, 『노컷뉴스』, 『제주의소리』, 『한겨레』, 『한국일보』 등 — 도 있고, 이안재·심규상·임기상·김득중·박만순·김양식·김양태 선생 등의 칼럼이나 논문, 강준만·정찬대·장환 선생 등의 저술, 그리고 영화나 동영상 등도 있다. 더욱이 2009년과 2010년 발표된 진실화해위원회 보고서는 아주 큰 도움이 되었다. 일부는 필자가 인터뷰한 내용도 있고 누군가 했었어야 할 — 그러

나 얼토당토하지 않게 필자가 꾸며낸─이야기도 있다. 특히 해
방 전후의 사건들을 이해하는 데에는 한국사데이터베이스에서
제공하는 신문기사들이 매우 큰 도움이 되었다.

　세월이 조금만 더 가면 저런 종류의 증언을 듣기 힘들 것이다.
입을 닫고 진실을 덮는 것이 능사가 아니기 때문에 이제는 소소한
이야기라도 나서서 관련자들은 증언해주어야 한다는 말씀을 드
리기 위해 쓴 글도 있다. 옥천 청산일대에서 동학농민군 300여 명
이 처형되었다고 한다. 언제, 어디서, 어떻게 학살당했는지 지역
에 따라 더 이상 알 수 없게 되었듯이 세월이 가면 이런 소소한 증
언을 해줄 분들도 더 이상 생존해 계시지 않을지도 모른다. 이제
전쟁이 설정한 공포에서 헤어나 진실을 말해도 된다고 생각된다.
이 책이 말한 한국전쟁 전후의 양민학살 이야기들이 말도 안 된다
며 사실을 밝혀줄 분들이 제발 많이 나타나 당당히 진실을 말해
주길 바란다. 그러한 행위들이 모여 진정 우리는 과거의 망령으로
부터 해방될 것이다. 더불어 그간 멈추어졌던 의문사진상규명위
원회, 진실화해위원회와 같은 국가차원의 위원회는 다시 법으로
제정되어 활동을 재개해야 할 것으로 나는 생각한다. 그럼으로써
조금만 더 세월이 가면 묻혀버릴 역사를 복원하고 우리 모두 화해
의 길로 감으로써 이 나라는 앞으로 나아갈 수 있게 될 것이다. 더
불어 못된 과거가 만들어 놓은 덫에 허덕이는 현재의 사람들이 진

정 평화를 찾을 수 있을 것이다.

나는 지금도 우파임을 자임한다. 그렇기에 한반도와 부속도서를 아우른 독립국가로서의 대한민국을 많이 생각해본다. 우리는 우리의 뜻으로 이 나라를 둘로 가르지 않았다. 제2차 세계대전이 끝나고 강대국의 이해관계로 분단이 되었다. 그리고 우리는 한 번도 전시작전권을 제대로 행사해보지 못했다. 미군정과 정부수립 기간 동안 한국군은 미 군사사절단에 의해 창설되고 육성되었다. 그리고 많은 군사·안보 문제는 미 방첩대 등에 의존했다. 일본이 전쟁을 할 수 있는 보통국가로 가기 위해 발버둥 칠 때 비아냥거렸지만 돌아보면 우리 대한민국도 이 면에 있어서는 부탄이란 나라만도 못하다는 걸 알게 된다. 미국 관점의 지정학은 팍스아메리카나 정책의 거대한 체스 판에 대한민국을 놓고 좌지우지 한다. 그를 벗어나기 위해 우리는 우리 자신부터 제대로 역사를 알아야 하고 제대로 보아야 한다. 그런 성찰이 없이 우리는 우리 역사의 주인이 될 수 없고 바람과 같은 존재가 이 나라를 계속 움직일 것이다. 이 조그마한 시도가 그간 이러한 정보를 접하기 어려웠던 분들에게 조금이라도 도움이 된다면 이 책이 기획된 목적을 거의 이룬 게 될 것이다.

그들이 생각한 것처럼 보도연맹 맹원과 예비검속으로 구속된 이들을 집단학살한 것이 미군이나 한국군의 피해를 줄이고 전선을 안정되게 유지하는 데 얼마나 기여했는가 하고 늘 생각해 본다. 내 생각을 말하면 전혀 아무런 도움이 되지 않았다고 대답할 수 있다. 그런데 왜 학살을 했을까? 공산주의자를 유태인처럼 청소해야 한다고 생각한 독일계 미국인 대위와 대통령에게 잘 보이기 위해 공산주의자 1명을 잡으면 열 명 잡은 것으로 만들어 처단하고 싶어 했던 특무대 대장, 둘의 심리문제에서 기인한다고 하면 참으로 어처구니없는 일이다. 앞으로 누군가 공부해야할 주제일 것 같다.

이번 작품이 본격 소설로는 두 번째이긴 하나 필자는 매우 고통스러운 작업과정을 겪어야만 했다. 몇 번을 고쳐 쓰고 그야말로 맨땅에 헤딩하며 소설공부를 했다. 여성 주인공을 늘 '희선 씨'라고 공대를 하였다. 읽기 불편한 분들도 계실 것이다. 그럼에도 그를 고집한 것은 평생 짓밟히고 소외되어 살아왔을 주인공에 대한 조그마한 공경의 표시이니 독자들께서 너그러이 양해해주시기 바란다.

이 모자란 작품을 기꺼이 출판해주신 소명출판의 박성모 사장과 편집진, 그리고 재미있게 읽어줄 독자들께 감사의 말씀을 드린다.

2017년 10월 옥천 이원 화생당에서
최범영